Wolfgang Neumann und Annette Sandrock

Mordsliebe

Petra

Wolfgang Neumann und
Annette Sandrock

Mordsliebe

Der vierte Psychokrimi
aus Ostwestfalen-Lippe

dgvt Verlag
Tübingen
2020

Alle Personen und Ereignisse in diesem Roman sind frei erfunden. Ähnlichkeiten mit lebenden oder toten Personen oder mit tatsächlichen Ereignissen wären also rein zufällig.

Bibliografische Information der Deutschen Nationalbibliothek
Die Deutsche Nationalbibliothek verzeichnet diese Publikation in der Deutschen Nationalbibliografie; detaillierte bibliografische Daten sind im Internet über http://dnb.d-nb.de abrufbar.

Im Sudhaus
Hechinger Straße 203
72072 Tübingen

E-Mail: dgvt-verlag@dgvt.de
Internet: www.dgvt-verlag.de

Umschlaggestaltung: Jens-Olaf Broksche, Lemgo
Layout: VMR, Monika Rohde, Leipzig
Druck und Bindung: CPI buch-bücher.de GmbH, Birkach

ISBN 978-3-87159-883-8

Wer will, dass die Welt bleibt, wie sie ist,
der will nicht, dass sie bleibt.
Erich Fried

Prolog

Unbestreitbar ist, dass wir ... auf Kosten der unterentwickelten Völker leben, dass unser Überverbrauch ihre Verbrauchsmöglichkeiten schmälert, weil sich so viel, wie wir für uns allein in Anspruch nehmen, für alle nicht verfügbar machen lässt.
Oswald von Nell-Breuning

Es ist tiefschwarze Nacht. Die Indianer sind müde, liegen erschöpft auf dem Waldboden und schlafen tief. Sie sind seit Tagen ununterbrochen auf den Beinen. Als sie am Abend ihr Nachtlager erreicht hatten, sind sie vor Müdigkeit fast tot auf den Waldboden gesunken. Sie wissen, dass sie sich unbedingt rasch erholen müssen, denn ihr Kampf um die Freiheit ist noch lange nicht zu Ende.

Sie haben sich in ihre bunten Decken gehüllt. Die kleinen Feuer, die sie entzündet hatten, um etwas Wärme für die kalte Nacht zu bekommen und sich eine karge Mahlzeit aus schwarzen Bohnen, Mais und kaltem Bratenfleisch zuzubereiten, sind längst niedergebrannt.

Leise hört man die beruhigende, ewig gleiche Wassermusik des nahen Grenzflusses Rio Bio Bio, die die völlig erschöpften Krieger behutsam in den Schlaf gewiegt und ihnen geholfen hat, dort vom Sieg der Freiheit zu träumen.

Die vielstimmigen Geräusche der Nacht im Wald nahe am Flussufer unterscheiden sich elementar von denen des Tages. Jeder Ruf, jeder Laut, jedes Geräusch eines Tieres gibt den Schlafenden die notwendigen Informationen fürs Überleben. Sei es der schnelle Flügelschlag einer Eule, das Quieken einer Maus im Todeskampf, wenn ein Raubtier sie überrascht hat, oder auch das Rauschen des Windes, wenn sein frischer Atem das Flusswasser kräuselt und über dem nassen Grund auffrischt und den Grenzfluss vernehmlich tief und lang durchatmen lässt.

Zu den vertrauten Geräuschen zählen auch das laute Aufstampfen eines Lamas auf einer Lichtung im Wald, vielleicht eines versprengten Guanakos, sobald es den bedrohlich scharfen Geruch eines jagenden Pumas in seine Nase bekommt und dann durchs Unterholz drängt, um sich in die weite Ebene jenseits des Waldes zu retten.

Jeder der reglos Schlafenden ist in der Lage, Geräusche, die den Feind verraten, zu erkennen: Etwa ein dezentes Klirren von Rüstungen und Stahlketten, schlurfende Gehgeräusche, bei denen sich Ledergamaschen hässlich scheuernd aneinanderreiben.

Die Signale, die den Geräuschen der Waldnacht anhaften, sind eindeutig. Sie bedeuten den Kriegern, schnell wegzurennen, zu den Waffen zu greifen und sich zu wehren oder auch ganz ruhig zu bleiben, nur die Ruhe zu bewahren, auszuhalten und dort zu bleiben, wo sie gerade sind.

Es könnte sein, dass auch die Wächter tief entschlummert sind.

Wie groß muss die Erschöpfung der Krieger sein, wenn der Angriff des Todfeindes im ersten Zwielicht eines neuen Tages unbemerkt stattfinden kann? Dass selbst der abscheuliche Geruch der Weißen sie nicht weckt. Diese riechen so fremd, so abstoßend, wie Aas durchzogen von Hass und Abscheu, gemischt mit dem Geruch von Blutrausch und Goldgier.

Auch Lautaro ist müde, sehr sogar, er wurde wie alle hier gejagt wie die Hasen. Er hat gelernt, sich zu verstecken, sich wie seine Männer unsichtbar zu machen, die Unebenheiten der Hügellandschaft zu nutzen, in den Wäldern unterzutauchen.

Bis die berittenen Spanier kamen, die hatten den Überblick, die schauten von oben. Ja, manchmal waren sie trotzdem schneller als die Konquistadoren, durchschauten die Absichten der weißen Feinde.

Lautaro hatte viel Zeit, sie zu studieren, hatte schnell gelernt, so wie man eine Lektion hat lernen müssen, wenn es ans eigene Leben geht, wenn die eigene Seele in höchster Gefahr schwebt, erobert zu werden. Von der Flanke her ausschwärmen, sich taktisch zurückziehen, das richtige Terrain aussuchen, in den dichten Wald locken ... alles Bewegungen, die Soldaten mit Disziplin beherrschen, nicht aber diese im strategischen Kampf unausgebildeten Horden von wild anstürmenden Kriegern der Mapuche.

Zunächst fürchtete er die Pferde, wie alle Indianer, dann aber liebte er diese neuartigen Geschöpfe, diese großartigen Tiere mit den schnaubenden Geräuschen und klappernden Hufen. Er verehrte sie, obwohl die Spanier mit deren Hilfe schon viele tapfere Krieger getötet hatten und es weiter tun würden. Er mochte die Wärme ihrer Körper, wenn sie dampfend in der Ebene standen, die Farbe ihres Fells, ihre Nüstern. Wenn sie schnaubten, war das Musik in seinen Ohren. Er und die Pferde waren sich ähnlich, wild und zahm, schnell und behutsam, störrisch und lernbegierig, sanft und hart in den Hufen, pfeilschnell und träge. Es war Liebe auf den ersten Blick.

Aber sie sind auch die Freunde der Feinde. Auf deren Rücken kommen diese schnell wie der Falke herangeflogen und sie zerstampfen mit eisenbeschlagenen Tritten den Boden seines Volkes, dessen heilige Erde.

Lautaro kommt 1546 als zehnjähriger Junge zusammen mit seinem Vater, einem Häuptling der Mapuche, in spanische Gefangenschaft. Bevor sein Vater sich selbst tötet, gibt er seinem Sohn den Auftrag, das Volk der Mapuche als sein Nachfolger zum Sieg zu führen. Lautaro, ein äußerst intelligenter Junge, wird im Laufe seiner Gefangenschaft zum Stallmeister unter Pedro de Valdivia ausgebildet und lernt dort die spanische Kriegsführung kennen.

Während einer Strafexpedition der Spanier in den chilenischen Süden 1553 gelingt es ihm, auf einem Pferd aus der Gefangenschaft zu fliehen, und er wird zum Kriegshäuptling der Stämme aller Mapuche gewählt. Er führt die Indianer zu vielen Siegen über die grausam herrschenden Eroberer.

Dank der langen Zeit, die er bei den Spaniern gelebt und gelernt hat, hat er intime Kenntnisse über deren Kriegsführung und strategische Vorgehensweise erworben und weiß, wie man aus tapferen und kampfbereiten Kriegern disziplinierte indianische Soldaten macht. So gelang es ihm, den spanischen Heerführer Pedro de Valdivia gefangen zu nehmen, viele spanische Städte und Forts zu erobern und zu zerstören.

Doch in dieser Nacht, als Lautaro mit einer Handvoll Kriegern am Ufer des Rio Bio Bio schläft, wird die drohende, tödliche Gefahr von niemandem frühzeitig genug wahrgenommen.

Vielleicht hatten auch die Weißen von den Indianern gelernt: Wie man sich anschleicht, ohne zu früh entdeckt zu werden, hatten sich Lappen um ihre Stiefel gebunden oder ihre Rüstungen, die sich im Wald eher als hinderlich erwiesen, zur Seite gelegt … und so durchsticht eine feindliche Lanze Lautaros Gurgel, so schnell, dass ihr nicht ein letztes Röcheln entweicht.

Sogar die Maus stirbt lauter.

Die Mapuche sind wahrscheinlich das einzige der indigenen Völker, das die Spanier nicht haben völlig unterwerfen können.

Eins

Der Mensch ist, was er isst.
Ludwig Feuerbach

Nach einem ungewöhnlich langen und harten Winter mit viel Schnee und dauerhaften Minustemperaturen ist heute in Bielefeld und ganz Ostwestfalen einer der ersten richtigen Frühlingstage angebrochen. Sonnig, warm und farbenfroh, wie neugeboren, ganz frech, in die neuesten Kleider der aktuellen Frühjahrskollektion gehüllt: „Veronika, der Lenz ist da!"

Jetzt können auch die Menschen aus Ostwestfalen befreit die Wiedergeburt der plötzlich wild sprießenden Natur als überraschendes Wunder erleben, als ein Geschenk der Schöpfung. Von dem herbeigesehnten Erwachen der Natur überrascht zu werden, ist eines der schönsten Erlebnisse des Menschen in Gegenden mit wechselnden Jahreszeiten.

Mit der freudigen Begrüßung des Frühlingsbeginns kehren aber auch einige problematische Lieblings- beziehungsweise Sorgenthemen in bekannter Regelmäßigkeit in den Alltag und damit auf den Tisch zurück. Die beuteln dann, so wie im letzten Jahr, mit dem quälenden Thema: Was tun mit unserem lästigen Winterspeck? Wohin nur damit?

Ein Thema, das die Menschen früher nicht kannten. Da wurden sie noch von anderer Seite gepeinigt und das Thema war um ein Vielfaches existenzieller: Wie kommen wir über den Winter, ehe die ersten Lämmer geboren werden und die Fastenzeit endlich ein Ende hat?

Der Speckgürtel der Jetztzeit dagegen entwickelt sich dank zu häufiger und zu gehaltvoller Nahrungsaufnahme vor allem in der kalten, bewegungsarmen Winterzeit bei manchen Zeitgenossen so üppig, dass sie am liebsten schamhaft im Boden versinken würden, so das denn ginge.

In Folge der Körperfülle wird es manchem von uns mehr als schwer, sein Schuhwerk allein zuzubinden, ohne dass bei ihm

Herz und Lunge und andere wichtige Organe ernstlich in Gefahr oder zumindest in große Bedrängnis geraten. Wie lästig, anstrengend und wie störend das ist, belegt das Stöhnen, begleitet von hochroten Köpfen und anhaltendem Schwitzen!

Der Bielefelder Kommissar Otto Johanningmeier befindet sich im Polizeigebäude gerade vor dem Fahrstuhl und damit in Aussicht auf einen bequemen Weg nach oben. Allerdings bescheinigt ihm ein kurzer Blick in den großen Fahrstuhlspiegel, dass auch ihm die ernährungsreiche Winterzeit einen ansehnlichen und runder gewordenen Bauchumfang beschert hat.

Er muss sich eingestehen, dass der Spiegel ihm eindeutig eine veritable Wampe zeigt. So entscheidet er sich angesichts dieser Wölbung ganz spontan dazu, ab heute und bis auf Weiteres auf die Benutzung des Lifts im Präsidium und eventuell auch in anderen Gebäuden zu verzichten. Er geht, nach dem Blick in den Spiegel motiviert, sogar noch einen Schritt weiter und entscheidet sich, entschlossen bis ins oberste Stockwerk zu steigen und von dort wieder hinunter zu seinem Büro im ersten Stock, wo ihn ein aktenüberhäufter Schreibtisch erwartet. Auch stellt er sich vor, dass, wenn er jetzt einen sportlichen Gauner verfolgen müsste, dieser ihn auslachen würde, wenn sein Verfolger schon nach einem kurzen Hundertmetersprint zu japsen anfinge.

Zwar findet seine Kollegin und Liebste Annette Sasse, dass ihm das Bäuchlein gut steht und es sei gemütlich, aber er will sich nicht gemütlich sehen! Er ist Mitte Fünfzig und will sportlich, dynamisch und schlank sein. Also muss er etwas tun.

Und so betrachtet er das Thema bei seinem Gang nach oben eingehend und auch tief philosophisch: Leidet nicht nur bei ihm, sondern bei seinen Zeitgenossen durch die Gewichtszunahme das Selbstwertgefühl gehörig? Und wenn dem denn so ist, so befindet er sich bei seinen Bemühungen um eine deutliche Gewichtsabnahme auf dem richtigen Weg. Vor allem Frauen, zunehmend aber auch Männer, suchen verzweifelt nach bequemen Wegen, schöner und schlanker zu werden.

Wenn er sich einmal die Mühe machte, in den hiesigen Buchhandlungen nach Ratgebern zur Gewichtsabnahme zu fahnden, käme er auf eine schier unübersehbare Anzahl an Literatur zum Thema.

Da wird geraten zu Kohlkuren, Heilfasten, Trennkost, zu den Weightwatchers zu gehen, FDH zu machen, zum Abnehmen im Schlaf, nur Kartoffeln, nur Eier, regelmäßig Lauftraining zu machen, Fitnessstudios zu besuchen. Es gibt Titel mit vollmundigen mentalen Versprechungen oder Ratschlägen, wie „Denk dich schlank“ oder „Warum wir ohne Hunger essen“. Oder sogar: „Bleib wie du bist und iss, was dir schmeckt.“ Und es gibt noch eine weitere Abnehmkur, deren Name ihm auf der Zunge liegt, ihm aber einfach nicht einfallen will, obwohl er sich sehr anstrengt.

Stattdessen kommt ihm spontan der Spruch in den Sinn: „Ich kann essen, was ich will, ich nehme einfach nicht ab!“

Zwei

Liebe ist der Wunsch etwas zu geben, nicht zu erhalten.
Bertolt Brecht

So in Gedanken noch regelrecht „vergrübelt“ im ersten Stock angekommen, betritt Johanningmeier sein Büro. Auf seinem Schreibtisch findet er eine kurze Notiz seiner Kollegin und engsten Mitarbeiterin Annette Sasse.

„Fang du ruhig schon mal an mit der Mördersuche, ich komme etwas später dazu, bin nämlich noch im Haus unterwegs, in der Verwaltung, wegen unseres Antrags auf gemeinsamen Urlaub. Also, auf bald! Und toi, toi, toi, ich hoffe, es klappt.“

Johanningmeier setzt sich an den Schreibtisch und nimmt sich die Zeit, an den wunderbaren gestrigen Morgen zurückzudenken und ganz besonders an ihr gemeinsames Frühstück.

Da waren sie zu zweit auf dem kleinen Balkon von Annettes Wohnung gesessen, umfächert von milder Frühlingsluft. Aus der Küche stieg ihnen der Duft von frisch aufgebrühtem Kaffee in die Nase und es wirkte, als ob sich die Welt beinahe von selbst wieder erneuerte. Sie genossen den Morgen mit dem klaren weiten Blick über ihre Heimatstadt bis hin zum Teutoburger Wald in Richtung Westen, stressfrei, da beide frei hatten, um, wie man so schön zu sagen pflegt, wieder mal so richtig nett zusammensein zu dürfen!

Brötchen, bestrichen mit heimischem Honig, alternativ mit Quittenmarmelade oder auch belegt mit Kochschinken, einem Klacks Lachs, italienischer Salami und würzigem Bergkäse und Emmentaler waren die Highlights des Verwöhnfrühstücks. Höhepunkt ihres gestrigen Frühstücksgelages war allerdings die hausgemachte leckere Himbeermarmelade, Produkt der letzten Herbsternte aus Johanningmeiers Schrebergarten, der sich in der Nähe befindet, genau genommen direkt unterhalb des Stadions, der „Alm“, der Fußballarena von Arminia Bielefeld. Die Himbeermarmelade wird zum besseren Munden dick unterlegt mit frischer Butter, überlagert mit einer Schicht Vollfettquark, dessen magerer Bruder einfach nach nichts schmeckt, nur nach reiner Fadheit garniert mit einem Schuss Langeweile.

Der Duft des frisch aufgebrühten Fairtrade-Kaffees ist als Erinnerungsrest nun auch in der Büroluft präsent, würzt diese mit einem Schuss guten Gewissens und verbreitet eine Portion guter Laune. Mitten in Johanningmeiers Frühstückserinnerung hinein betritt Annette Sasse das gemeinsame Büro und, sein gewichtiges Fahrstuhlthema wieder aufgreifend, sagt der um Abnehmen Bemühte, nachdem er Annette begrüßt hat, völlig unvermittelt: „16 zu 8.“

Er äußert es fast gedankenverloren und schweigt, zufrieden mit seiner gerade erzielten tadellosen Gedächtnisleistung. Er ertappt sich nämlich in letzter Zeit immer wieder dabei, dass er an seiner alten, starken Gedächtniskapazität zweifelt, und stellt sich deshalb oftmals und immer wieder neue Testaufgaben, die es zu lösen gilt. Scheitert er, dann verdächtigt er sich der heranschleichenden Demenz, recherchiert auch schon mal in seinem Stammbaum nach dem Vorkommen dieser Geistesschwäche und stellt doch immer wieder erleichtert fest: Selbst gestellte Testaufgabe erfolgreich bestanden, Aufgabe gelöst.

Annette öffnet mit der Bemerkung, die Büroluft sei doch arg abgestanden, das Bürofenster, und von draußen dringt das erste Frühlingskonzert der heimischen Vögel viel zu piepsig, zaghaft und schwach und nicht, wie von besorgten Ornithologen gewünscht, vielkehlig angestimmt herein. Diese relativ zu den vergangenen Jahren deutlich hörbare Sangesschwäche der heimischen Vogelwelt muss man wohl als mitbestimmt oder gar in kausalem Zusammenhang mit dem in Deutschland weit verbreiteten und allgemein beunruhigenden Insektensterben sehen.

Nach dem Motto: Je weniger Insekten, also Luftfutter, umso weniger Vögel und deshalb weniger überzeugende, lustig klingende Frühlingskonzerte mit Amsel, Drossel, Fink und Star und der ganzen Vogelschar …

„Hörst du mein Lieber: The silent spring“, sagt Annette, „der stille Frühling, das war doch der Titel über das weltweit alarmierende Phänomen des bis dahin weitgehend unbemerkten Insektensterbens. Genau das war der Titel des ersten Buches, das schon 1962 über diese drohende Umweltschädigung aus der Feder der amerikanischen Biologin Rachel Carson berichtet hat.“

Annette Sasse erinnert sich daran, dass sie dieses Buch erst viel später gelesen hatte, nämlich als die Umweltdiskussion auch in Deutschland ins Rollen kam. Der Titel hatte sie schon damals aufgeschreckt. „Ist doch irgendwie unheimlich! Manchmal möchte ich am liebsten Umweltaktivistin werden, wenn ich nicht bei Mord und Totschlag gelandet wäre“, sagt sie ernüchtert, und Johanningmeier nickt verständnisvoll.

„Das gehört leider seit einiger Zeit auch zum Thema Frühling. Nun aber zum Thema von eben zurück, da habe ich noch eine Frage. 16 zu 8, was ist denn das? Sprich bitte mit mir in ganzen Sätzen", sagt Annette mehr belustigt als genervt. „Ach, mein Lieber, entschuldige, das kannst du einfach nicht wissen. Aber gegen das bloße Ausspucken von nackten Zahlen bin ich extrem allergisch seit meiner Ehe mit dem Herrn vom Katasteramt. Stell dir vor, mein Exgatte Konrad zählte, wahrscheinlich von Amts wegen bevollmächtigt, manchmal mitten in nächtlichen Tiefschlafphasen einfach zügellos drauflos. Als sei eine Handvoll schwer zu entkommender Fehlerteufel persönlich hinter ihm her, um ihn auf frischer Tat beim Zahlenklau zu erwischen. Besonders häufig trat dieses Phänomen auf in den Nächten von sonntags auf montags und noch auffälliger nach einer unbeschwerten Urlaubszeit in Bergen op Zoom in Holland am Meer."

Johanningmeier schmunzelt über Annettes Gedankenausflug in ihre Vergangenheit.

„16 zu 8 ist keineswegs ein langweiliges Handballergebnis zur Zweidrittelpause, sondern eine brandneue Diät, die unter vielen Frauen, auch unter Paaren, gerade auch während eines so leckeren zweiten Frühstücks wie gestern, manchmal heiß, manchmal aber auch ganz neutral diskutiert wird."

„Na klar, diese 16:8-Methode, die kenne ich natürlich, 16 Stunden darf man gar nichts essen und dann aber 8 Stunden ganz normal. Die Methode war im letzten Jahr brandneu und davor natürlich auch schon, du, mein kluges Füchslein! Hör zu, bei dieser Rosskur muss man jeden lieben Tag schmachten, bis einem übel wird. Um es ganz klar zu sagen, für mich ist diese Methode nichts. Ich brauche zwischendurch mal den einen oder den anderen leckeren Happen, oder auch zehn. Sonst wird mir sehr schummrig und ich habe das Gefühl, ich falle auf der Stelle vom Fleisch oder zumindest auf den Boden!"

Johanningmeier nickt, weil er Annettes Morgenhunger gut kennt.

„Und außerdem", ergänzt sie, „ist das eine Methode aus der Steinzeit, wo die armen Menschen allzu oft nix zu beißen hatten, oft tagelang oder wochenlang nix!"

Annette hält kurz irritiert inne und fragt dann in der gebotenen Schärfe die zweitmörderischste Frage der Paardialoge, die da lautet: „Sag mal, findest du mich etwa …“

Beide müssen lachen und Annette fragt Johanningmeier provozierend: „Und, mein stolzer Gedächtnisexperte, was essen wir beide heute eigentlich zu Mittag?“

Johanningmeier mimt den Masochisten und verordnet: „Nix, und ab morgen nur noch das ganz ganz dünne und extrem gesunde Knäckebrot mit Magerquark, belegt mit Tomate und oben drauf einem Sträußchen frischer Petersilie zum ersten und einzigen Frühstück. Und abends, nach dem Dienst, joggen wir beide gemeinsam und solidarisch um den Obersee, wetterunabhängig, klar?“

„Oder wir trainieren für den alljährlichen Hermannslauf.“ Annette steht mit einem Ruck auf und sagt: „So, Schluss hier mit der albernen Diskussion wegen der Fettgürtel um unsere Hüften, ich setze hier mal einen fetten Punkt!“

Sie fügt hinzu: „Aber als Letztes noch eines, mein Lieber, aus meiner Sicht zum Thema: All meine Freundinnen, die, die etwa so alt sind wie ich, aber gewiss gertenschlank, die sind doch alle irgendwie krank, das soll uns doch was sagen … und was? So falsch kann das ja nun auch nicht sein, wie wir uns jetzt ernähren. Und unsere Lebensfreude bleibt uns auch erhalten, also bleiben wir heute bei unserem netten Abendmahl: Eisbein mit Sauerkraut, Kartoffelbrei und schön scharfem Senf, das hatten wir doch geplant, oder?“

Johanningmeier, der schon befürchtet hat, es ginge ihm richtig ans Leder, nickt.

Und Annette wirkt noch zufriedener, als ihr Freund hinzufügt: „Wir haben doch heute Freitag, ich für meine Person könnte mir auch eine hübsche, schlanke Dorade vom Holländischen Wagen auf dem Siggimarkt vorstellen. Somit bin ich mit dir einer Meinung. Die Schmachtriemen, die bleiben erst mal hübsch im Kleiderschrank, wenigstens für heute! Die heißen übrigens Schmachtriemen, weil die Kutscher damit die

Hungergefühle unterdrücken konnten, um längere Zeit ohne zu essen auf dem Kutscherbock auszuhalten."

„Also, wir nehmen beides, heute Dorade, dann Eisbein morgen ... ha, wie lecker und dazu ein oder auch zwei Gläschen Weißburgunder, Fisch muss schwimmen. Aber warum heißt das Teil eigentlich Eisbein?"

„Weiß ich auch nicht. Ich glaube, mir ist es doch wichtig, dass wir uns, was unser Essen angeht, einen guten Plan machen, aber, wenn möglich, bitte ohne Zwang", sagt Johanningmeier.

Drei

Alles ist richtig, auch das Gegenteil.
Nur: Zwar ... aber – das ist nie richtig.
Kurt Tucholsky

Um neun Uhr an einem der ersten schulfreien Morgen zu Sommeranfang, knapp fünfzig Jahre zuvor, ebenfalls in Bielefeld, zu der Zeit, als das Polizeipräsidium noch am „Kesselbrink", einem damals wie heute großen, etwas unwirtlichen Platz in der Innenstadt residierte, erwacht Ewa zu Hause, weil sie heftig niesen muss. Ein erster verirrter Sonnenstrahl erreicht die Schlafende noch inmitten ihres letzten Traumfetzens, sie versucht ihn zur Seite zu wischen, aber er kitzelt sie so lange an der Nase, bis sie mit einem dreimaligen Hatschi reagieren muss.

Welch ein brutal plötzliches Erwachen!

Aufgewacht koppeln sich ihre ersten Wachgedanken an die Bedenkenschwere, mit der sie sich am Abend zuvor so lange beschäftigen musste und deshalb so spät hatte einschlafen können.

Eines aber ist ihr gestern ganz klar geworden: Ich kann das Problem nur lösen, indem ich etwas tue. Und nicht, indem ich meinen Kopf in den Sand stecke und mich weiter unnütz mit meinen Sackgassenfragen beschwere. Auch nicht, indem ich sie hin und her denke. Das wird mich auf Dauer nur krank und kränker machen, und das dazu noch in den großen Ferien, wo man sowieso nichts Sinnvolles zu tun hat und viel zu viel freie Zeit zum Grübeln zur Verfügung steht.

Dieses ewige Hin und Her, dies alles wird mich noch in den Wahnsinn treiben, das ist so sicher, wie dass es heute nicht regnen wird, sondern dass uns wieder ein herrlicher Sonnentag droht. Klar doch, ich werde mich entscheiden, denkt sie, aber, und das ist nun auch mal ganz sicher, ich werde bei dieser längst fälligen Entscheidung einem mir ganz, ganz lieben Menschen bestimmt sehr, sehr wehtun müssen. Oder gar beiden?

Und nun? Was nun? Denn das gilt es doch auch zu bedenken: Wenn ich dann so ganz ohne eine feste Liebe dastehe, ohne eindeutige Nähe, werde ich mich nicht völlig leer fühlen? Ganz einsam? Besonders jetzt zu Sommerbeginn, wenn es draußen spürbar wärmer wird und ich jeder Pflicht für einen längeren Zeitraum ledig bin? Dann, wenn ich abends gerne noch mein Fenster in meinem Zimmer weit öffne oder wenn ich draußen sitze, im Garten, im Hof, spazieren gehe, mit meinen Träumen unterwegs bin?

Wobei ich am liebsten meine Seele baumeln lassen möchte, dann ist es doch nicht gut, dauernd allein zu sein, nein, gar nicht!

Sie horcht ins Haus hinein. Kein Ton ist zu hören, und das Gefühl, ganz allein zu sein, bekommt neue Nahrung und steigt in ihr hoch. Und wenn sie ehrlich ist, dann weiß sie, dass dieses nagende Gefühl so zu ihr gehört wie das Amen in der Kirche, fest gekrallt in ihrem Magen. Dort verankert, spätestens seit Mutters Tod vor drei Jahren. Die Diagnose war Darmkrebs, der einen schnellen Verlauf nahm, und dann ging es rasend schnell bergab.

Der galoppierende körperliche Verfall unter dem Einfluss dieser tückischen Krankheit war tagtäglich zu beobachten und man konnte nichts tun, man musste ohnmächtig zusehen. Und dann das Endstadium, Liegendpatientin, „Endpflege“ bis zum Tod, der oft von den Angehörigen Erlösung genannt wird. Und dazu ein völlig überforderter Vater, der ihr bald wie ein zweiter Pflegefall vorkam. Der jetzt endlich, nach langem Suchen, wieder neue Arbeit gefunden hat und dazu „endlich“ eine neue Frau.

Ewa aber will mit der Tusse nichts zu tun haben, sie will keine neue Frau im Haus. Noch so ein bitterböser Gedanke, der sie zwar etwas tröstet, aber ihr auch nicht wirklich guttut! Auch wenn sie eigentlich zugeben muss, dass die Neue gar nicht so übel ist.

„Tusse, schäm dich Ewa! Du bist undankbar, sie will nur dein Bestes!“

„Aber Vater, ich brauche keinen Ersatz, brauche keine neue Mutter!“ Nein, warum auch, niemals, Mutter braucht nicht ersetzt zu werden, die kann man nicht ersetzen, da kann Vater so viel reden, wie er will. In ihren Augen ist er nichts als ein übler Verräter, so, basta, und damit ist das Thema erledigt, niemand soll sie in Watte packen. Sie ist fast volljährig!

„Tusse, schäm dich!“, ruft ihr Vater, „so was sagt man nicht, dafür wirst du bestraft, frag unseren Pfarrer!“

Wie lange schon ist es her, dass sie, streng katholisch aufgewachsen, zur Beichte gegangen ist? Und was soll sie da auch berichten? Dass sie der Tusse auch einen Krebs an den Hals wünscht? Und soll sie einem dieser Mümmelgreise im Beichtstuhl von ihren schlimmen Gedanken erzählen, einem wildfremden Geistlichen?

Um dann auch noch dafür büßen zu müssen, mit zwanzig heruntergeleierten Vaterunser, der du bist im Himmel, und zehn Ave Maria?

Wie sollte so ein uralter Mann für das Feuer ihrer Jugend auch nur eine Spur von Verständnis aufbringen können, für ihren Hader mit der ungerechten Welt, für ihren Hunger nach Liebe, nach körperlicher Berührung, für ihren Wunsch nach

Zuneigung? Schwer vorstellbar, eigentlich überhaupt nicht möglich! Täglich spürt sie ihren Körper, wie er sich entwickelt, wie er mit all dem Durcheinander der Gefühle kämpft.

Hormone, die in ihrem Körper kreisen wie ein Schwarm aufgeregter Hummeln. Es sind die Hormone, die in ihr toben, die sich nach menschlicher Nähe sehnen, nach Umarmungen. Da können ihr doch keine Bußgebete oder salbungsvollen Worte helfen, oder? Und sicher auch helfen ihr nicht das schlechte Gewissen und keine kirchlich verordneten Anweisungen, die vielleicht noch verbunden werden mit neuen Angstgefühlen!

Und was ist mit diesen feschen Burschen, denen sie in ihren Tag- und Nachtträumen begegnet? Und davon gibt es hier einen Haufen junger Exemplare, die sie alle anhimmeln. Was das Schönste ist, und auch das Schlimmste, in der Realität gibt es sogar zwei Männer, Ralle und Jonas, die beide zu ihren allerengsten Freunden zählen und in die sie sich verliebt hat. Und davon soll einer zu viel sein?

Nein, diesen Konflikt zu lösen, das überfordert sie, so kann sie sich nicht entscheiden. Aber sie weiß ganz genau, diese Entscheidung kann ihr niemand abnehmen. Die kann sie nicht delegieren, nicht in andere Hände legen, vor allem nicht in die runzeligen Hände so eines weltfremden Paters in einem Beichtstuhl.

Sie betrachtet plötzlich stolz ihre jungen Hände, die so schmal sind, so unverbraucht und sauber, fast möchte sie sagen unschuldig.

Aber so ist wohl das Leben, gespickt voll mit solch ewigen Auseinandersetzungen, mit Angst, mit Schuld, es verlangt dauernd neue Entscheidungen, A oder B, Schwarz oder Weiß, Hü oder Hott. Und dann bleibt da noch die Frage nach der Sünde. Wie viel Platz muss sie denn in ihrem Leben dieser Frage zugestehen? Und wird die immer präsent bleiben? Hat die denn immer ein Wörtchen mitzureden?

Bleibt man denn immer unfrei, quatscht einem das Gewissen, „das ist aber eine Sünde“, mit erhobenem Zeigefinger, das ganze Leben lang in alles Wilde und Schöne hinein? Nein, bloß das nicht, das würde mir ganz und gar nicht gefallen, überhaupt nicht, denkt sie entrüstet.

Das muss ich unbedingt richtig besprechen, am besten mit Jonas, denn der weiß so viel, der hat immer eine klare offene Meinung, obwohl er so jung ist!

Jonas ist genauso alt wie sie. Sie gehen zusammen in dieselbe Schulklasse. Für ihn hatte sie sich lange überhaupt nicht interessiert. Zu blass, zu klein, zu wenig Mann. Aber seit dem letzten Schuljahr hat sich der Wind gedreht. Zunächst hatte er ihr bei Mathe geholfen, auf eine ganz liebe Art. Er war ein verständnisvoller Lehrer, ein Genuss gegenüber den starren, alten Paukern in der Penne mit deren antiquierten Lehrmethoden. Aber dann kam unerwartet, wie aus heiterem Himmel, das Herzklopfen dazu, unerklärlich. Passierte das einfach nur so oder hatte sich Jonas irgendwann in ihr Herz geschlichen?

Auf der anderen Seite ist da Ralle, eigentlich Ralf, aber niemand nennt ihn so, höchstens sein Personalausweis oder seine Akte im Amt. Ja, Ralle, der verkörpert für Ewa einen ganz anderen Typ von Mann. Zunächst deutlich älter als Jonas, dunkel, groß und mit tiefer Stimme. Der wirkt zielstrebig, zupackend, risikobereit, weiß, was er will. Er ist auch manchmal lustig, aber meistens doch ernst, und scheint um ein Vielfaches mehr an Lebenserfahrung zu besitzen als die unbedarften Jungen in ihrem Alter. Der kann sicher noch weniger gut Mathe als sie selbst, aber was der gut kann, das wird sie herausfinden, und zwar möglichst noch heute oder morgen.

Sie fühlt sich zu den zwei Jungs gleichermaßen und aus ganz verschiedenen Gründen hingezogen. Nun aber haben heute die endlos langen Sommerferien begonnen, sechs Wochen keine Schule, sechs Wochen ganz viel freie Zeit. Sechs Wochen, um unerwartete Dinge zu erleben. Ihr wird ganz heiß.

Ihr Kopf sagt in etwa: Ewa, du musst dich irgendwann einmal klar entscheiden. Ihr Herz aber befürchtet, dass sie einen von den beiden verlieren könnte.

Oder noch viel schlimmer, aber was könnte das wohl sein?

„Tawn between two lovers“, dieser englische Ohrwurm ertönt in ihrem Kopf und trägt dazu bei, dass sie sich fühlt wie „feeling like a fool“!

Ins Deutsche übersetzt heißt das Lied, lange nicht so das Gefühl treffend wie im Original: „Zwischen zwei Gefühlen/ lass mich nicht allein/und ich lieb euch beide/und es darf nicht sein!“

Ja, wenn „fool“, also sich zu fühlen wie eine Dumme, wenn diese Dummheit wehtäte, dann würde sie schreien. Ewa dreht sich noch einmal im Bett um, noch einmal, so viel Zeit muss sein, es sind ja schließlich Ferien. Und jetzt auf der Stelle muss sie gar nichts entscheiden, dazu ist der Morgen noch zu jung und zu rein.

Dann aber steht sie doch auf, der Not gehorchend, denn sie braucht jetzt dringend frische Luft. Sie öffnet das Schlafzimmerfenster weit, der noch kühle Morgen soll ihr Zimmer betreten. Sie atmet tief durch und legt sich dann aber noch mal wieder hin. Sie rollt sich fest in die Bettdecke ein und legt sich auf die andere Seite, um noch eine Runde zu schlafen. Oh, du schöne Ferienzeit, schreckliche und auch freie Zeit. Zeit, um die Welt zu versuchen und herauszufordern!

Eine halbe Stunde später wacht sie wieder auf und hat jetzt Kopfschmerzen, wie nach einem Glas Bier zu viel am Abend, und das, obwohl sie noch nie Alkohol getrunken hat. Also kann ihr Kopfweh nur ein hart erarbeitetes Ergebnis des Dauergrübelns sein.

Obwohl, gestern, da war so ein willkommener Tag! Auf ihrem Spaziergang, da hätte sie doch puppig leicht die fällige Entscheidung treffen können – müssen. Da hätte sie alles klarmachen können, aber sie war wieder einmal zu feige gewesen. Wenn doch jemand anderes ihr die überfällige Wahl abnehmen könnte! Aber wer? Bestimmt nicht ihr Vater, der weiß doch gar nichts mehr von ihr, der ist doch sowieso immer nur mit sich selbst beschäftigt oder mit der Neuen oder mit der ollen Knete. Ja, wenn ihre Mutter noch da wäre, ja wenn.

Es tut weh, das zu denken, sie beißt in ihr Kissen und der innere Schmerz geht langsam wieder weg. Gott sei Dank, die Vergangenheit wird allmählich blasser, aber die Zeit scheint ihr nur manchmal zu helfen, sie hilft ihr nur, wenn sie weiterdenken kann.

Gestern war sie mit Jonas spazieren gegangen, in der Abendluft, auf dem kleinen Friedhof. Sie hatten Kicki mitgenommen, den Hund ihrer Nachbarin. Er diente als Anstandswauwau. Da hätte sie es ihm sagen sollen. Aber wie, wenn man doch selbst gar nicht weiß, was man will oder möchte, mit wem man gehen will?

Und wenn dann wieder jemand stirbt? Zum Beispiel Kicki, der kleine Hund von nebenan? Kleinere Hunde werden älter als große, das hatte sie mal gehört, besonders Mischlinge. Kicki ist erst zwölf, der kann gut und gerne über fünfzehn werden, so ein Hund lebt ewig, aber Mama nicht, warum nicht? Tränen steigen auf.

Wenn sie die beiden Freunde vergleicht, dann gewinnt jedes Mal ein anderer, aber am Ende keiner. Klar, das ist mal sicher: Mit Jonas, das muss sie sich eingestehen, ist es immer wieder spannend, nicht so langweilig wie manchmal mit dem schönen Ralle. Aber ihre Gefühle rauschen wie ein Wasserfall dagegen an, schlau sind die nicht, das ist klar wie Kloßbrühe.

Ein Kiesel oder Steinchen landet auf ihrem Fensterbrett und jemand ruft nach ihr. Sie muss nicht groß rätseln, wer das sein könnte, springt so rasch wie möglich aus dem Bett und lehnt sich aus dem Fenster. Und wirklich, sie hat einen unerwarteten, aber erhofften Besuch vor der Tür. Ja, es ist Jonas, der unten auf der Straße vor dem Haus steht und zu Ewa nach oben schaut. Sie ruft, ohne groß nachzudenken: „Warte Jonas, ich werfe dir den Schlüssel runter, du kannst ja mit mir frühstücken, ich bin gerade erst aufgewacht!"

Jonas zögert nur einen kleinen Augenblick und nickt dann, offensichtlich hoch erfreut. Rasch lehnt er sein Rad an die Hauswand direkt neben der Eingangstür und schwenkt dabei das geschickt aufgefangene Schlüsselband wie ein gerade frisch überreichtes Überraschungsgeschenk hin und her, bevor er entschlossen damit die Haustür öffnet. Es hätte nur noch gefehlt, dass er Verdis freudigen Triumphmarsch aus der Oper Aida beim Durchschreiten der Haustür vor sich hin gepfiffen hätte. Wie herrlich beschwingt hätte das in seinen und vielleicht sogar in den Ohren von Ewa geklungen.

Vier

Lieber aus ganzem Holz eine Feindschaft
als eine geleimte Freundschaft.
Friedrich Nietzsche

Auch Ralle ist an diesem Morgen mit der schwierigen Dreierkonstellation mehr beschäftigt, als er es für sinnvoll und nötig halten möchte. Deshalb versucht er die Situation herunterzuspielen, indem er seine Chancen innerhalb der Rivalität deutlich nach oben stuft.

Dieser unscheinbare Milchbubi, denkt er, der ist es doch wohl kaum wert, dass ich mich damit ernsthaft beschäftige! Aber seine Unruhe bleibt wie Alleskleber an ihm haften. Bildet der sich etwa ein, er dürfe Ewa anfassen? Gut, zugegeben, Jonas ist ein Schnelldenker, ein Alleswisser, ein kleiner Fuchs, aber der kann doch nur denken und klug schwätzen, nicht aber handeln. Der hat doch nicht den Hauch einer Chance bei so einer Klassefrau, wie Ewa eine ist? Ewa! Er sagt den Namen leise mit einer Art Besitzerstolz. Ewa, Ewa, mit einem weichen Konsonanten zwischen den Vokalen, das ist die slawische Schreibweise von Eva. Da hat er gut aufgepasst in der Schule. Er fühlt schon wieder diesen Stolz. Der Name kommt wohl aus dem Baltikum oder aus Polen, was weiß denn er?

Mit dieser Ewa könnte ich die Welt erobern, mit der ginge das. Nichts würde mich hier halten, mit der könnte ich durchbrennen, am besten nach Übersee. Amerika, das würde mich reizen, aber am liebsten mit Ewa. Hier hält mich doch eigentlich nichts mehr. Gut, die Lehre, die könnte ich noch zu Ende bringen, wer weiß, wozu sie gut ist, denkt er und kommt sich dabei sehr vernünftig vor.

Damals, im letzten Sommer, hat er Ewa zum ersten Mal gesehen, und sie hatte ihn auch wahrgenommen. Da war sofort was zwischen ihnen, etwas Prickelndes. Das konnte sogar ein Blinder mit einem Krückstock sehen. Manchmal hat er so ein mulmiges Gefühl, eine leichte Angst, Ewa zu verlieren, schon bevor überhaupt etwas angefangen hat. Das würde ihm glatt den Verstand rauben, besonders jetzt im Sommer, wenn alle leicht bekleidet sind wegen all der Hitze.

Er springt aus dem Bett.

Ralle möchte Ewa am liebsten mit einem Überraschungsangriff erobern. Er hat den dringenden Wunsch, fast ist es schon eine Sucht. Er muss sie gewinnen, sie besitzen. Aber sie ist nicht so leicht zu erreichen, das weiß er selbst.

Unerträglich ist dieser Zustand, sie zurzeit noch teilen zu müssen mit diesem Bubi, aber nicht mehr lange! In der Nacht wacht er oft schweißgebadet auf, er sieht ein Paar in inniger Umarmung, das sich im gemeinsamen Spiel der körperlichen Liebe einander hingibt. Dann aber kommt die Angst, denn sein Körper reagiert nicht mit der erwarteten Erregung, sondern zieht sich zusammen, sodass er schon denkt, er sei nicht normal.

Heute, an diesem wunderbar hellen Morgen im Frühsommer, der einen weiteren warmen Tag auf den Lippen trägt, wird er Jonas treffen. Sie werden ins Freibad gehen, zusammen, wie immer mit Ewa. Aber warum eigentlich? Warum immer zu dritt? Das ist doch einer zu viel, und er weiß auch schon wer! Jetzt, wo er intensiv an seine Ewa denkt, spürt er sein Blut, wie es zwischen die Beine strömt. Das sollte Ewa lieber nicht sehen, nicht den sichtbaren Beweis seiner Bedürftigkeit. Die könnte sich in seiner knappen Badehose allzu deutlich zeigen, also aufgepasst. Welch eine Blamage wäre das. Aber, so denkt er auch mit einem gewissen Stolz, im Vergleich zu seiner Pracht hat sein Konkurrent keine Chance, das weiß er seit dem letzten gemeinsamen Duschen.

Gut, zugegeben, ein wenig geschämt hat er sich für diese Regung der Häme, seine klammheimliche Freude, doch. Aber vor allem hat ihn beruhigt, dass ihm so klar geworden war: Von dieser Seite droht mir keinerlei Gefahr. Meine körperliche Verfassung spricht zweifelsohne deutlich für mich.

Ganz so frei aber, wie er es sich wünscht, ist dieser heutige schöne Tag leider nicht, denn es steht ihm die nächste Prüfung bevor, aber auch die ist zu schaffen. Gut ist, er ist mit Ewa verabredet, schlecht, sehr schlecht allerdings, leider nicht mit ihr allein. Warum eigentlich nicht? Hat er etwas falsch gemacht oder ging es nicht anders? Ihm raucht schon der Kopf vor lauter Gefühlswirrwarr.

Mit einem plötzlichen Entschluss steht er auf, geht ins Gemeinschaftsbad des Wohnheims und klatscht sich, über eines der Waschbecken des kollektiven Bades gebeugt, einen Schwall kaltes Wasser ins Gesicht. Das macht ihn sofort nüchtern. Rasch zieht er sich an und schlürft in der menschenleeren Gemeinschaftsküche seinen gewohnten großen Morgenkaffee. Stark und schwarz, wie meine Seele, so, wie ich bin und ich ihn mag, denkt er zufrieden. Während der Kleine wahrscheinlich seine Milch trinkt, dieser Bubi.

Bald, so weiß er, wird sich die Waage zu seinen Gunsten neigen, bald wird er gewonnen haben. Und wenn nicht, ein Ralle lässt sich nicht auf Platz zwei setzen, der erträgt das nicht, nicht noch ein zweites Mal im Leben. Viel zu oft hat er bisher klein beigeben, sich hinten anstellen müssen, wurde immer zuletzt gesehen, erst die Kundschaft, dann er. Das wird er sich nicht mehr gefallen lassen, von keinem. „Ein Mann sieht rot“, ein packender Selbstjustizfilm mit dem amerikanischen Machoschauspieler Charles Bronson. Auch so ein Filmtitel, dessen Botschaft ihm richtig gut gefällt.

Er verlässt das Heim, dieses Heim für gestrandete beziehungsweise gefährdete Jugendliche und junge Erwachsene, diese armselige Hütte, voll mit Idioten, mit Verlierern und Angebern, große Fresse und doch nichts dahinter außer heißer Luft.

Aber das ist immer noch besser als seine letzte Pflegefamilie, pah, Familie. „Wir tun das doch alles nur für dich, du wirst es einmal erben!" Was erben? Etwa diesen Krämerladen, diese Klitsche? In der kann man sich doch nur zu Tode arbeiten, und für was? Für die Zufriedenheit der Kundschaft, das hatte Ralle damals sofort verstanden.

Und dann? „Du bist immer bei uns willkommen, aber jetzt ab ins Heim!" Hatte sich was mit dem Wörtchen „immer", ein Witz war das doch, ein glatter Betrug! Typisch für solche Krämerseelen! Notgroschen sind das, die einem bei so einem Job übrigbleiben. Er sieht ihn noch vor sich, den Pflegevater. Der saß von früh bis spät über den Büchern, ein Trauerspiel. Die Konkurrenz der Discounter wuchs und der kleine Rest, der dann noch als Gewinn in der Kasse übrigblieb, den holte sich das Finanzamt. Nein und noch mal Nein, mit diesem Leben wollte er nichts mehr zu tun haben, gar nichts, das wollte er nicht mal geschenkt.

Ralle schwingt sich entschlossen auf sein Fahrrad, und mit jedem kräftigen Tritt gewinnt er mehr Freiheit, verliert er an Enge. Es löst sich der innere Krampf, der da sagt: Junge, hier ist deine Zukunft begraben, deshalb ist es deine Aufgabe, hier im Geschäft einzusteigen. Nein, auf so eine Zukunft kann er pfeifen und er erreicht endlich die nächste Straßenbiegung, von der aus das triste Heim nicht mehr zu sehen ist.

Überhaupt, so ein Erziehungsheim ist zum Kotzen! Gut, ein paar Betreuer sind ganz okay und manchmal macht sogar die Gemeinschaft gute Laune. Aber wenn er an den Heimvater denkt, der ist ein ganz gemeines widerliches Etwas, so stellt sich Ralle einen Gefängniswärter vor!

Er biegt mit kühnem Schwung um die übernächste Ecke, hier wohnt sie. Aber, ihm stockt der Atem, denn er muss doch tatsächlich mitansehen, wie dieser Rotzjunge, Jonas, gerade in diesem Augenblick in Ewas Haustür verschwindet, die er offensichtlich mit einem Schlüssel selbst geöffnet hat. Und unter dem Arm trägt der Lümmel doch tatsächlich seine Schultasche, als ob er heute zum Matheunterricht gehen würde. Pah, Nachhilfe in den Sommerferien, das ist doch eine glatte Lüge! Ein Trick! So leicht lässt sich ein Ralle nicht linken!

Ralle schießt das Blut ins Gesicht und er fragt sich: Woher nur hat das Bürschchen diesen Schlüssel? Etwa von Ewa? Das kann doch nicht wahr sein! Oder doch? Er schaut nach oben zur Wohnung und muss sehen, wie dort ein gerade noch geöffnetes Fenster mit festem Ruck geschlossen wird. Ohne jeden Zweifel von Mädchenhänden und die, das weiß er ganz genau, die gehören Ewa.

Nun steht er hier draußen vor der dämlichen Tür, die ganz allmählich, aber unaufhaltsam einschnappt, um sich dann mit sanftem Klacken ganz zu schließen, wie ein dummer Junge, wie bestellt und nicht abgeholt.

Die Farbe Rot steigt tief von unten in ihm auf, wallt hoch, ein jäher Zorn, blutrot getränkt, ein Stoß in sein junges Herz. Geschlagen wendet er sich ab, steigt auf sein Fahrrad und tritt in die Pedale. Erneut gibt er Vollgas. Erst mal weg von hier, raus mit der Wut, aber wohin? Wenn er das wüsste. Der heftige Impuls, jetzt alles, aber auch alles, fluchtartig und ein für alle Mal hinter sich zu lassen, bekommt so neues Futter, neue Nahrung und macht angesichts der Ausweglosigkeit der Sachlage ganz irre. Plötzlich ist er wieder ganz verunsichert, was er denn überhaupt wert ist.

Als er die erste Steigung genommen hat, angetrieben von einem Gefühl, das es zu besiegen gilt, setzt er sich tief durchatmend auf eine Bank, um seine wild durcheinander wirbelnden Gedanken zu ordnen.

Was zum Teufel hat diese Null bei Ewa zu suchen? Noch dazu alleine? Das darf, das kann doch nicht wahr sein! Unterm

Arm die Schultasche, als ob da der Nachhilfelehrer drinstecken würde. Jetzt Mathe? Wer soll das denn glauben? Ha, er nicht. So naiv kann doch niemand sein, das grenzt doch schon an fortgeschrittene Verblödung, so ein Märchen zu glauben! Allein, er hat es mit eigenen Augen gesehen. Dieser Wicht spaziert da einfach so mir nichts dir nichts hinein! Das darf doch einfach überhaupt nicht wahr sein!!

Gut, manchmal hilft er ihr wohl bei diesem Schulzeugs, Mathe oder bei sonst so was Unwichtigem. Aber jetzt haben doch alle große Ferien, diese Oberschüler, diese faden hochnäsigen Gymnasiasten, diese langweiligen Schlaumeier. Alles doch nur Schlappschwänze, Angeber, mit zwei linken Händen. Intellektuelle Korinthenkacker, jeder einzelne, wie er so da steht, keine Muckis, keinen Mumm. Keine Gegner für Kerle, wie er einer ist, alles nur Sesselpupser!

Schule, nee, Schule, geh mir bloß weg damit! Die fand er immer todlangweilig. Bemüht hat er sich nie, nur soviel wie nötig getan, nee, sitzengeblieben ist er nicht, nur immer so gerade noch durchgerutscht, aber in den Pausen, sich da gepflegt verkloppen zu können, sich zu prügeln, das hatte ihm gut gefallen.

Ralle sieht von oben auf die Stadt und lässt seinen Gedanken nun freien Lauf. Der Überblick hilft ihm, sich ein wenig zu beruhigen. Nach dem Sommer, im August, kommt für ihn erst mal seine Lehre, das steht fest, da wird er endlich eigenes Geld sehen. Er hat eine Lehrstelle im Vertrieb bei Dr. Oetker. Er malt sich die Ausbildung spannend und interessant aus. Da wird er endlich allen zeigen, was er kann. Er wird alle, die ihm nichts, aber auch gar nichts zugetraut haben, zum Schweigen bringen. Die werden sich wundern, was dieser Ralle alles so drauf hat: Alle, inklusive seiner Pflegeeltern, der Heimleitung und natürlich Ewa.

Dr. Oetker, dieser Puddingfritze, der hat doch auch einmal klein angefangen, als unbedeutender Apotheker. Und aus seiner Hinterhofklitsche ist ein wahres Weltunternehmen geworden. Wie gut für Ralle, von da aus wird er über kurz oder lang viel von der großen, weiten Welt sehen können und womöglich sogar müssen.

Jetzt aber steht erst mal dieser warme Sommer an, mit so viel freier Zeit, mit Sonnen, Schwimmen, Baden und vor allem mit ihr, mit Ewa. Den heutigen Sommeranfang aber, den hatte er sich ganz anders vorgestellt, nicht so unfassbar brutal. Was sollte das heute, gerade heute? Dieser Besuch von dem Bubi bei ihr? Oder stecken die beiden schon länger unter einer Decke? Ist alles abgesprochen, eventuell von langer Hand geplant? Und nun ist er der Gelackmeierte. Wollen die beiden mich etwa verscheißern? Nicht erst seit heute? Dies schmerzliche Gefühl steigt wieder in ihm hoch, gepaart mit Ohnmacht und bitterem Zorn.

Das wüsste ich aber, so schnell gebe ich nicht auf, ich bin ein zäher Gegner!

Na, die werden sich noch wundern ... nee, nicht mit mir, nicht mit Vater Ralle. Wenn das so ist, das werden sie noch büßen, alle beide. Ist doch logisch, was jetzt passieren wird. Ich schaue später noch mal vorbei, und wehe, wenn die Karre von Jonas, diese Gurke, dann da immer noch steht! Beide Reifen steche ich ihm platt, da könnt ihr Gift drauf nehmen, und nicht zu knapp. Unser kleiner Ausflug wird dann für das Kerlchen leider ins Wasser fallen, platsch, unser Herr muss leider zu Hause bleiben. Den wird der Verräter wohl verschieben müssen.

„Wer sein Fahrrad liebt, der schiebt", darauf kann der sich verlassen, ein Mann wie Ralle lässt sich doch nicht verscheißern.

Unter der Bank findet Ralle ein paar Steine, die er wütend weit fortwirft, ein paar Treffer an einen Baum animieren ihn, seine Werferei zu steigern, bis er sich, des Spiels müde, wieder aufs Rad setzt, Vollgas gibt, volle Fahrt voraus, den Berg weiter hoch hinauf. Auf, auf, Kameraden, hinein in den steilen Teutonenberg, los, jippijee.

Fünf

Die Hoffnung ist der Regenbogen über den herabstürzenden Bach des Lebens.
Friedrich Nietzsche

Auch Jonas wird von dem frühen Sommermorgen mit einem fröhlichen Lachen begrüßt. Auch für ihn ist es eine Freude, die Klarheit der Natur zu bewundern, aber auch in ihm ziehen rasch viele schwarze Wolken auf. Es sind ebenfalls, wie bei den beiden anderen bleischwere Gedanken, trübe Vorstellungen, vielleicht sogar auch traurige Vorahnungen, auf jeden Fall aber große Unsicherheiten, wie sie vielleicht zu seinem Alter gehören.

Ohne großen Erfolg zu haben, bemüht er sich, sie so rasch wie möglich aus seinem Denken zu verscheuchen. Denn seine Gedankenschwere gipfelt wieder in der drängenden Frage: „Was soll ich bloß tun? Ich liebe Ewa, das weiß ich genau, aber liebt sie mich auch?“ Leider lässt sich bei ihm, obwohl er über sechzehn ist, die körperliche Reife unverständlich lange Zeit, was ihn stark verunsichert, ein Problem, das seine Fragen besonders drängend werden lässt. „Kann ich ihr meine Liebe gestehen? Und wie und wann und was wird sie sagen? Wird sie mich aus- oder gar verlachen? Bisher bin ich doch nur der Bruder, den sie nicht hat, oder nur der gute hilfreiche Kumpel Jonas, ihre Nachhilfe, aber vielleicht bin ich viel mehr. Oder? Wahrscheinlich bin ich ihr zu jung, ein Grünschnabel. Ich bin einfach noch lange kein richtiger Mann, einer, der für eine so tolle Frau wirklich begehrenswert ist.“

Manchmal, nein, wenn er einmal ganz ehrlich ist, eigentlich fast immer vergleicht er sich mit anderen Jugendlichen. Und dann fällt sein Urteil immer gleich vernichtend aus. Er findet sich zu schmal, zu mickrig. Viele andere Jungs in seinem Alter sind körperlich schon viel reifer. Die anderen haben meistens schon ein richtiges Kreuz. Er aber hat kaum nennenswerte Muskeln.

Er müsste sich eigentlich für seine dünnen Arme schämen, und das tut er auch. Er schämt sich überhaupt viel zuviel, für alles und jedes, am Ende dann auch noch dafür, dass er sich über sich schämt.

Es ist ein wahrer Teufelskreis, eine Sackgasse. Und wie er es auch dreht und wendet, wenn er sich im großen Spiegel im Bad ansieht, dann sieht er einen blassen unscheinbaren Jungen. Eine schlappe Gestalt, die erbärmlich ausschaut, kein Bartwuchs, keine Haare unten, keine Haare unter den Achselhöhlen, nur ein paar Härchen auf der schmalen Brust. Seine pubertäre Reife lässt auf sich warten. Alles zu seiner Zeit, aber wann bricht diese Zeit auch für ihn an?

Zu klein, zu leise, zu langsam ... die Liste der Selbstverurteilungen ist lang, keiner mag ihn so richtig leiden, außer seiner Mutter, die ihn auch manchmal aufmunternd „Jonas, mein Großer" nennt. Mütter wissen wohl immer, was ihren Söhnen fehlt.

Bei der Wahl der Mannschaften, ob beim Volleyball oder Handball in der Schule, sogar auf der Straße beim spontanen Fußballspiel, bleibt er immer am Ende übrig, zusammen mit dem dicken Ulf. Es ist ein Trauerspiel. Aber kein Wunder, es heißt ja eindeutig und klar „Mannschaft"!

Nur Ralle, denkt Jonas, der akzeptiert mich so, wie ich bin. Wenn der sagt: „Jonas, du bist ein kluger Kopf", und ihm dabei auf die Schulter klopft oder ihm spielerisch eine sanfte Kopfnuss verpasst, dann hört Jonas das gerne, fühlt er es als Lob. Ja, in der Tat, sein Kopf ist sein Kapital, da ist er schwer zu schlagen. Aber, pack die Badehose ein, das ist ein Offenbarungseid, nichts in der Hose, nicht einmal mehr als ein paar Haare auf der Hühnerbrust.

Gestern noch hat er sich überall untersucht, dabei hat sein Glied durchaus stramm gestanden, aber so armselig dünn, so klein, so ganz ohne Haarwuchs, 14 Zentimeter, und das gerade mal knapp: Ein verlorener Stengel, wo sonst Männlichkeit zu erwarten wäre. Nein, seine Stärke liegt ganz woanders, im

Oberstübchen, da liegt er vorne. Aber was zählt das wirklich im Konkurrenzkampf um die Mädchen, etwa um die Zuneigung Ewas?

Er muss unbedingt bald mit Ralle sprechen, der ist ein paar Jahre älter, der kennt sich aus, der wird ihm Hoffnung machen. Wie gut, dass er einen so erfahrenen Freund hat. Mutter oder Vater kann er nicht fragen, auch nicht einen seiner drei großen Brüder, deren möglichen oder sogar unvermeidlichen Spott kann er jetzt am allerwenigsten vertragen.

Nein, es muss etwas geschehen! Entschlossen schiebt er die Bettdecke weg, springt aus den Federn, läuft aus dem Zimmer und trinkt unten in der Küche ein Glas frische Vollmilch, von der die Werbung behauptet, sie mache „müde Männer munter".

So sehr er auch die Sommerferien wegen der freien Zeit schätzt, die Zeit in der Schule, der Unterricht in seinen Lieblingsfächern, in Deutsch, Geschichte, Politik, Philosophie, wird schon bald anfangen, ihm zu fehlen, dieses Gefühl hat er heute schon. Er liebt es zu diskutieren, geistig herausgefordert zu werden, die ganze Philologie, welch ein Hochgenuss. Was ist der Mensch, was ist seine Bestimmung? Schon Platon sah in ihm das höchste Wesen, und dann erst das Vergnügen, die großen Literaten zu lesen. Besonders die, die nach dem Krieg wieder gelesen werden dürfen, die „verbrannten Dichter". Die vor kurzer Zeit noch verbotenen Autoren, wie Erich Kästner, Bert Brecht, Thomas Mann, „Der Zauberberg", dann „Der Tod in Venedig", Tucholsky, und auch die neueren Nachkriegsautoren, Heinrich Böll mit seinem Roman „Ansichten eines Clowns" und ganz besonders Heinrich Mann, „Der Untertan", und noch viele andere Künstler des Wortes.

Das ist aber noch nicht alles, was für ihn zählt, denn da gibt es noch seine heimliche, starke Liebe, die hat er seinem Tagebuch anvertraut. Das ist sein allerbester Freund, das versteht ihn.

Jonas horcht ins Haus hinein. Nichts rührt sich, seine Brüder, die faulen Säcke, die pennen noch, waren wohl saufen.

Warum auch nicht? Den besten Zugang von den dreien hat Jonas ohne Zweifel noch zu Hans, der Altersabstand zu ihm beträgt nur knapp zwei Jahre, zu Peter drei und zu Karl sogar fünf. Mit Hans hatte er gestern noch ein richtig gutes Gespräch in der Küche, nachdem alle anderen schon fort waren, allerdings nur bis zu dem Zeitpunkt, als er Hans davon erzählt hat, dass er sich in Ewa „verliebt" habe. Wie konnte er auch so dumm sein? Denn Hans, der gut einen halben Kopf größer ist als er, hat nur gelacht und dann sehr ernst zu ihm gesagt, die solle er sich mal aus dem Kopf schlagen, die sei nichts für ihn, hinter der seien so viele Jungs her.

„Mach dir bloß keine falschen Hoffnungen, mein Junge, die ist doch nur so ein billiges Flittchen, die verdient dich gar nicht." Und hat ihm dabei einen Rippenstoß versetzt und dabei so hämisch gelacht. Wehgetan haben ihm aber nur diese gemeinen Worte. Da ist er richtig böse geworden und hat sich auf Hans gestürzt, der aber hat schnell das Weite gesucht und die Küchentür hinter sich zugeknallt, um im Flur noch laut zu rufen: „Flittchen, Flittchen, Ewa ist nur ein Flittchen, Jonas liebt ein Flittchen!"

Dann ist er ganz schnell nach draußen vors Haus gerannt. So ein Feigling, und so einer will sein Bruder sein, so ein gemeiner Kerl. Jonas konnte seine Tränen kaum unterdrücken. Was für eine Beleidigung, so eine Gemeinheit. Aber was ist nur genau gemeint mit dem Wort „Flittchen"? Natürlich nichts Gutes, das ist wohl schon mal sonnenklar!

„Ich frage Ralle, der wird es wissen, genau, so werde ich es machen!" Jonas sagt diesen Gedanken laut in den Raum und ist erstaunt über seine deutlich hörbare Entschiedenheit in der Stimme. Klang sie männlich? Zum Teufel mit der ewigen Skepsis! Den ganzen Tag hat er dann versucht das Wort „Flittchen" loszuwerden, aber ohne Erfolg.

Ach, egal, jetzt ist Sommer, denkt er, die Zeit wird helfen. Heute treffen sie sich. Sie ist die Königin in meinem Garten ... er pfeift. Dann geht er noch rasch nach oben und ordnet sein Bett. Auf dem Weg nach draußen nimmt er im Flur seine Schultasche und macht sich fröhlich weiter pfeifend auf zu neuen Ufern.

Bald schon öffnet die Stadtbibliothek ihre Tore, dann kann er sich neuen Stoff besorgen, seine Tasche füllen. Geradezu süchtig ist er nach dieser Geistesnahrung, Lesestoff, quer durch die Welt, die lässt ihn ahnen, was draußen noch alles auf ihn wartet. Die Welt der Abenteuer, die will von ihm erobert werden, aber allein, aber vielleicht nicht ganz, da gibt es doch auch noch das andere Geschlecht, die vielleicht geheimnisvollste Welt, die er so gerne erkunden möchte und die ihm manchmal auch eine Menge Angst bereitet, aber „wer nicht wagt, der nicht gewinnt"!

Und, was besonders interessant ist, dort in der Bibliothek hat er auch zum ersten Mal Ewa gesehen.

Da saß sie mit hochrotem Kopf direkt am Fenster, las und hatte, so schien es ihm, die ganze Welt um sich herum vergessen. So, dachte er, so möchte ich einmal schreiben können, dass ich mit meinen Worten meine Leserschaft und sogar so eine freie Frau zu fesseln vermag. Möchte sie bannen, sie fesseln damit, diese Frau dort und alle andere Leser auch, dass sie alles um sich herum vergessen, mit hochroten Köpfen, die vor Aufregung glühen, und sich vielleicht nach mir, dem Autor ihrer Lektüre, sehnen. Das ist zwar Zukunftsmusik, aber meine Träume sind so real, dass ich sie hier und jetzt malen könnte.

So vermischen sich in ihm mit der Zeit seine Gedanken, der heimliche Wunsch danach, genial schreiben zu können, und der große Wunsch nach dieser blonden zarten Frau, die fast noch ein Mädchen und gerade auf dem Weg ist, eine schöne Frau zu werden.

So verliebt war er noch nie, auch nicht in seine Kindergärtnerin, damals, als Jonas fünf Jahre alt war. Mit der war alles zu Ende, als sie sich verheiratete, mit einem, wie er damals fand, dumm aussehenden uralten Mann, der ihr Vater hätte sein können. Diese Form von Herzklopfen hatte er erst bei Ewa wieder empfunden.

Auf dem Weg zur Stadtbibliothek, die am Jahnplatz liegt, entscheidet er, am Adenauerplatz kurz noch mal abzubiegen, um bei Ewa vorbeizuschauen. Einfach nur so oder auch, um die Verabredung für den Nachmittag zum gemeinsamen Schwimmen in Steinhagen zu bekräftigen und vielleicht auch um zu sehen, ob sie sich auch so wie er auf die gemeinsam geplante Unternehmung freut.

Voll Elan tritt er in die Pedale und unter ihm singt der Asphalt. Nur mal kurz schauen, was so anliegt, denkt er und möchte die ganze Welt umarmen.

Sechs

„Wir" sagen und „Ich" meinen
ist eine von den ausgesuchtesten Kränkungen.
Theodor W. Adorno

Es bleiben den drei Freunden noch einige sonnige Stunden, bis sie sich endlich treffen können. Gegen siebzehn Uhr ist es dann soweit, sie haben ihre Badeklamotten zusammengepackt, auf den Gepäckträgern verstaut und radeln nun gemeinsam über den Berg von Bielefeld nach Steinhagen zum Naturbad im Wald. Dieses chlorfreie Bad wird vom Wasser des Pulverbachs gespeist, dessen Qualität nachweislich zu den besten in Nordrhein-Westfalen zählt.

Als die drei ihr Ziel erreichen, ist die Hauptbadezeit schon fast vorbei und das Schwimmbad leert sich allmählich. Damit legt sich auch ein Teil des Badelärms und die Freunde suchen und finden schnell einen guten Platz, wo sie ihre Handtücher und Bademäntel nebeneinander auf dem Rasen ausbreiten können. Von der langen Anfahrt mit den Fahrrädern erhitzt, nehmen sie erst einmal ein erfrischendes Bad, was sie vergnüglich mit einer kleinen Planscherei unter Prusten und Lachen ausklingen lassen. Dabei suchen und finden sie schnell zu ihrer vertrauten Unbekümmertheit und Fröhlichkeit zurück.

Dies wie auch die nachfolgende Erholungspause liefern dem unbedarften Betrachter ein Bild junger Menschen in harmonischem Zusammensein. Da liegen zwei Männer rechts und links neben einer wunderschönen Badenixe. Sie bilden eine glückliche Eintracht, direkt am Rand des sandigen Naturbadeufers. Die Sonne wird die Drei noch längere Zeit von oben bescheinen, denn es ist Sommerbeginn, Mitte Juli. Mehr als deutlich ist zu sehen, dass es die beiden Jugendlichen Ralle und Jonas genießen, mit dieser höchst attraktiven Ewa zusammen zu sein. Deren silberhelles Lachen ist ein ums andere Mal weithin zu hören, ein Lachen, ausgesprochen einladend und ansteckend.

Nur, wer denn nun mit wem „geht", lässt sich von außen nicht so ohne Weiteres ergründen. Ist das Mädchen wohl die Freundin von Jonas oder von Ralle? Oder sogar von beiden? Jonas ist deutlich jünger als Ralle, aber ist er vielleicht der Klügere von beiden? Auf jeden Fall lässt das der Jüngere den Älteren nicht merken ... ist das nun klug oder nicht?

Zusammen scheinen die beiden Jungs auf jeden Fall unschlagbar, unzertrennlich. Vielleicht auch, weil sie so verschieden sind, Kraft und Intelligenz scheinen sich gut zu vertragen. Ewa mag beide, sie fühlt sich von Jonas unterstützt und von Ralle beschützt, sie begehrt den voll entwickelten Mann, aber auch den Jüngeren, der gerade erst zum Mann reift.

Nach einer Weile, während der die drei schweigend nebeneinander liegen und in der Sonne schmoren, dreht sich Ewa vom Rücken auf den Bauch und bittet Ralle ihr den Rücken mit Creme einzureiben, um einem Sonnenbrand zuvorzukommen. „Meine Haut ist sehr empfindlich", erklärt sie, „so wäre es schön, Ralle, ein wenig Öl darauf zu verteilen. Du kannst dafür sorgen, dass ich nachher nicht rot wie ein gar gekochter Krebs aussehe."

„Wird gemacht, wenn es sein muss." Ralle nimmt das Sonnenöl und lässt ein wenig in seine Handflächen tropfen. Er freut sich, dass Ewa ihn bittet, möchte sich aber gerade jetzt nicht unbedingt sehr anstrengen, wo er doch so gemütlich daliegt. Außerdem hält er sowieso nicht so viel vom Eincremen, ist er doch selbst schon sommerbraun, fast von Natur aus. Mit einem Schuss innerer Abwehr übernimmt er diese Aufgabe mehr als eine lästige Pflicht denn als große Freude, und er reibt so ohne großes Engagement auf dem Rücken herum, bis es Ewa zu bunt wird und sie sagt: „He, Ralle, nun mach mal nicht so fest, das kann man auch viel sanfter machen, wenn man will, gib dir doch mal richtig Mühe, ich bin doch kein Knetteig!"

Ralle fühlt sich sofort kritisiert und in seiner ersten Reaktion packt er unwillkürlich noch fester zu, statt loszulassen.

„Aua, sag mal spinnst du?" Ewa ist genervt und schnauzt Ralle so heftig an, dass der ganz erschrocken seine Hände zurückzieht und ein ganzes Stück zur Seite rutscht, dann zwar noch kurz einen zweiten Versuch startet, bis Ewa ganz die Geduld verliert und empört ruft: „Mensch, Ralle, musst du das immer so grob machen und dann immerzu nur auf einer Stelle, lass das doch lieber Jonas machen. Hör mal, du kannst mir auch sagen, wenn du keine Lust dazu hast, mich einzucremen, da bin ich nicht so empfindlich!"

Nun aber zieht sich Ralle mit einer beleidigten und abweisenden Grimasse zurück und macht ernsthaft Anstalten aufzustehen, als Ewa sich noch schnell zu ihm umdreht, ihn am Arm fasst, ihn zurückhält und ihm rasch etwas ins Ohr flüstert. Von außen gesehen muss das Zugeflüsterte nicht besonders schmeichelhaft gewesen sein, trägt es doch dazu bei, dass sich Ralles Miene noch weiter verdüstert. Vielleicht eine ihn härter treffende Beleidigung? Ralle bleibt daraufhin zwar noch mit verschränkten Beinen sitzen, scheint jedoch innerlich schon auf dem Sprung zu sein.

Jonas ist von dem Disput irgendwie unangenehm berührt, und so zögert er noch einen Moment, ob er, wie von Ewa gewünscht, Ralle ablösen soll, denn es scheint keine leichte Aufgabe zu sein, sondern eine, die man erst mal bestehen muss. Und er fragt sich automatisch: Geht das gut? Werde ich es schaffen? Wird Ewa mit mir zufrieden sein oder mach ich das auch nicht gut genug?

Aber Ewa nimmt Jonas die Entscheidung ab und nickt ihm mit einem Lächeln um die Augen auffordernd zu.

Jonas sucht einen behutsameren Weg als sein „gescheiterter“ Vorgänger, um das glitschige Sonnenöl in feinfühligerer Art hilfreich auf Ewas Rücken zu verteilen. Dass seine Art einzucremen die richtige ist, zeigt ihm Ewa schon nach sehr kurzer Zeit, indem sie leise, aber vernehmlich unter seinen Streichbewegungen wie eine zufriedene Katze behaglich zu schnurren beginnt. Ganz anders als heute morgen noch, als Jonas noch voller Unsicherheit steckte, baut er sich jetzt ganz langsam eine sichere Position auf. Er wagt sich selbstbewusster vor, erkundet den ganzen Rücken mit seinen Fingerspitzen, zwar unter dem Eindruck der Ablehnung immer noch vorsichtig, aber auch mit einem gewissen Stolz, gefragt worden zu sein, und besonders erleichtert, weil er am Morgen bei seinem spontanen Besuch noch so wenig erfolgreich gewesen war.

Die Hingabe, mit der Jonas der Bitte von Ewa nachkommt, und die Tatsache, dass ihr Jonas Art sie einzuölen merklich besser gefällt als seine, löst in Ralle, der gerade im trotzigen Weggehen ist, eine große Welle von Ausgeschlossensein und Eifersucht aus, die so stark wird, dass er ernstlich glaubt zu explodieren, wenn er dem Treiben weiter zusieht.

So springt er wortlos auf, geht zum Beckenrand, um sich dann kopfüber mit einem lauten Klatscher ins Wasser zu werfen. Ganz aus dem Augenwinkel nimmt er noch deutlich wahr, dass Ewa, so verwöhnt wie sie gerade wird, ihre Augen genüsslich schließt, wohl um die Wohltaten als Geschenk ganz und gar auskosten zu können.

Anstatt es ihm gelingt, diesen Eindruck möglichst schnell aus seinem Gedächtnis zu löschen, brennt sich dieses Bild in ihm ein wie ein schrecklicher Albtraum, und auch als er schon viele Schwimmstöße später unter Wasser vorwärts schnellt, löst sich der letzte Eindruck nicht auf wie gehofft. Vielmehr bleibt er in ihm stecken wie ein schmerzlich störender Widerhaken, was ihm das schreckliche Bild eines am Angelhaken zappelnden Beutefisches vermittelt.

Und der Fisch heißt Ralle!

Sieben

Seit dreißig Jahren versuche ich nachzuweisen,
dass es keine Kriminellen gibt, sondern nur Menschen,
die kriminell werden.
Georges Simenon

Noch ganz unter dem Eindruck des gerade Erlebten und sehr schwer Verdaulichen schwimmt Ralle mit heftigen Schwimmzügen, so schnell er kann, durch den künstlichen See in Richtung des gegenüberliegenden Ufers. Er will jetzt nur noch so weit weg wie möglich von diesem Ort seiner Schmach und Niederlage. Die fatale Zuspitzung seiner inneren Ohnmacht und Konfliktlage setzt ihm ungemein zu. Ein wenig hilft es ihm, das Wasser so zu behandeln wie einen ganz persönlichen und übermächtigen Feind, der spüren soll, was er ihm angetan hat.

Angetrieben von diesen heftigen negativen Emotionen, bestehend aus einer explosiven Mischung von Wut, Ärger und Hass, misshandelt er die Wasseroberfläche wie etwas, das es zu vernichten gilt. Auch wenn es ihm wehtut, so aufzuklatschen, dass das Wasser hoch in die Luft spritzt, steigert er sich immer mehr hinein, ja, er genießt den Schmerz geradezu. Dabei ist es ihm ganz egal, ob die wenigen Badegäste, die noch im Wasser sind, sich erschrocken von ihm abwenden oder sich sogar laut über diesen ungehobelten und offensichtlich unbeherrschten Kerl beschweren.

Wie gut, dass manche der rüden Verbalattacken Ralle gar nicht erreichen, denn in ihm nagt, ganz bestimmend, dieses harte, scharfe und auch alt vertraute und bestgehasste Gefühl, nicht gewollt, gemocht, geliebt zu sein. Es bohrt sich tief in seine Seele, lässt sich nicht einfach auflösen, sondern ganz im Gegenteil, es gibt nicht nach, sondern bläht sich immer mehr auf, tief einschneidend, messerscharf.

„Warum dieser Wicht, diese Null, warum?"

Warum aber musste Ewa ihn dazu noch so unwürdig behandeln, ihn klein machen, ihn degradieren, ihn bloßstellen vor dem anderen? Er fühlt sich ausgehebelt und auch irgendwie weggeschickt.

Und er fragt immer wieder, „warum der und nicht ich?", ohne auf eine lindernde Antwort hoffen zu können. Ohnmacht umfasst sein Herz. Was zum Teufel kann er tun, um diese Ohnmacht, dieses grässliche, hässliche Gefühl niederzuringen, was nur?

„Ich bin doch der Ältere", sagt er sich immer wieder, „ich bin doch der viel Stärkere, ich bin doch der, nach dem sich die schönen Mädchen umsehen, alle Nase lang. Ich irre mich doch nicht! Oder?" Diese Fragen quälen ihn und es schmerzt ihn, dass er gerade heute das Feld räumen muss. Heute ist doch der erste freie Sommertag, der heutige Tag ist doch voller Versprechen, im Heute liegt doch Musik in der Luft, lässt uns doch locker und leicht sein, und nun so ein jähes Ende!

Da passt es nicht, so einen dicken Brocken schlucken zu müssen, so eine fette Kröte, die für ihn eine Nummer zu groß ist und die zu schlucken, er sich entschieden weigert. Nein, so etwas schlucken zu müssen, das will er nicht. Dagegen wird er sich wehren, und zwar mit allem, was ihm zur Verfügung steht. Und das ist nicht wirklich wenig, das ist die Kraft eines ganzen Mannes, der zu allem entschlossen ist. So ein Mist auch! Seine Worte, seine Gedanken kommen ihm schwächlich vor, was jetzt Not tut ist handeln, sind Taten. Er will gar nicht mehr verstehen, was da gerade abgelaufen ist. Sein Verstand hat verloren, gegen das brennende Herz hat der Kopf längst seinen Widerstand aufgegeben. Er fühlt sich so gedemütigt, so abgeschmettert, so sehr in die trockene Wüste geschickt, geächtet, als Grobian abgestempelt. Oh, wie gut, dass er das Gefühl so gut kennt und er ihm immer wieder auf seinem Lebensweg begegnet ist: der furchteinflößenden Ohnmacht!

Als er, der frisch Verschmähte, das andere Ufer erreicht hat, atmet er schwer vor Anstrengung. Nur wenig später folgt nach der körperlichen Entladung die seelische Erschöpfung, und er muss weinen und schämt sich sofort wegen seines jämmerlichen, weichen Gefühls.

Er schaut auf die andere Seite des Badesees und muss sehen, dass Jonas noch immer zärtlich den Rücken von Ewa massieren darf. Wie lange noch? Was kommt danach? Was passiert da? Seine Augen brennen. Männer weinen nicht! Nur Memmen. Und wenn, dann im dunklen Keller, nicht im Sonnenschein. Die Strandkulisse verschwimmt vor seinen Augen. Mit hängendem Kopf geht er an den Rand des Badegeländes, dorthin, wo vor dem Begrenzungszaun nach außen in einer Zweierreihe dichte Büsche zum Sichtschutz zur Straße hin gepflanzt sind. Die Büsche helfen ihm, langsam blenden sie die Badegeräusche aus, und ein gnädiges, sehr dichtes Gebüsch verdeckt sein tränennasses und verdächtig gerötetes Gesicht. Anschließend macht sich eine Leere in ihm breit und er hockt sich auf den Boden. Er denkt an seine Zeit im Heim. Seltsam war es immer für ihn, dass die anderen Kinder und Jugendlichen dort so gern von zu Hause erzählten, einige sogar selbst dann, wenn sie gar kein Zuhause gehabt hatten. Nicht aber er, nicht ein Ralle, der vermisste kein Zuhause, pah. Für ihn war das Heim lange Zeit sein einziges Zuhause. Es war für ihn eine, wenn auch oft grausame Realität. Für ihn gibt es kein anderes Zuhause, das verdiente er wohl nicht. Und später wollte er es auch nicht. Warum sollte er hinter etwas herlaufen, was es für ihn doch niemals geben würde? So eine Sehnsucht zu erzeugen und dann noch zu füttern, das ist doch Kinderkram, und so litt er, ohne zu leiden. Gesund ist, was hart macht.

Die alte Bitterkeit steigt in ihm hoch, Gift und Galle, die er so gut kennt. Hat das denn nie ein Ende? Happy End, das ist ein Ende für andere, oder im Kino, Happy End, dass ich nicht lache! Ich brauche kein Zuhause, keine Eltern ... weil ich das nicht verdiene, das ist doch klar, denn, bitte sehr: Was denkt man über mich? Was denke ich selbst über einen, den die eigene Mutter nicht angenommen hat, nicht an ihren warmen Körper gedrückt hat, um ihm zu sagen: „Du bist da, willkommen auf dieser Welt, ich bin deine Mutter und du bist mein Kind, ich liebe dich und du kannst mich auch lieben." Was soll so ein Kind denn denken, fühlen, wenn die eigene Mutter sagt, denkt, dass er ihr ganz egal ist? Wie sollte ich denn lernen, bei wem denn, was Liebe ist?

Soll ich mir denn ein Zuhause wünschen? Nein, gar nicht, dieser Wunsch ist mir fremd. Besser ich weiß nicht, was ein Vater ist, wie er denkt, ich kenne keinen, und ich kenne auch keine Mutter. Die, die mich geboren hat, die hat sich erhängt, aber warum wohl? Die wollte mich wohl nicht, ist doch klar. Ich war mit Sicherheit ein Unfall, die deutsche Beamtensprache ist doch wirklich so feinfühlig wie die Hände eines Kerkermeisters beim Massieren. Also, was kann man dann wohl von so einem erwarten?

Vielleicht gehöre ich nicht in dieses Leben.

„Lasset die Kindlein zu mir kommen", ein Witz ist das doch. Und dann meine Pflegeeltern: Bei denen stand und steht doch immer nur das Geschäft an erster Stelle.

Da konnte ich nur Scheiß machen, um denen zu entkommen. Die hätten es gar nicht bemerkt, wenn ich auf einmal nicht mehr da gewesen wäre, ich meine tot oder ganz woanders in der Welt, in Südamerika, am Nordpol.

Was hat mir ein Experte einmal gesagt? „Mein lieber Junge, die Wahrscheinlichkeit, dass einer, dessen Mutter oder Vater sich ermordet hat, sich auch selbst später tötet, ist deutlich erhöht!“ So ein kluger Kopf, verdammter Schlaumeier, na prima, alles verstanden und besten Dank auch! Bitte sehr, da nicht für!

Jonas hatte ihn nur verständnislos angesehen, als er ihm alles einmal erzählt hatte. Ja, Jonas ist ja auch gerne zu Hause. Der ist ja auch der jüngste von vier Brüdern, alle lieben ihn, den Kleinen. Und nun will er noch mehr Liebe, und der kriegt die natürlich einfach so frei Haus. So ein verwöhnter Bengel, der bekommt doch seinen Hals einfach nicht voll, der ist ein echtes Glückskind. Nein, so einer will ich auch nicht sein, nicht geschenkt. Die, die alles haben, die kriegen immer noch mehr, ist das eigentlich gerecht? Wen soll ich fragen?

Ralle geht zurück zum See. Er sieht übers Wasser. Jonas „schmiert“ immer noch auf dem Rücken herum, ein perfekter „Schmierfink“. Aber warum nur so lange? So breit ist Ewas Rücken doch gar nicht, ist doch so schmal wie ein zarter Rehrücken. Oh Mann, tut das weh, schon wieder quellen Tränen hervor. Ist es Trauer, ist es Wut? Mist, dieser elende Wurm von einem halben Mann, macht der sich an Ewa ran, dieser Schwächling. Und sie? Sie scheint das zu genießen, das sieht ein Blinder mit einem Krückstock, alles andere sind nur Worte! Nur hohles Gelaber, nur Geschwätz, ohne Wert, ohne Verlass! Der soll doch einfach seine Pfoten von ihr nehmen, wie es sich für einen wohlerzogenen Gymnasiasten gehört.

So, jetzt hat er genug gesehen, gelitten, jetzt steht er auf und gleitet elegant wieder ins Wasser. Es wird ihm guttun, sich abzukühlen, seine Tränen abzuwaschen, seine Wut im Wasser zu ertränken. Als er einige Meter weiter wieder auftaucht, hat sich etwas entwickelt, das sich klar anfühlt, wie ein eiskalter Entschluss. Klar und immer noch weit besser als diese armselige Ohnmacht. Ralle hat immer eine Lösung, wenn auch eine, die nicht allen gefallen wird, vielleicht nur ihm.

Denn das muss er sich wohl langsam eingestehen, da gibt es noch etwas anderes, jenseits seines Zorns, etwas Kaltes, etwas

Gefährliches, etwas, was er nur unzureichend kennt, etwas, was in ihm ist. Etwas, was er lieber nicht zu Werke kommen lassen möchte, aber etwas, was er jetzt tun muss.

Sonst wird er zugrunde gehen!

Acht

Jeder Augenblick des Lebens ist ein Schritt zum Tode hin.

Pierre Corneille

Unter den gleichförmig streichelnden Berührungen werden Ewas Atemzüge allmählich langsamer und tiefer. Jonas bleibt noch eine Zeit lang ruhig neben ihr sitzen, bis er an ihrem Atem hören kann, dass sie fest eingeschlafen ist. Währenddessen betrachtet er sie genau. Wie schön sie ist, denkt er, wie glücklich und entspannt sie aussieht, wenn sie so im Schlaf vor ihm liegt. Wie ein Gedicht, denkt er, und seine Phantasie beginnt automatisch lyrische Sätze zu formulieren: „Wassertropfen glitzerhell/schwebst ins Gras/bist reifer Tau/und Geschenk nur für meine Aug“ ... Offensichtlich ist sie sehr zufrieden mit dem, was er ihr gegeben hat.

Er genießt eine der seltenen Gelegenheiten, sie in aller Ruhe betrachten zu können, weil Ewa sich sonst meist in Bewegung befindet, immer unterwegs zu einem Ziel, und selten Pause macht. Ein wenig schämt Jonas sich, für diesen langen staunenden Blick. Gelegenheit macht Diebe, denkt er frech.

Gerade huscht ein Lächeln über ihr feines Gesicht und er denkt: Ich würde mein Leben dafür geben, wenn ich wüsste, was sie just in diesem Moment denkt. An wen, an was wohl? Ob ich in ihren Träumen vorkomme, so wie sie in meinen?

Dann schaut er innerlich besorgt übers Wasser. Er kann Ralle nicht entdecken, wo ist er? Sicherlich taucht er wieder, denn Ralle ist ein sehr guter Schwimmer. Dafür bewundert er ihn. Überhaupt ist sein Freund so stark und sieht so gut aus. Eben schon ein richtiger Mann, braungebrannt, und dazu noch ein wahrer Freund. Denn Ralle nimmt ihn immer ernst. Er akzeptiert ihn so, wie er ist, ganz anders als seine drei größeren Brüder. Die lachen über ihren kleinen Bruder, weil er so anders ist als sie, sehr sensibel, unpraktisch, einer, der viel nachdenkt und viel liest, einer, der denkt und dann erst handelt. Und einer, der heimlich Gedichte schreibt.

Hans hat ihn letztens dabei erwischt, wie er am Küchentisch saß und geschrieben hat. „Was schreibst du da Schönes, Jonas?" Und er war so dumm gewesen, die Wahrheit zu sagen statt zu lügen. „Gedichte!", hatte er einfach so geantwortet. Warum sollte er das verbergen, ist doch keine Sünde, oder? Aber da hatte er seinen Brüdern wieder einmal Stoff geliefert, frei Haus sozusagen. Stoff, um ihn aufzuziehen, über ihn zu lästern. Nein, das mochte er gar nicht, das tat ihm weh.

Aber Gedichte zu schreiben ist doch eigentlich so schlecht nicht. Überhaupt zu schreiben, das ist ein Lebenswunsch, tief in ihm, sein Lebenswunsch. Und er weiß genau, diese Brüder, Karl, Hans und Peter, die lieben ihn und würden alles für ihn tun, alles! Nur im alltäglichen Zusammenleben, das weiß er auch, da lassen sie ihn oft spüren, dass er anders ist als sie. Aber wenn er sich dann einmal bei Mutter beklagt, wenn es ihm zu viel wird, dass sie ihn so ausschließen, ihn so schlecht behandeln, dann sagt sie immer nur, vielleicht um ihn zu trösten: „Blut, mein Junge, mein Großer, Blut ist dicker als Wasser." Und Vater nickt, stimmt ihr, wie immer, zu. Sein Vater, der ist auch kein ganzer Kerl, aber er mag diesen zarten Mann normalerweise gut leiden, wäre er nur nicht so schwach. Er weiß genau, der Vater mag keinen Streit.

Jonas verzieht schmerzhaft das Gesicht. Hoffentlich ist Ralle nicht zu böse auf ihn, weil Ewa ihn weggeschickt und ihn ihm vorgezogen hat, um sie mit dem Sonnenöl einzureiben. Heute Morgen noch hatte Ewa ihn zu sich hoch gewunken, das war schön gewesen, bis, ja, bis es dann komisch wurde, da musste er sich verziehen. Aber jetzt ist alles wieder gut. Sie ist nett zu ihm, mehr als nett. Ja, er wünscht sich so sehr ein harmonisches Zusammensein, bei sich zu Hause, in der Beziehung zu anderen, jetzt auch hier. Aber so einfach scheint die Welt nicht immer zu funktionieren, das muss er wohl noch lernen.

Und dass diese Welt nicht nur einfach ist, sondern auch böse und schlimm, so etwas steht auch in vielen seiner wundervollen Bücher. Ist er zu naiv für dieses Leben, zu vertrauensselig? Liegt er falsch mit seinem Kleinkinderglauben, die Welt sei schön, nicht hässlich und gemein? Jetzt ist es sein Gewissen, das ihn plagt. Na, halb so schlimm, er wird sich gleich mit Ralle aussprechen können. Das hat doch immer gut geklappt, sicher auch heute! Warum nicht gleich? Er weiß auch schon genau, was er seinem Freund sagen wird.

Er schaut noch einmal übers Wasser, sieht dann Ewa an mit diesen tröstenden Gedanken, dass er die gestörte Harmonie schon wiederherstellen kann, damit alles wieder gut zwischen ihnen dreien wird.

Er steht auf, geht die paar Schritte zum Seeufer und lässt sich behutsam ins Wasser gleiten. Ja, das braucht er jetzt, für sich selbst sein, sich ein wenig Ruhe gönnen. Und er legt sich lang auf den Rücken, bewegt langsam im Wasser seine Arme, tief atmend, voll Vertrauen, dass das Wasser ihn trägt.

Seine Ohren sind vom Wasser bedeckt und er ist von den Geräuschen der Umgebung abgeschirmt. Und so treibt er im Glucksen und Gluckern langsam mittels nur weniger gleichmäßiger Armbewegungen bis fast zur Mitte des Beckens, wo ihn ein wohltuendes leises Rauschen umgibt.

Er ist zwar kein besonders guter Schwimmer im Vergleich zu seinem Freund Ralle, aber er liebt es im Wasser zu sein, sich diesem Element anzuvertrauen. Er macht jetzt doch noch einige kräftige Schwimmzüge, taucht kurz unter, kommt dann wieder hoch und schaut sich um, in der vagen Hoffnung, Ralle zu entdecken. Jedoch kein Ralle ist zu sehen, er ist alleine in dem großen Bassin und fühlt sich gut, aber auch ein wenig verloren.

Das kühle Wasser tut seinem erhitzten Körper, besonders seinem Kopf, der voll ist mit der Flut seiner schweren Gedanken, sehr gut. Auch die lange intensive Berührung mit dem schlanken Körper von Ewa hat ihm sehr gefallen. Überhaupt, wie sie ihn angesehen hat! So war es noch nie. Die Welt um ihn herum war verschwunden, so wie ein heimliches Versprechen hat sie ihm ins Gesicht geblickt. Unbekannt und doch irgendwie vertraut. Als ob er diesem Gefühl schon einmal begegnet wäre, früher, vielleicht sehr viel früher.

Jetzt, in der Mitte des Beckens, dort, wo die Wasserströmung des zufließenden Baches das natürliche ungechlorte Wasser besonders trüb macht, fühlt Jonas plötzlich einen festen Griff um sein linkes Bein, der ihn heftig nach unten zieht. Er strampelt mit dem freien Bein, tritt nach unten, versucht den oder das, was ihn so unvermittelt attackiert, abzuschütteln und schlägt mit den Armen, um nicht unterzugehen.

Er versucht sein Bein aus dem harten Griff zu befreien, indem er es mit einem Ruck entschlossen nach oben zieht. Je mehr er allerdings versucht, sich aus der festen Fessel zu lösen, umso mehr wird er mit gnadenloser Gewalt nach unten gezogen, bis seine Kraft allmählich nachlässt. In höchster Not versucht er zu schreien, aber sein Hilferuf wird erstickt. Er versucht weiter verzweifelt nach oben zu kommen, dorthin, wo er Atem schöpfen könnte. Aber statt Atemluft schluckt er nur noch Wasser. Seine Lungen strömen voll und voller, und allmählich hört er auf, sich zu wehren und wird schwächer und schwächer.

Dann jedoch geschieht etwas Unerwartetes. Ein warmes, fast versöhnliches, wohltuendes Gefühl überrascht ihn, es spült in seinen Körper, sein Gesicht wird ganz warm und so ist sein letztes Lebensgefühl ein sehr frohes freies Nachhausekommen, ehe er, ganz ruhig geworden, die Besinnung verliert. Und sein Körper sinkt nun langsam ganz nach unten, um nach einiger Zeit, viele lange Minuten später, wieder aufzutauchen. Jetzt ist es nur noch ein Körper. Er liegt leblos da, auf der

Oberfläche, mit dem Gesicht nach unten, mit breit ausgestreckten Armen. Von Weitem sieht es aus, als ob hier jemand toter Mann spielt. In Wahrheit aber ist dieses Spiel seines Lebens bereits verloren, ist es verwirkt, verweht. Es ist bereits Geschichte!

Als ihn einige Zeit später die ersten hilfreichen Arme umfassen, um ihn behutsam an Land zu bringen, ist es schon zu spät, sein Herz hat aufgehört zu schlagen, er ist tot. Jeder Versuch, ihn in sein junges und hoffnungsvolles Leben zurückzurufen, bleibt vergeblich.

Nur wenig später verkündet das allgemeine und bedauernde Schulterzucken, dass hier jedes weitere Bemühen vergeblich ist: Hier ist ein junges Leben viel zu früh verloren gegangen.

Neun

Dein Schicksal ruht in deiner eignen Brust.
Friedrich Schiller

Auf der anderen Seite des Schwimmbades wacht Ewa plötzlich erschrocken auf. Die Luft um sie herum ist erfüllt von einem durchdringenden lauten Alarmsignal eines oder gar zweier Krankenwagen. Kurz darauf verstummen diese zwar, behalten jedoch das aufgeregt hektische Blinken noch einige Minuten lang bei.

Was ist bloß passiert? Ihr fröstelt, denn es ist ihr plötzlich kalt geworden. Rasch zieht sie sich ein Hemd über ihren mittlerweile trockenen Badeanzug. Der See, der jetzt ohne Badegäste noch unschuldiger und friedlicher als zuvor daliegt, bildet einen scharfen Kontrast zu dem Lärm, der auf der anderen Seeseite veranstaltet wird. Ihre innere Anspannung signalisiert ihr, hier könnte etwas Bedrohliches geschehen sein! Tatsächlich ist etwas

Schlimmes passiert. Etwas, in das alle, die hier sind, involviert sind, die wenigen anderen Badegäste, das Personal, die Rettungskräfte, aber auch Anlieger aus den umstehenden Häusern und vielleicht auch sie selbst. Es ist, als ob eine eisige Hand, wie ein plötzlicher Wetterumschwung, alle ergriffen hätte.

Wo sind nur ihre Freunde? Wo ist Jonas, wo Ralle, wo nur? Sie späht nach drüben, wo sie beobachten muss, wie sich ein großer langer Wagen der anderen Seite langsam nähert und dort anhält. Es ist der schwarze Wagen, den jeder kennt und den man überhaupt nicht gerne begrüßt.

Der Tod, der Sensenmann, unberechenbar, nicht eingeladen, ein Gast ohne Eintrittskarte. „Jedermann, Jedermann!" Sie denkt unwillkürlich an das Theaterstück mit dem eindringlichen Titel, das alljährlich bei den Salzburger Festspielen aufgeführt wird und an unser aller Sterblichkeit erinnert.

Mit Eintreffen des Leichenwagens, der direkt am Eingang der Badeanstalt mit etwas Abstand zu dem Getümmel der Leute anhält und aus dem zwei Männer in dunkler Kleidung aussteigen, scheint die Luft noch viel kälter zu werden.

Jetzt steht Ewa rasch auf, sammelt ihre Badesachen und die ihrer Freunde zusammen und geht zunächst schnell und dann immer langsamer um das Becken herum. Je stärker sie von den dort parkenden Wagen und den dort beschäftigten Personen angezogen wird, umso zögernder nähert sie sich dem Auflauf. Die Personen, die zum Teil in Uniform, zum Teil in weiße Kittel gekleidet sind, sind offensichtlich in wichtiger Funktion dort tätig.

Abseits der Szenerie steht jetzt ein schlichter, grauer Aluminiumsarg, der offenbar gerade verschlossen worden ist. Der Anblick dieses Monuments unserer Vergänglichkeit fesselt Ewas Aufmerksamkeit. Ihre Augen werden magisch angezogen und gleichzeitig formen sie sich zu einem einzigen Ausruf: „Nein!" Dann nimmt Ewa ihren ganzen Mut zusammen und fragt einen der Anwesenden, der immer wieder kurze und knappe Anweisungen gibt, was sich ereignet hat.

Als jedoch der gewichtige Herr, der sich als Kommissar Köhler vorstellt und ihr das Ungeheuerliche vor die Füße wirft, sie informiert, dass gerade ein junger Mann ertrunken sei, sacken ihr die Beine weg. Sie kommt schnell wieder zu sich und der Mann, den alle mit Chef ansprechen, fragt Ewa, ob sie in der Lage sei, ihm ein paar Fragen zu beantworten, worauf Ewa stumm nickt.

„Kennen Sie diese Person?“

Er geht mit Ewa die paar Meter zum Sarg. Ihr stockt der Atem, und obwohl der Sargdeckel von einem der schwarz gekleideten Männer für einen nur kurzen, beurteilenden Blick geöffnet wird, nickt Ewa. Hier liegt der liebe Mensch, der gerade noch ihren Rücken berührt, der lange schon ihr Herz erreicht hat und nun unbegreiflicherweise leblos vor ihr liegt.

Als so ihr schrecklicher Verdacht zur grausamen Gewissheit wird, sackt sie zu Boden, noch ehe der in ihrer Nähe stehende Kommissar sie hätte auffangen können. Und so nimmt sie die harte Wahrheit, dass es ihr Freund Jonas ist, der hier ertrunken ist, während sie tief und fest eingeschlafen war, mit in eine tröstliche Dunkelheit.

Als sie nach kurzer Zeit wieder zu sich kommt, fragt sie der Kommissar nach den persönlichen Daten des Ertrunkenen. Ewa gibt ihm stockend Auskunft und schaut sich immer wieder um, ob sie Ralle entdecken kann.

Aber von Ralle ist keine Spur zu sehen, jetzt nicht und auch später nicht mehr. Ehe Ewa den Ort des Grauens verlassen darf, wird sie von Kommissar Köhler gebeten, am nächsten Tag ins Präsidium zu kommen, um eine Aussage zu machen.

Nach Ralle wird sie auch am nächsten Tag von niemandem gefragt. Aber er war doch da, oder nicht? Ewa trägt nun ein Geheimnis, weiß aber genau, dass sie dieses Geheimnis nicht für sich behalten kann, dazu war ihre Beziehung zu offensichtlich für andere.

„Aber vielleicht kann ich Ralle mit meinem Schweigen etwas Luft schenken ... oder auch mir?“ Bei allem Schmerz über den plötzlichen Tod ihres Freundes trägt sie doch eine keimende Sorge um den anderen in sich, und etwas Unsagbares, etwas, was nur den Verschwundenen und sie selbst betrifft, bleibt.

...

Für Ewa finden diese Sommerferien, die doch so vielversprechend begonnen hatten, ein jähes und brutales Ende. Diesen Schicksalstag mit Jonas und Ralle wird sie nicht vergessen, ihr Lebtag nicht, und sie verliert etwas Wunderschönes, etwas, wodurch sie bis dahin für andere Menschen eine große Freude war: ihr so gerne vernommenes silberhelles Lachen.

Ihr ist klar, dass auch ihr bis dahin gültiges und unumstößlich erscheinendes optimistisches Lebensgefühl verloren gegangen ist. Zum Teil auch ihre freudige Sicht voller positiver Erwartungen auf die Welt. Auch ihre bunten Träume und ihre heranreifenden Pläne sind verloren. Diese schreckliche Katastrophe bringt eine große Lebensverunsicherung mit sich, und ihr Lebensweg biegt in eine neue, ganz andere Richtung ab.

Genug des Leidens könnte man meinen. Aber es kommt noch ein weiteres Ereignis hinzu, was sie sofort, ebenfalls ganz tief in ihrem Innersten, für immer zu verschließen droht. Ein weiteres Geheimnis, das zu dem passt, was sie an diesem schicksalhaften Sommertag an Furchtbarem erleben musste. Als sie nämlich bei der tränenreichen und viel beachteten Beerdigung auf dem kleinen Friedhof in der Stadtmitte von Bielefeld, dem „Alten Friedhof", in der Menge der Trauernden vor dem frisch aufgeworfenen Grab von Jonas steht, tritt jemand, dessen Stimme ihr irgendwie bekannt vorkommt, plötzlich von hinten ganz dicht an sie heran und zischt ihr die Worte, „Flittchen verrecke", ins Ohr.

Einfach so. Sie erstarrt unter dem Eindruck der Beleidigung, schließt erschrocken die Augen, es wird ihr eisheiß und nur einen Moment später, sie ist noch ganz in ihrer Panik verhaftet, hört sie, wie sich eine Person rasch von ihr entfernt, um in der Menge der Trauernden zu verschwinden. Und nur das Knirschen der eilig davon eilenden Schritte auf dem Kies bleibt in ihrer Erinnerung gespeichert. Was sich ebenso tief in ihr einprägt, ist die Erstarrung, die von ihr Besitz ergreift.

Was da geschehen ist, fügt sich in einer verheerenden Weise zu dem Gefühlswirrwarr von Erschrockensein, verbunden mit Scham und Schuld. Dieses aufrührende Erlebnis trägt dazu bei, dass sie, die bislang ohne großartige Angstsymptome im Leben stand, von nun an zu einer eher schreckhaften Person wird.

Besonders wenn sie allein unterwegs ist, sieht sie sich oft um, in ängstlicher Sorge befangen, plötzlich und unerwartet beschimpft oder sogar körperlich angegriffen zu werden.

Zehn

Heimat ist da, wo die Freiheit zu Hause ist.
Friedrich Schiller

Nur wenige Kilometer vom Ort des Geschehens entfernt, aber für den fliehenden Betroffenen eine gefühlte Ewigkeit weit weg, ist Ralle fast schon an der Stadtgrenze zu Bielefeld angelangt. Während Ewa der grausamen Wahrheit ins Gesicht sehen muss, tritt er kräftig in die Pedale seines Fahrrads, als ob er vom Teufel und allen Höllenhunden gleichzeitig verfolgt würde. Er hat gerade die holprigen Wanderwege der zum Teil sandigen Waldgegend durchquert, ohne gestürzt zu sein, fast ein Wunder bei seinem rasanten Tempo und all dem sperrigen Wurzelwerk. Nun jagt er auf glatter Teerdecke des Fahrradweges oberhalb des Gebietes entlang.

Dort wird später die Stadtautobahn, der Ostwestfalendamm, gegen den Widerstand vieler Bürger entstehen. Er wird, wie befürchtet, die heile Landschaft brutal und nachhaltig zerschneiden, um mehr Autos in die Stadt zu locken. Und auch, wie man heute beklagt, mehr Dreck und Feinstaub direkt in die Wohngebiete tragen.

Ralle fährt so schnell, dass die angrenzenden Häuser nur so an ihm vorbeisausen, und er hofft dadurch geradezu unsichtbar, unerkannt zu bleiben. Ein flüchtiger Schemen, ein Derwisch auf dem Drahtesel. Ralle will auf keinen Fall gesehen werden, vor allem nicht so augenscheinlich auf wilder Flucht. „Höchst verdächtig, zweifellos ein Mörder auf der Flucht", vermutet er, könnte irgendein Beobachter denken.

„Aber, bin ich das wirklich gewesen oder war es nur ein Unfall?" Gerade eben erst, vor etwas mehr als zwanzig Minuten, als er zugesehen hatte, wie Jonas lebloser Körper, als die Atemluft ausblieb, vor seinen Augen langsam nach unten wegsackte. Da war er sofort aus dem Becken herausgeschwommen, zum ganz anderen Ufer, und von dort aus direkt zu den Umkleidekabinen gelaufen, blindlings, wie ein gehetzter Hase bei einer Treibjagd. Nein, gesehen hatte ihn dabei keiner, denn wer sollte schon hinter ihm her sein, wo doch gerade erst diese Schrecklichkeit geschehen war? Oder war das bereits etwa sein eigenes Gewissen … dem, dem man nie entkommt oder … tue Gutes, gutes Gewissen … jetzt nicht, später, jetzt muss er weg, los. Seine Gedanken peitschten ihn, überschlugen sich, suchten Auswege, chancenlos.

Gab es diese höhere Instanz, diesen allerhöchsten Richter, so wie der Pfarrer es betete? Oder gab es nur eine weltliche Macht, die ihn von diesem Moment an unerbittlich verfolgen würde, egal, wo er sich auch aufhalten wird, egal, wohin er sich auch wenden mag. Seine Gedanken wirbeln durcheinander wie Blätter im wilden Herbstwind, gerüttelt, geschüttelt, letztlich verloren, torkeln sie dann dem Boden zu.

Als er wie ein Irrer weiterradelt, beginnt es zu nieseln. Ein leichter Sommerregen, wo doch durchgängig gutes Wetter angesagt war, und er denkt, ist das schon meine Strafe? So ein

Unsinn! Was so alles in einem vorgeht, wenn man doch gerade eben erst getötet hat.

Aber ja, da ist er sich sicher, todsicher, bombensicher sogar, dass man dem langen Arm des Gesetzes nicht entkommen kann, da kann er auch gleich nach Buxtehude abhauen oder an den Südpol zu den Pinguinen, ins ewige Eis. Und er weiß genau, er muss jetzt fliehen, jetzt hat er noch eine Chance zu entkommen, denn wenn er es jetzt nicht schafft zu entkommen, dann wird er sterben. Er ist nicht dafür gemacht, in einer Zelle zu sitzen, dafür ist er nicht geschaffen.

In Gefangenschaft wird er nicht überleben, er weiß, er leidet an einer Störung. Der Heimpsychologe hat bei ihm eine Klaustrophobie diagnostiziert. Damals, als er eine Einzelhaftstrafe nicht ertragen hatte. Nachdem sich die Zellentür hinter ihm geschlossen hatte, bekam er eine heftige Panikattacke mit Erstickungsgefahr. Man musste damals sofort den Notarzt rufen, der ihn nur mit dem raschen Überstülpen einer Plastiktüte und einer anschließenden Injektion, einer starken Beruhigungsspritze, vor dem Erstickungstod hatte retten können.

Da ist er sich mehr als sicher: Keine Zelle, nicht noch einmal so eine Panik. Und deshalb muss er versuchen, sich durch Flucht zu retten, so von der Bildfläche zu verschwinden, als habe er niemals existiert, als habe er auch nicht gemordet. Kein Mörder sein, aber wer in der Welt wird ihm glauben? Es liegt doch alles klar auf dem Tisch. Er müsste doch nur noch zur Polizei gehen und alles gestehen. Jonas ist tot, er ist lebendig, was gibt es da noch zu sagen, außer: „Sperrt ihn ein!"

Nein, in dieser Stadt hier kann und will er nicht bleiben, schon allein wegen Ewa nicht. Die hat ihn heute, gerade erst verschmäht. Oder auch nicht? Und die wird jetzt umso mehr von ihm genug haben. Genug von diesem fiesen armseligen Freundesmörder, diesem Meuchelmörder … der will ein Freund sein? Pah, ein feiner Freund, der seinem eigenen Bruder, seinem Kameraden das Leben nimmt, ihm die Zukunft nimmt, ihn auslöscht … andererseits war es nicht Ewa, die ihn gezwungen hatte, zu handeln? Durch ihre Verweigerung legitimiert, durch ihre kalte Schulter, die glasklar sagte: Er, Jonas, nicht du, Ralle! Sieh, ihn ziehe ich dir vor, er wird mein Geliebter! Und du bist es nicht, du bist nicht sanft, du bist brutal! Und dann noch diese Vieldeutigkeit, dieser Auftrag, er ist verwirrt.

Er hält sein Fahrrad an und lauscht zurück, ganz entfernt tönt ein Martinshorn, er hört es und versucht wegzuhören, es gilt nicht ihm ... er will rein sein, er will es nicht getan haben, will kein Täter sein! Jawohl, ein Täter, aber dann ein Wohltäter, Irgendwann.

Das Martinshorn sagt ihm, dass die Tat schon schon publik geworden ist, morgen oder übermorgen wird sie auch die Tagespresse erreicht haben, im Radio schon viel früher. Da muss man sich nichts vormachen. Solche Nachrichten erreichen alle, seine Freunde, die Nachbarn, ja, und dann auch seine Betreuer im Heim und seine Stiefeltern, falls es die wirklich interessieren sollte. So eine Nachricht wird den Umsatz im Laden sicher beflügeln, wenn der Sohn, natürlich nur der Stiefsohn, ein Mörder ist ... ein Strafmündiger, das Urteil steht fest: „Seht her, da läuft er vorbei, das ist er, auf seinem Gesicht steht es zu lesen, in Leuchtbuchstaben. Da läuft der, der das getan hat, so sieht so einer aus!"

Er packt den Lenker seines Rades, der kleine Schauer ist zu Ende, und fasst den kalten Stahl mit den Händen so fest, dass sie ganz weiß werden. Wie stark er ist, wie entschlossen. Und weiter geht die wilde Fahrt, er will auch seine Gedankenflut steuern wie sein Fahrrad, aber das geht nicht.

„Ich bin doch gar nicht darauf vorbereitet, das zu sein, was ich jetzt bin, ganz brandneu, ganz frisch. Aber wer ist das schon? Ich bin ein junger Ersttäter, ein frischer Mörder, ein Mörder ohne jede Morderfahrung. Aber man kann es drehen und wenden ... auch dafür werde ich büßen müssen, ohne Frage, ohne Wenn und Aber.

Zu einer Tat zu stehen ist groß, alles andere ist armselig, klein, nicht männlich ... aber bin ich schon ein Mann?" Seine

Stiefmutter hatte ihn manchmal Kindskopf, genannt, stimmte doch auch. „Mutter, liebe Mutter, wenn ihr dies beim Frühstück in der Zeitung, Schwarz auf Weiß, lest, bin ich schon fort, sucht nicht nach mir, ich muss ein neues Leben suchen, weit fort von hier, weit, weit weg.“

So weit, so weit, wie weit ist eigentlich Afrika von hier entfernt? Über den Jordan, nein, das darf er nicht denken, über den Jordan, das ist Jonas, der gute Freund. Hat sich was mit Freund, so was ist doch gegenseitig. Wer will einen Mörder als Freund? Nein, ernsthaft, einer, der Rot sieht, der dem anderen nicht die Butter, die Wurst auf dem Brot gönnt. Nee, so einen Freund möchte man nicht geschenkt haben, nee, der kann einem gestohlen bleiben.

Ob Jonas etwas geahnt hat, manchmal, wenn er die missgelaunten Blicke gesehen hat? Hat er gedacht, er könnte so ein Freund sein, ein Freund, der einem nicht mal die Freundin gönnt, nee, vergiss es, so war Jonas nicht, der konnte nicht berechnend sein, gar nicht.

Nun ist er auf seiner Flucht über die „Galgenheide“ am höchsten Punkt des Haller Wegs angekommen. Er macht eine kurze Pause.

Von hier aus hat er einen weiten Blick über Bielefeld, der Himmel ist hoch hier oben, und unten liegt seine Heimatstadt, hier muss er verschnaufen. Man muss auf einer Flucht seine Kräfte gut einteilen lernen, denkt er, so lautet die erste Fluchtlektion. Vom Berg gegenüber seinem Haltepunkt winkt flatternd die bunte Sparrenburgfahne wie zum Abschied. Unterhalb der Burg stehen die Villen der reicheren Bürger. Links davon sieht man die typischen Kirchtürme der Alt- und Neustädterkirche, die Kessellage im Tal des Teutoburger Waldes ist ebenso deutlich zu sehen wie Dr. Oetkers Leuchtreklame über der Fabrik.

„Pillefeld am Wackelpeter“, denkt Ralle und spürt einen leichten Stich in der Herzgegend. Dann steigt er wieder auf und gibt Vollgas. Steil, immer steiler bergab geht die Fahrt, ist ihm doch egal. Ob das gut geht? Hauptsache seine Fahrt ist rasant schnell. Auch wenn sie jetzt seinen Kopf kosten würde, ihm wäre es egal.

„Werde ich das hier vermissen, wenn ich mich heute noch absetze?“ Ralle ist sich nicht sicher. Aber andererseits hat er auch nichts mehr zu erwarten außer einem Leben im Knast, eingeschlossen, vielleicht irgendwann Gnade vor Recht, mit Glück. „Aber noch bin ich nicht verhaftet.“ Trotzdem: Scheiden tut weh, das ist schon die zweite Lektion.

Der leichte Sommerregen ist vorbei und ganz oben am Himmelszelt ziehen nun ganz durchsichtige Schleierwolken auf. Sie kündigen, wie er im Unterricht gelernt hat, einen schönen Tag an. Morgen könnte wieder so ein schöner Sommertag werden wie heute, aber was heißt das schon für ihn und seine beiden Freunde? Was heißt denn noch „schön“? Vielleicht wäre es da viel realistischer zu denken, die Zeit der schönen Tage, die ist nun endgültig vorbei. Die schönen Tage, die gehören der Vergangenheit an, vielleicht hatte er sowieso nur eine sehr kurze Zeit in seinem eigentlich erst kurzen Leben, die er schön nennen könnte, und die hat heute ein verdammt brutales Ende genommen, einfach so. Er kommt sich vor, von jetzt auf gleich uralt geworden zu sein.

Er muss sich innerlich einen Ruck geben, um weiterradeln zu können, weiter, weiter, angetrieben von dem Gedanken: Nun aber nichts wie weg hier! Die raue, vielleicht auch freie Welt draußen ruft laut und immer lauter nach ihm und er muss antworten: „Ich bin bereit meine Zukunft, ich komme.“ Denn nur bewegen, sich regen, bringt Segen! Noch am selben Abend besteigt er den letzten Fernzug des Tages in Richtung Westen, unterwegs in die Freiheit. Dort in den Niederlanden soll es liberaler sein als hier im kleinen und manchmal so engen Bielefeld.

Was er für seine Flucht braucht, ist überschaubar: Eilig zusammengesammeltes Reisegeld, für das er die Kaffeekasse des Heimes plündern musste, leider, dann seine Ausweispapiere eingesteckt und direkt zum Hauptbahnhof, zack, zum Schalter und dort rasch gebucht. Der Bahnbeamte hat keine Ahnung, somit auch keine Vorbehalte. Warum auch, woher auch? Warum fährt jemand in die Niederlande? Warum nicht?

Einmal Amsterdam, einfach, ohne Rückfahrkarte. Einsteigen, Vorsicht an der Bahnsteigkante! „Amsterdam, ich komme! Aber will mich Amsterdam? Sind die Menschen dort interessiert an einem wie mir? An einem Mörder, einem Brudermörder, einem mit einem unsichtbaren Kainsmal?“

Elf

Wir sind nichts; was wir suchen, ist alles.
Friedrich Hölderlin

Viele Jahre später sitzt ein genervter Hauptkommissar Johanningmeier in seinem Büro im Polizeipräsidium der Stadt Bielefeld in der Abteilung, die zuständig ist für Mord und Gewaltdelikte. Und wieder einmal wälzt er sich durch alte unerledigte Todesfälle, durch die „nassen Fische“, wie diese im Jargon der Polizei genannt werden. Eine, wie er findet, höchst undankbare Arbeit, selten erfolgreich, viel häufiger erfolgsarme Anstrengung, aber leider doch notwendig, ehe dann die jeweilige Akte endgültig geschlossen werden kann.

Die geht dann, nach einer weiteren angemessenen Zeit, den Weg aller Dokumente, seien sie digital oder noch in klassischer Papierform, nämlich zum Schreddern. Und Schreddern ist wiederum eine Tätigkeit, der er sich so manches Mal mit Wohlbehagen hingibt und von der Annette sagt, dass ihm das Schreddern so gute Laune mache, sei wohl ein typisch männliches Phänomen. „Erklär mir doch mal euch Männer“, sagt sie dann. „Was weiß ich, wie die ticken, manchmal sind sie wohl wie lebendige Zeitbomben, manchmal aber auch solche

Schnarchnasen und Schlafmützen, die wohl den Schuss nicht gehört haben."

Johanningmeier schaut seine Liebste an und trällert den Anfang des Liedes „Bitte, gib mir nur ein Wort ... bitte, gib mir nur ein Wort", gesungen von der Band „Wir sind Helden". Er liest weiter und sagt plötzlich ganz ernst: „Bitte Annette, jetzt hör mal zu, ich habe hier einen vielleicht sehr interessanten, noch unaufgeklärten Todesfall. Er stammt aus dem Jahr 1970. Tatort war dieses nette Naturbad, mitten im Wald gelegen. Von hier geradeaus über den Teutoburger Wald in Steinhagen, das auch bekannt ist als das Schnapsdorf."

„Muss ich den Ort näher kennen?" Annette scheint nur mäßig interessiert zu sein, was Johanningmeier anstachelt, sich stärker für sein Anliegen zu engagieren, möchte er doch liebend gern mit seiner Kollegin zusammen am selben Strang einer Ermittlung ziehen. Was Lösungen und Wege dorthin angeht, so ist er der unbedingten Ansicht, dass zwei oder eine Gruppe dem Einzelnen deutlich überlegen sind, besonders in der ersten Phase der Ermittlungen, wenn noch vieles offen und Kreativität gefragt ist.

„Warum nicht? Ist nicht gerade unbekannt, insbesondere aber bei Männern, ist nämlich eine bekannte Nummer bei Schnapsdrosseln. Es gibt dort die Brauerei Schlichte. Und, wenn du die nicht kennst, dann bestimmt den Steinhäger, den leckeren Bauernschnaps, eine Sünde wert, oder den Schinkenhäger, seine rauchige Variante. Das sind allesamt Sorten aus dem Hause Schlichte mit langer ostwestfälischer Tradition, und ziemlich hochprozentig. Aber, was du sicher erinnerst, ist das Schwimmbad, das war auch der Tatort des Verbrechens!"

Annette nickt. Sie kennt die Schnapsnamen und dann fällt ihr auch noch ein, dass es dort ein besonderes Schwimmbad gibt. Sie war sogar vor langer Zeit einige Male dort, als die Kinder noch klein waren. „Ach", denkt sie, „das war doch auch eine schöne Zeit, da hatte ich ganz andere Sorgen." Mühsam versucht sie, sich zu erinnern, wann das genau war. Wie alt war sie damals? War sie damals schon geschieden? Heute sind die Kinder groß und die kleine Enkeltochter Karla bekommt sie kaum zu Gesicht, Schichtdienst und die vielen Überstunden … „Wir arbeiten und plötzlich sind wir tot", sagt sie in Gedanken.

„Ein prima Bad, damals", sagt sie dann. „Es gibt da sogar einen echten, künstlichen Strand. Und wo gibt es das heute noch?"

„Weiß ich nicht." Aber Johanningmeier spürt, dass sein Interesse wächst.

Auch sein Sohn ist schon lange erwachsen und studiert weit weg, im Süden der Republik. Und auch er macht, wie Annette, einen kurzen gedanklichen Abstecher in seine Vaterzeit, vor der Scheidung von seiner Frau, und er glaubt, plötzlich ganz deutlich die Badegeräusche von Schwimmbädern vor seinem inneren Ohr zu hören. Alles eine Fata Morgana, denkt er und sagt: „Diese Zeiten, in denen unsere Kinder klein waren, sind eben perdu, und was wir damals versäumt oder versemmelt haben, ist ein und für alle Mal vorbei."

„Hallo, he, Johanningmeier, wo bist du?" Annette bemerkt, dass ihr Freund in Gedanken weit abgeschweift ist. „Wir müssen das Schwimmbad im Rahmen unserer Ermittlungen mal besichtigen, alles wird ja wohl nicht abgeschafft sein. Und das Baden im Sommer wird wohl weiter beliebt bleiben, trotz dieser übertriebenen Hautkrebshysterie!"

„Kennst du den australischen Slogan: From eleven to three sit under a tree! Unter den Baum, in den Schatten, verstehst du?"

„Verstehe, husch, husch unters Bäumchen." Noch ist Annette von Enthusiasmus für Johanningmeiers Fall eine gute Ecke entfernt. Johanningmeier versucht deshalb einen Trick anzuwenden. Je persönlicher man über die Details eines Falles informiert wird, umso eher steigt die Bereitschaft zur Mitarbeit. also strengt er sich an, seinen Bericht möglichst engagiert fortzusetzen. Denn er weiß aus Erfahrung, dass das

Arbeiten zu zweit mehr Spaß macht, als isoliert im eigenen Saft zu schmoren.

„Hör mal, Annette", sagt deshalb Johanningmeier, „in unserer beliebten Badeanstalt ist vor Jahren ein Jugendlicher beim Schwimmen zu Tode gekommen und es stellte sich schon damals die immer noch ungeklärte Frage: Handelte es sich um Mord, um Totschlag oder war es ein Unfall? Aber wie dem auch sei, es war für die direkt Beteiligten ein schweres Unglück."

Annette schaut von ihren Papieren auf und wirkt nun schon ein wenig interessierter, muss aber ihren Freund auffordern fortzufahren, um schnell zum Punkt zu kommen, ehe ihr entfachtes Interesse wieder abebbt und sie ihrerseits mit einem unerledigten Fall das Ruder wieder in die Hand nimmt. Johanningmeier beugt sich tiefer über die Fallunterlagen und präzisiert: „Fakt ist, es konnte damals kein Täter ermittelt oder gar gefasst werden. Den hätte man vielleicht finden können, denn es gab einen zur selben Zeit spurlos verschwundenen Verdächtigen. Das war ebenfalls ein junger Mann aus unserem idyllischen Bielefeld, der Großstadt mit einer bekannterweise sehr niedrigen Verbrechensrate im Vergleich zu anderen Städten in Nordrhein-Westfalen und sogar ganz Deutschland!"

Annette teilt die kollegiale Einladung zum Mitdenken spontan immer noch nicht, sondern winkt weiter ab nach dem Motto, „immer diese ollen Kamellen", gähnt leicht und sagt: „Ich denke bei den Fragen nach der Einordnung solch einer Straftat leider nur an Statistik oder an knifflige juristische Fragen. Darüber nachdenken ermüdet mich, ich brauche jetzt dringend eine sinnvolle Bewegung, also komm, wir machen erst mal einen kleinen Spaziergang in den Bürgerpark, in das nette Café mit dem hehren Ziel einer schönen Kaffeepause mit Stachelbeertorte mit oder ohne Sahne. Dann könnten wir doch immer noch zusammen baden gehen!"

Eigentlich möchte sich Annette ihr leichtes Lebensgefühl noch ein wenig bewahren, sind die beiden doch gerade erst frisch von der Kanarischen Insel La Gomera aus dem Valle Gran Rey zurück, wo es ihnen gelungen war, den Alltag weitgehend zu vergessen.

Aber nun scheint sich Johanningmeier in den alten Unterlagen festgelesen oder, besser gesagt, festgebissen zu haben, und das kennt Annette bei ihm schon. Da müssen er und sie nun wohl durch, und so verzichtet Annette schweren Herzens auf das süße Vergnügen. Statt erhoffter Stachelbeertorte muss Annette Sasse Johanningmeiers Informationen folgen: „Vielleicht finden wir heute dank neuer Untersuchungen pathologische Hinweise auf ein Herzversagen oder sonstige körperliche Ursachen, vielleicht mögliche Fremdeinwirkung, warum hat es dem Herrn gefallen …!“, spricht er ungerührt weiter, immer noch der wahre Holmes, dem Täter auf der Spur, aber doch versöhnlich: „Aber mit Sahne!“

„Okay, mein Held, du hast mich umgestimmt, gib mir mal den Vorgang! Huch, schrecklich, so ein junger Kerl, erst siebzehn Jahre! Und es hört sich im Zusammenhang mit dem Ertrinken doch etwas komisch an, dass der Junge auch noch Jonas heißt!“

„Jonas und der Wal? Das stimmt. Glaubst du, ein Name birgt ein Lebensschicksal? Kann der wie ein Auftrag wirken?“

„Das sollten wir lieber unseren Psycho-Doc fragen. Hier, schau mal, was hier steht: Keinerlei eindeutig verwertbare Spuren am sonstigen Körper, aber doch ein paar heftige Druckstellen und Abschürfungen am ganzen linken Bein, vor allem am Knie und im Fußbereich. Das ist schon schwer erklärbar, denn der Boden des Bades ist aus Beton und wies keine Indizien auf. Der wurde damals sehr sorgfältig nach Steinen oder Ähnlichem, was die Hautveränderungen hätte erklären können, abgesucht. Die Taucher fanden keinerlei Hinweise auf mögliche Erklärungen für die peripheren Abdrücke auf der Haut.“

„Es juckt mir ehrlich gesagt in den Fingern, in den alten Fundsachen zum Fall zu suchen … vor allem bei den Sachen, die am Ufer lagen und dem Opfer gehört haben. Vielleicht sollten wir die jetzt noch einmal untersuchen. Ob sie uns neue Informationen geben könnten?"

„Gab es damals Augenzeugen? Zum Beispiel den Bademeister oder unter den anderen Badegästen?"

„Das Schwimmbad war zu der Zeit ziemlich leer, es ging auf die abendliche Schließung zu. Der Bademeister war schon in seinem Büro, um aufzuräumen. Als er dann den leblosen Körper sah, hat er alles unternommen, um den Jungen zu retten, aber es war zu spät, eine Dienstaufsichtsbeschwerde hat man damals schnell fallen lassen. Aber es gab eine junge Frau, eine damals ebenfalls siebzehnjährige Schülerin, die von der Polizei genau befragt worden ist. Die kannte den getöteten jungen Mann persönlich, sie war wohl mit dem Opfer befreundet.

Sie konnte sich keinen Grund vorstellen, der das Ereignis hätte erklären können. Während des Unfalls selbst habe sie auf der anderen Seite der Badeanstalt tief und fest geschlafen. Sie habe im warmen Sonnenschein gelegen, wäre müde geworden und sei dann eingeschlafen. Und sie sei erst durch den Alarm erwacht, den die Rettungswagen am Einsatzort erzeugt haben. Das sei alles so furchtbar und völlig unerwartet passiert, so ein schreckliches Ereignis, kaum zu glauben, nur brutal."

Johanningmeier und Annette sind jetzt voll dabei und der Kommissar sagt: „Unsere Kollegen vor Ort haben damals auch ihre Klamotten akribisch untersucht. Aber, darauf komme ich erst jetzt, es könnten sich natürlich neue Spuren ergeben. Zum Beispiel gibt es da eine benutzte Sonnenölflasche, vielleicht voller Spuren, die nach einer jetzt möglichen DNA–Untersuchung etwas aussagen könnte, etwa, ob mehr als eine Person diese Creme von Ewa – so heißt das Mädchen von damals – benutzt haben.

Uns fehlen aber Vergleichsmöglichkeiten mit dem anderen jungen Mann, der sich verkrümelt zu haben scheint. Immerhin aber haben wir eine sehr genaue Personenbeschreibung von Zeugen und sogar Bildmaterial.

So gab es damals eine sehr heiße Spur. Denn dies Ereignis ging zeitlich einher mit dem Verschwinden dieses Mannes, der zwei Jahre älter ist als das Opfer und die Zeugin Ewa. Diese Angaben deckten sich mit den Aussagen der Eltern wie auch der Klassenkameraden und sonstigen Bekannten: Die drei seien unzertrennlich gewesen und hätten in ihrer Freizeit immer zusammengehangen."

„Wer hat eigentlich damals die Untersuchungen geleitet?", fragt Annette.

„Wie ich weiß, war Hauptkommissar Köhler, unser Vorgänger im Amt, damals zuständig. Ich wette, der hatte diesen Fall damals mit Sicherheit auf seinem Schreibtisch!"

Annette ist nun voller Eifer dabei: „Dann sollten wir den doch aufsuchen, obwohl er schon lange im Ruhestand ist. Vielleicht freut er sich sogar, bei einem kollegialen Besuch etwas zur Lösung eines damals so spektakulären Falles beitragen zu können, viele Jahre danach. Und wir haben die seltene Gelegenheit, ohne zu aufdringlich zu sein, an unserem Ruhestand zu schnuppern, was meinst du, mein Held?"

„Wer weiß, wie lange wir noch knechten müssen. Bei der Diskussion über die Alterspyramide kann es sein, dass da bei uns noch ein paar Jährchen dazu kommen werden. Naja, noch macht mir die Arbeit Spaß." Johanningmeier ist froh, mit Schwung loslegen zu können, und fügt hinzu: „Na denn mal los und Petri heil, meine Liebe!"

„Petri dank, mein Lieber!"

So motiviert gehen die Kommissare gemeinsam in die hauseigene Kantine, um ihren redlich verdienten und heiß ersehnten Kaffee zu trinken und den Genuss mit dem verführerischen Geschmack zweier köstlicher Mohnstriezel zu krönen.

Zwölf

Ratschläge sind wie abgetragene Kleider:
Man benutzt sie ungern, auch wenn sie passen.
Martin Kessel

Der in die Jahre gekommene Hauptkommissar Reinhard Köhler, ihr Vorgänger im Dienst, wirkt in seiner Erscheinung eher jugendlich, was Johanningmeier einerseits verwundert, andererseits erfreut. Denkt er doch immer, die Bürde und die Erfahrungen einer langen polizeilichen Tätigkeit würden einen engagierten Beamten der Mordkommission über die Jahre so zermürben und so alt aussehen lassen, dass er sich frühzeitig um Altersteilzeit beziehungsweise Rentenauskunft bemühen sollte.

Nein, diese Katastrophenphantasien kann er angesichts seines Vorgängers wohl getrost ad acta legen, denn Altkommissar Köhler begrüßt seine Gäste einladend und fast etwas zu forsch an der Haustür seines Reihenhauses im sogenannten Berliner Viertel, im Westen Bielefelds, so genannt wegen der dort verwendeten Berliner Straßennamen.

Die Überraschungsgäste scheinen ihm und seiner Frau willkommen zu sein und sie treten im Fahrwasser des Hausherrn direkt ins Arbeitszimmer des ehemaligen Kommissars.

„Bitte sehr, liebe Kollegen, nehmt Platz. Was kann ich euch anbieten neben meiner guten Laune? Kaffee, Tee, Kekse, ein Wasser, einen Kurzen? Aber nee, ihr seid ja im Dienst. Oder seid ihr etwa gekommen, um einen ehemaligen Kollegen zu fragen, ob ihm der Ruhestand gefällt oder ob ihm etwa die Leichen fehlen? Oder ob er sich etwas zu schulden hat kommen lassen, jetzt, wo er nicht mehr im Dienst ist? Ehe ihr mich fragt, ich gestehe von mir aus alles, aber meine Antwort zum Ruhestand lautet: Ja und nein, denn der Beruf war nicht immer leicht, aber es war eine gute Zeit. Doch wie ich von meinen ehemaligen Kollegen höre, wir haben nämlich immer noch guten Kontakt, haben sich die Zeiten mächtig geändert.

Mit dem rechten Mob zum Beispiel möchte ich mich heute nicht als Polizist befassen müssen, aber zur Rettung unserer Demokratie kann ja jeder beitragen, auch ein so alter Mann wie ich, ganz privat. Manchmal im Zustand der inneren Unruhe, wenn ich die Nachrichten so verfolge. Aber offiziell genieße ich meine völlig hinreichende und natürlich ausgesprochen üppige Pension im Ruhestand!" Der Hauptkommissar lässt die letzten Worte etwas ironisch ausklingen.

Im Raum des Kommissars riecht es fein süßlich nach Pfeifentabak und Annette muss an den Schauspieler Jean Gabin denken, der in zahlreichen Filmen Kommissar Maigret verkörpert hat. Und, welch eine überraschende Fügung, der alte Kommissar hat sogar noch eine gewisse Ähnlichkeit mit seinem berühmten Vorbild, besonders in dem Moment, in dem er sich umständlich ein Pfeifchen stopft und anzündet.

Johanningmeier kommt schnell zu ihrem Anliegen und der Gastgeber nickt bedächtig, hüllt sich in Schweigen und Rauch, legt die Stirn in Falten, die Hände über seinen kleinen runden Bauch und sagt: „Ja, die alten ungelösten Fälle, die fallen einem auch immer wieder ein, wie überhaupt die gesamte Vergangenheit. Die kommt immer näher, je älter man wird. Aber es geht hier ja nicht um mich. Nein, auch dieser Fall lässt mich sogar jetzt immer noch nicht so richtig los.

Ja, Jonas, dieser Badeunfall war wahrscheinlich kein reiner Unfall. Der arme Junge war vielleicht auch nicht kerngesund, vielleicht war eine Herzerkrankung mit im Spiel. Aber er war doch sehr jung, so eine Schande, und die junge Frau, seine Freundin, die einzige Zeugin, konnte uns leider damals nicht viel helfen, schade, aber sie war doch sehr verstockt, vielleicht auch schwer geschockt …

Ich hatte den Verdacht, sie wolle jemanden schützen, und wer das war, das konnte damals schon kurze Zeit nach dem Unfall herausgefunden werden, und wir waren überzeugt, der

Fall sei bereits so gut wie gelöst. Alles war möglich, denn es war die Rede von drei jungen Leuten, die an dem Tag dort zusammen schwimmen waren. Den zweiten jungen Mann haben wir später identifizieren können, aber gefunden wurde er nicht, er blieb wie vom Erdboden verschluckt ... vielleicht auch, weil einige Befragte aus dem näheren Umfeld des Opfers und des möglichen Täters davon sprachen, dass diese Ewa oft mit den zwei Jungs zusammen war. Das war wohl eine enge Dreierbande, sodass der zweite Mann genau wusste, dass man ihn als Hauptverdächtigen suchen würde. Die Spuren, die auf eine Flucht hinwiesen, waren allerdings nicht ganz eindeutig."

„Wurde vermutet, dass beide Männer mit dieser Ewa zusammen waren? War das so eine fatale Dreiecksgeschichte, getreu dem Satz: Zu dritt gibt's Stritt?" Johanningmeier fragt sehr interessiert nach, vielleicht gab es hier eine heiße Spur, die es sich jetzt zu verfolgen lohnte.

„Eifersucht?" Auch Annette denkt in dieselbe Richtung.

„In der Tat, das haben wir damals auch gedacht. Nach dem Motto, verschmähter Liebhaber tötet Rivalen, indem er ihn unter Wasser zieht und ertränkt!"

„Aber auch wenn es stimmt, der mögliche Täter verschwand am selben Tag spurlos. Wie war das möglich? War die Tat geplant? Dann war sie heimtückisch?"

„Ja, vielleicht war der Mord geplant und der Täter wusste, dass er neben der Tat auch die Flucht planen musste. Ganz schön aufwendig!"

Johanningmeier hasst solche vagen Spekulationen.

„Tee oder Kaffee?" Madame Gabin alias Frau Köhler überrascht die beiden Kollegen ihres Mannes mit einer netten Geste. Sie nehmen gerne einen Kaffee. Als der Hausherr sich ein zweites Pfeifchen anzünden will, bittet Annette ihn, das nicht zu tun, weil sie den Rauch nicht vertrage, sie möge nur den Geruch. Johanningmeier hasst es, passiv zu rauchen, weil er sich selbst das Aktivrauchen mühsam hatte abgewöhnen müssen.

Bald darauf verlassen sie das moderne und geschmackvoll eingerichtete Haus und steuern ihren Wagen an. „Irgendwas stört mich“, grummelt Johanningmeier, „ich gönne dem alten Kollegen zwar seine schöne Zeit, eingebettet in eine passable Pension, von Herzen, aber könnte es nicht sein, dass doch nicht alles so schön war, wie so locker von ihm betont?“ Johanningmeier schaut zu Annette, die gedankenvoll nickt, als ob sie sagen möchte „stimmt“, aber ihre Gedanken noch nicht für spruchreif hält. Statt weiterer Worte hakt sie sich bei ihrem Freund unter und sie beschleunigen ihre Schritte.

Dreizehn

Eifersucht ist Liebesneid.
Wilhelm Busch

Nach Dienstschluss spürt Johanningmeier eine Unruhe und versucht auf gut Glück seinen Freund und psychologischen Berater in polizeilichen Ermittlungen, Dr. Sauer, privat und ohne große Terminabsprache zu treffen.

Er fährt deshalb auf seinem Drahtesel um kurz nach sechs Uhr die Stapenhorststraße entlang bis zur Kreuzung Weststraße, biegt dort ab und radelt bis zur Arndtstraße in Richtung Innenstadt, unterquert bei der Buchhandlung Mondo den Ostwestfalendamm, die lang umstrittene Stadtautobahn Bielefelds, und gelangt, unbeschadet vom Straßenverkehr, auf direktem Weg zur Stammkneipe von Dr. Sauer. Und wirklich, da sitzt der Gesuchte, wie üblich nach getaner Arbeit in irgendeinen blutrünstigen Kriminalroman versunken, ganz allein an einem Zweipersonentischchen, hat ein Glas gut gekühlten Riesling vor sich stehen und scheint sich an dem üblichen Gesprächslärm in der Studentenkneipe Moccaklatsch nicht zu stören. Vielleicht liegt in dem gar nicht enden wollenden Strom jugendlich frischer Stimmen sogar ein besonders animierender Reiz.

Johanningmeier ist sich nicht ganz sicher, ob er hier heute erwünscht ist und nähert sich deshalb behutsam dem lesenden Doc, um ihn nicht zu erschrecken. Dr. Sauer betont nämlich immer wieder, dass ihm der erholsame Zwischenstopp in der Kneipe nach getanem Tagwerk auf seinem Nachhauseweg heilig ist, bietet er ihm doch eine gute Möglichkeit, innerlich mit den psychologischen Problemen des überstandenen Arbeitstages abzuschließen ... ohne weitere Gespräche, aber zum Ausgleich mit fesselnder Lektüre und leckerem Vino.

Entgegen der Befürchtung des unangemeldeten Besuchers, er könne stören, legt der soeben Aufgespürte, offensichtlich erfreut über den unerwarteten Besuch, sein Buch zur Seite und sagt fröhlich: „Hallo, mein alter Freund, was führt dich zu mir? Ist es die Pflicht oder die Neigung, der Trubel oder sogar mein immer bereitwilliges freundliches Wesen?“

Johanningmeier lacht, fühlt er sich doch im Kontakt mit dem Doktor immer schnell vertraut, und antwortet: „Das alles zusammen und dazu mein Durst nach Wissen und nach einem kühlen Hellen. Also herzlichen Dank für deinen freundlichen Empfang, ich brauche ein wenig Hilfe und ich brauche auch etwas zu trinken!“

Schnell ordert er bei der freundlichen Bedienung ein Jever und trinkt zur Begrüßung einen kräftigen Zug vom herben Gerstensaft, nachdem er mit Dr. Sauer angestoßen hat, holt dann tief Luft und sagt, ehe er zu seinem Anliegen kommt: „Das zischt!“

„Schieß los!“, sagt Dr. Sauer, „ich bin zwar nicht mehr im Dienst, aber mit dir immer zu allerlei Schandtaten bereit.“

„Wie schön, dass du ein Ohr für mich hast, du alter Workaholic. Ich habe nämlich ein mittelgroßes Problem, das mich sehr beschäftigt. Es geht um einen alten Kriminalfall, möglicherweise ein Mord mit einem Rattenschwanz an Fragen, vielleicht sogar um einen Fall von internationaler Bedeutung oder gar einer juristischen Grundsatzfrage.“

Dr. Sauer signalisiert Hörbereitschaft: „Der Krimi hier ist übrigens eine sehr gut recherchierte und dazu noch spannende Story. Es geht um Cyberkriminalität und das Moor!"

„Spannend, aber im Moment ist mir nicht nach solchen schwierigen Themen wie digitaler Kriminalität, das ist mehr eine Sache für Computerfachleute, davon verstehe ich leider nichts! Vielleicht will ich auch nicht, denn so was kommt bestimmt noch auf uns zu. Meine Geschichte ist sehr konkret, aber vielleicht nicht weniger verwirrend", sagt Johanningmeier, „bei mir geht es dieses Mal um Mord. Wahrscheinlich aus einem starken Gefühl heraus, vielleicht aus Eifersucht. Hier dann speziell um die Frage, ist das Gefühl starker Eifersucht juristisch ein Strafminderungsgrund bei einem Kapitalverbrechen? Aber, und deshalb komme ich zu dir, was ist Eifersucht überhaupt, psychologisch gesehen? Wie entsteht sie? Ist sie ein Motiv, weshalb sich jemand Hilfe holt, zum Beispiel bei dir?"

Dr. Sauer nickt.

„Kann man sie behandeln, kann man sie vielleicht sogar heilen beziehungsweise sich oder jemand anderen davon befreien?"

„Wie ist das hier mit der Schweigepflicht?" Dr. Sauer blickt sich um und Johanningmeier ordert ein zweites Helles und für seinen Freund ein Glas Weißwein, während sich das Moccaklatsch, jetzt am frühen Abend, allmählich füllt. Hierhin laden nicht nur die Getränke ein, sondern auch das gesunde Essen zu erschwinglichen Preisen, lecker serviert, konventionell und vieles, einem Trend folgend, auch vegan, zum Beispiel Basmatireis, Currywirsing, Nusscreme und frischer gemischter Salat.

Dr. Sauer lässt sich Zeit mit der Antwort und sagt: „Du musst keine Namen nennen, denn wenn es um das Thema Eifersucht geht, ist das nicht geheim, das Gefühl ist weit verbreitet. Zunächst das: Ich halte Eifersucht für ein kapitalistisches Luxusproblem. Hier werden Menschen von anderen Menschen als Besitz angesehen, wie ein Ding, wie eine Sache, die ihnen gehört, und das nennt sich dann leider auch noch Liebe. Ich denke psychologisch gesehen, dreht es sich bei der Eifersucht zunächst meist um Verlustangst. Es kann ein völlig übertriebener krankhafter Besitzanspruch zugrunde liegen. Bei den von Eifersucht gepeinigten Personen handelt es sich um Menschen, die um alles in der Welt nicht zulassen wollen oder können, dass die, die sie lieben, sich auch anderen Menschen oder auch anderen Dingen enger verbunden fühlen als ihnen. Ihre Gedanken sind also nicht frei, sondern besessen."

„Könnte Eifersucht ein Mordmotiv sein?"

„Ja, auf jeden Fall ist es ein sehr intensives Gefühl und vielleicht führt uns ein Zitat des spanischen Dichters Miguel Cervantes weiter, der einmal den bekannten Ausspruch tat: Eifersucht ist eine Leidenschaft, die mit Eifer sucht, was Leiden schafft. Eifersüchtige können rasend vor Eifersucht sein, ich kenne mehrere solcher Fälle, und es dauert oft lange Zeit therapeutischer Arbeit, bis sich die Betroffenen einer rationalen Bearbeitung öffnen können, weil einfach die Kränkung durch den Partner so groß sein kann. Einen Mord zu begehen, um aus dem Leiden herauszukommen, um aber dann in ein ganz anderes Dilemma hineinzugeraten, nämlich ein Mörder zu sein? Klingt nicht unbedingt plausibel, spricht dann wohl dafür, dass bei einem Mord im Affekt von Totschlag die Rede sein müsste und nicht von einer hinterhältigen und kaltblütigen Tat. Nein, ja, ich weiß nicht, man kann auch sagen: Dahinter steckt ja ein sehr hehres Gefühl, die Liebe, nichts als die Liebe, der Täter fühlt sich vielleicht ganz und gar im Recht, vielleicht wie ein Soldat, der fürs Vaterland tötet!"

„Edel, aus der Liebe heraus. Aber wenn ich dich richtig verstehe, dann ist das doch eine falsche Liebe, eine, die im Gewand des Besitzenwollens daherkommt?", fragt Johanningmeier.

„Na ja, falsch oder richtig, Gefühle können erst mal nicht lügen. Und es kann ja auch sein, dass jemand gezielt in die Eifersucht hineingetrieben worden ist, also fast gezwungen ist, so zerstörerisch zu handeln! Auf jeden Fall ist die zerstörerische Eifersucht überhaupt kein erstrebenswerter Zustand, ganz im Gegenteil, sie ist ein Gefühlszustand, den man tunlichst vermeiden sollte. Rasende oder übertriebene Eifersucht kann wohl in der Tat zu Mord und Totschlag führen, sehr gut beschrieben in der Literatur, denk nur mal an Othello."

Johanningmeier nickt verstehend und prostet seinem Ratgeber zu, der das als Aufforderung begreift, auch mal eine Pause zu machen, um dann gut überlegt weiter zu sprechen: „Es gibt dieses Gefühl als Anflug bei den meisten Menschen, auch bei uns beiden, aber ehrlich gesagt als Sucht, als chronische Erkrankung möchte ich sie nicht erleben. Verbrechen aus Eifersucht geschehen leider jedoch öfter, als wir denken, nicht nur auf der Bühne. Und darunter tummeln sich auch viele andere kriminelle Delikte wie Stalking, Verfolgung, im Extremfall, wenn jemand jemanden in den Freitod zwingt, sowie Mobbing. Rein theoretisch gesehen, haben Süchte immer ein riesiges Tatumfeld: Heimlichkeiten, Beschaffung, Vorsorge und so weiter, denk mal an Alkoholiker. Was die alles tun, um ihren Stoff zu kriegen, wenn sie ihn vermissen, wie viel Kriminelles mit illegalen Süchten verbunden ist!"

„Rainer, hör auf, das ist ja ein Abgrund von Süchten. Hier geht's jetzt nur um die Eifersucht!"

„Du hast Recht, aber Mord aus dem Tatmotiv einer reinen Eifersucht scheint mir nicht selten zu sein."

„Wann entsteht so was?"

„Wahrscheinlich bildet sich dieses Gefühl sehr früh im Leben heraus. Eifersucht kann aus Verlustangst entstehen, etwa wenn ein zweites Kind geboren wird. Ich denke, die Eifersucht kann zum Beispiel auch dann entstehen, wenn Menschen als kleine Kinder schwer vernachlässigt werden beziehungsweise wenn sie nicht die Zuwendung ihrer Eltern erhalten, die sie sich wünschen, etwa weil diese nur mit sich selbst beschäftigt sind. Dadurch können Kinder in Panik versetzt werden, nach dem Motto: Hilfe, ich werde verlassen, nicht geliebt und muss sofort sterben. Es ist zum zweiten aber vor allem als subjektives Gefühl da, nichts zu können, nichts wert zu sein. Also beinhaltet es eine starke Ich-Schwäche. Aber um was geht es bei deiner Frage, mein Freund Johanningmeier? Ist bei euch endlich mal ein Mord aus Eifersucht aufgetaucht? Würde mich sehr wundern, wenn nicht, denn du hast ja auch schon mehr als zwanzig Jahre Dienst auf dem Beamtenbuckel!"

„Ja, nein, ich weiß nicht, aber ich bin schwer verunsichert. Das alles ist mir mehr als unklar. Da wird unter Wasser getötet. Und ein guter Bekannter des Opfers, vielleicht sogar ein Freund, verschwindet und taucht unter. Wahrscheinlich der Täter. Nach ihm wurde Jahrzehnte lang gefahndet, ohne Erfolg."

„Mord verjährt nicht!"

„Ja, nicht bei uns, deshalb taucht der Fall jetzt wieder auf und dazu kommt noch, dass man damals noch nicht die heutigen Untersuchungsmethoden zur Verfügung hatte. Aber sei es, wie es ist. Letztlich weiß ich nicht einmal, ob es denn Mord oder nur Totschlag war und was es bedeutet, wenn jemand aus diesem starken Gefühl heraus zum Täter wird. Konkret: Im Präsidium wird aufgeräumt und ich bin zu einer Ein- beziehungsweise bei Bedarf auch Zwei-Mann-Sonderkommission ernannt worden und soll mich um einige ungelöste Fälle kümmern. Denn davon gibt es leider mehr, als wir uns wünschen! Nun wird die Sache für einigen Wirbel sorgen, wenn sie neu aufgerollt wird. Wir sind zwar keine Richter, aber es ist keinesfalls unbedeutend für unsere Ermittlungen, wie wir selbst eine Tat aus Eifersucht sehen. Etwa ob wir sie als eine Art Sucht behandeln, wie Mord unter Alkoholeinfluss, da könnten ja auch Argumente wie verminderte Schuldfähigkeit eine gewisse Rolle spielen im Vergleich zu einer kaltblütig verübten Tat!"

Rainer Sauer bestellt noch ein Bier und einen Steinhäger für jeden. Der Abend ist jung und auf die beiden wartet zu Hause niemand, denn Annette und Sarah, die Freundinnen der beiden, sind gemeinsam unterwegs nach Münster.

„Rainer, denk doch nur einmal an die vielen Nazis und auch Nachkriegsverbrecher, an die Steuersünder und betrügerischen Banker, die andere in den Ruin getrieben haben. Ja, es gibt sogar Regierungen, die nach Morden und Verbrechen munter weitergelebt haben und wie Fische im klaren Wasser, unerkannt und als Haie, sich weiter die Bäuche vollgeschlagen haben. Da kommt es mir im Vergleich doch manchmal sehr unangemessen vor, wenn wir mit so viel Tamtam an alten Fällen herumdoktern, während vielleicht die viel schlimmeren Finger immer noch frei herumlaufen."

Dr. Sauer nickt und Johanningmeier ist mehr als zufrieden damit, was ihm sein Freund über die Eifersucht mitgeteilt hat. Er ist immer wieder froh über die Zusammenarbeit mit dem Psychologen, die so viele Überraschungen und unkonventionelle Möglichkeiten eröffnet.

So froh, dass beide sich, entgegen ihrer Planung, noch schnell einen weiteren Kurzen genehmigen und anschließend, leicht schwankend beziehungsweise etwas kurvig fahrend, ihre spontane kleine Berufsparty einvernehmlich und zu später Stunde beenden.

Vierzehn

Leiden sind Lehren.
Aesop, griechischer Fabeldichter (6. Jh. vor Chr.)

Am nächsten Tag macht sich Dr. Sauer auf den Weg zum Jugendamt im neuen Rathaus und es gelingt ihm mithilfe des polizeilichen Auftragsschreibens von Johanningmeier und seiner eigenen Visitenkarte, in älteren Akten recherchieren zu dürfen.

Wegen des in deutschen Beamtenstuben erst zögerlich angebrochenen digitalen Zeitalters gibt es noch immer viele analoge Akten. Deutlich mehr, als dem Psychologen lieb ist, heißt es blättern statt klicken, und Dr. Sauer ist froh, für mehrere Stunden eine junge Mitarbeiterin vom Amt zur Seite gestellt zu bekommen. Sie hilft ihm bei der Aktensuche, dem Herunterhieven der Printmedien aus den weitläufigen Regalen und steht ihm mit Rat und Tat bei. Nach einem halben Tag Aktenstudium im alten Mief des Archivs ist Dr. Sauer erschöpft, hungrig nach frischer Luft, aber immerhin etwas schlauer. Er fährt direkt in seine Praxis und gibt den beiden Kommissaren per Telefon rasch eine kompakte Zusammenfassung seiner mühsam recherchierten neuen Erkenntnisse.

Er erreicht die beiden im Präsidium und beginn zu referieren: „So, seid ihr ganz Ohr? Vielleicht lohnt es sich. Die Vorgeschichte des Tatverdächtigen beginnt aktenmäßig mit dessen Geburt. Der Säugling, zunächst noch namenlos, vom Jugendamt später Ralf genannt, mit ganzem Namen Ralf Stenzel, war eine Frühgeburt. Sein Vater war zunächst unbekannt und seine Mutter Maria Josephine Stenzel hat in der zweiten Woche nach Geburt des Kindes in Folge einer massiven Schwangerschaftsdepression Suizid begangen. Sie hat sich im zukünftigen Kinderzimmer erhängt, einen Tag bevor ihr Kind nach Hause kommen sollte, weil sie sich, wie der zuständige Stationsarzt der Kinderklinik Gileat I in Bethel der Polizei zu Protokoll gegeben hat, einer alleinigen Versorgung des Kindes nicht gewachsen fühlte."

Die Kommissare haben das Telefon auf Lautsprecher gestellt und hören beide gespannt zu.

„Was sicher auch eine Rolle bei der Selbsttötung von Maria Josephine gespielt hat, war, dass der Kindsvater die Frau im Park vergewaltigt hatte." Dr. Sauer merkt, dass es nicht einfach ist, nur nüchtern zu berichten, und fragt, ob er erst mal eine Pause machen soll, was die Kommissare verneinen. Also berichtet er weiter: „Als der Vergewaltiger zwei Jahre später von der Polizei gefasst wurde, stellten sich dessen lebensgeschichtliche Hintergründe folgendermaßen dar: Auf der

Vaterseite fand man familiäres Leiden unter Kriegsfolgen, mit Flucht und Vertreibung aus dem Osten, auf der Großmutterseite ein Involviertsein in SS-Verbrechen, ebenfalls im Osten." Für Dr. Sauer ein weiterer Beleg dafür, wie weit und wie lange wir Deutschen allesamt in tragischer Weise mit den Kriegsfolgen und der Nazizeit verbunden sind. Gestern, heute und morgen, ob es uns nun schmeckt oder nicht!

Annette Sasse und Johanningmeier nicken sich zu. Seit sie mit Dr. Sauer zusammenarbeiten, werden sie immer wieder mit den Ergebnissen seiner Forschungen über das Dritte Reich konfrontiert, und nicht selten hat ihnen diese Zusammenarbeit bei so mancher Lösung ungeklärter Verbrechen geholfen. Auf jeden Fall, um diese Untaten in ihren Ursprüngen tiefer zu begreifen.

Dr. Sauer ergänzt weiter: Für Ralf sei dann eine Pflegefamilie gesucht und gefunden worden und die ersten drei Lebensjahre bis zum Kindergartenalter seien wohl ganz gut verlaufen. Ralf habe sich in dieser Familie sehr wohl gefühlt. Im Kindergarten hingegen sei er dann aber unerwartet bald bekannt geworden als ein Junge, der andere schlägt, der viel unmotiviert schreit, einnässt, einkotet und sogar klaut. Betont wurde in den Unterlagen sein ausgeprägtes „asoziales" Verhalten, was bedeutete, andere Kinder aus den Spielen auszuschließen beziehungsweise zu versuchen, „sie für seine Interessen zu funktionalisieren", mit der fatalen Folge, dass er sich zunehmend isolierte, isoliert wurde und seitens der Erzieher oft bestraft wurde.

Als er dann in seiner Grundschulzeit dabei erwischt worden war, Feuer zu legen, sei er aus der Pflegefamilie herausgenommen und zu Nonnen in ein Erziehungsheim nach Bayern geschickt worden. Über die folgende langjährige Heimzeit habe er in den Akten kaum verwertbare Aufzeichnungen gefunden, nicht unbedingt ein gutes Zeichen für seine Entwicklung.

Dr. Sauer kommentiert dazu: „Das Erziehungsklima vieler dieser Heime in jener Zeit war nämlich nicht besonders gut, besser gesagt, es war in vielen Fällen mehr als miserabel. Denn Zucht und Ordnung standen im Vordergrund und Gewalt gegenüber den Zöglingen, ja sogar medizinische Versuche waren weit verbreitet, wie man heute weiß. Deshalb können wir über viele Schicksale aus der Zeit nur sagen, dass es fast ein Wunder ist, wenn es den Jugendlichen und Kindern nicht geschadet hat!“

Erst über Ralfs Jugendalter habe er wieder erste ergiebigere Aktenvermerke gefunden und zum Teil auch kopiert. Ralf sei nach Beendigung der Heimunterbringung nach Bielefeld in eine Pflegefamilie gekommen, die allerdings mit ihm so schlecht zurechtkam, dass er schon nach einem halben Jahr in einem Wohnheim der Diakonie untergebracht worden sei. Auch dort sei er hin und wieder in Prügeleien verwickelt gewesen, wobei er aber wohl meist von Älteren provoziert worden sei. Dann hätten diese negativen Vorkommnisse aufgehört.

Ralf galt ab da nicht mehr als „Sozialfall“.

Dr. Sauer erläutert weiter die Ergebnisse seiner Recherche: „In der Akte habe ich zwei Fotos von Ralf gefunden, die von Festlichkeiten in einem Jugendtreff stammen. Dort hat er wohl Ewa kennengelernt, die in dieser sozialen Einrichtung ein vierwöchiges Schulpraktikum absolviert hat. Auf den Fotos sieht man ihn ganz in ihrer Nähe. Ralle, wie ihn damals alle nannten, sei, so die Auskunft des damals zuständigen Sozialarbeiters, ein sehr zurückhaltender Jugendlicher gewesen, ein gutmütiger Einzelgänger, der so mitgeschwommen sei, ohne groß aufzufallen, weder positiv noch besonders negativ.“ An der Stelle beendet der Psychologe seinen Bericht und sie legen auf.

Dr. Sauer lehnt sich zurück und nimmt sich einen großen Schluck Tee. Er genießt es, gebraucht zu werden, zumal er daran denkt, seine Tätigkeit in der Praxis ganz allmählich zu reduzieren.

Die Kommissare ihrerseits schauen sich schweigend an. Sie lassen die Informationen langsam sacken. Vieles macht in diesem Fall jetzt mehr Sinn, eins kommt zum anderen, und sie fühlen wieder einmal, wie fruchtbar die Zusammenarbeit mit dem Psychologen ist und dass dabei oft überraschende Ergebnisse ans Licht kommen, mit denen sie meistens etwas anfangen können.

Johanningmeier recherchiert im Anschluss an das Gespräch ergänzend im Archiv des Polizeipräsidiums und findet natürlich keine DNA-Untersuchung des Sonnenöls, denn diese Untersuchung war damals nicht geläufig.

Aber er entdeckt bei seiner Suche etwas, was sicher hin und wieder geschieht, aber in diesem Fall nicht hätte geschehen dürfen: Der Fall wurde damals zwar auf Wiedervorlage gelegt, dann aber abgeheftet und von da an nicht weiter verfolgt. Er fragt sich, ob es auch ganz anders gewesen sein könnte. Dass nämlich hier keine Schlamperei vorlag, sondern der Fall mitsamt den Unterlagen bezüglich Ralle oder Ralf verschwunden war, weil es jemand so wollte.

Johanningmeier schüttelt den Kopf. Irgendetwas ist faul an der Strafverfolgung, aber was, bleibt erst einmal unklar. Da sein Arbeitstag schon lange hätte beendet sein müssen und er seine müden Augen beim Aktenstudium befragt, beschließt er für heute Feierabend zu machen, nach dem Motto seiner Mutter: „Dann man gute Nacht, Marie, vorm Fenster liegt Geld!“

Der Fall jedoch ist noch rätselhafter geworden und hat in seinen Augen eine neue Dimension angenommen, die den bisherigen Rahmen sprengen könnte. Er wird nicht locker lassen, dazu ist er viel zu neugierig.

„Zeugenvernehmung, morgen“, kommt ihm in den Sinn, und diese Idee nimmt er mit in seine nächtliche leere Wohnung, denn dienstags nie lautet das Motto seiner Freundin und ihm, was das gemeinsame Wohnen unter der Woche betrifft.

Fünfzehn

Das Leben wird gegen Abend, wie die Träume
gegen Morgen, immer klarer.
Karl Julius Weber

Das Martha-Stapenhorst-Heim in Bielefeld liegt direkt am Ostpark, Diesterwegstraße, Ecke Am Ostpark, mit direktem Zugang zu einer der kleineren Parkanlagen der Stadt, die voller gut gepflegter Grünanlagen ist.

Die drei Freunde und Kollegen, Dr. Sauer, Johanningmeier und Annette Sasse, erkundigen sich an der Pforte nach Ewa Sonnenberger, von der sie wissen, dass sie zu den Heimbewohnern zählt.

Die freundliche Angestellte fragt nach, worum es geht, und als die Kommissarin antwortet, das sei privat, steht sie auf, zeigt durch ein weit geöffnetes Fenster in den Park und sagt mit fröhlicher Stimme: „Sehen Sie selbst, meine Herrschaften, dort hinten sitzt Frau Sonnenberger allein auf der Bank im Schatten der Bäume. Dort, sehen Sie, die Dame mit dem türkisen Sommerkostüm und dem dazu passend gepunkteten Halstuch."

Die drei bedanken sich und steuern auf direktem Wege auf ihr Ziel zu. „Na denn, nichts wie ran, Dschingis Khan", sagt Dr. Sauer aufmunternd und fährt vorneweg. Annette hört zum x-ten Male diesen saloppen Spruch von Robert Gernhardt, einem literarischen Spaßvogel, aus dem Mund von Dr. Sauer und findet ihn trotzdem immer noch witzig.

Ob man einen Kalauer noch mal hören kann, hängt doch wohl vor allem davon ab, denkt sie, ob man den Sprecher mag oder nicht. Und das ist bei ihrem Dokterchen sonnenklar.

Der Ostpark besteht aus zwei gleich großen Rasenflächen, von einem Fußweg mittig geteilt und von hohen, alten Bäumen umstanden. Nach einem Eisregen vor einigen Jahren mussten zwar mehrere Bäume gefällt werden, aber die, die geblieben sind, sind imponierend genug und werfen den von Parkbesuchern benötigten Schatten. Annette erinnert sich noch an die damals sehr heftig geführte Debatte in der Lokalpresse, der *Neuen Westfälischen* und dem *Westfalen-Blatt*, zwischen Hundebesitzern und anderen Parknutzern, vor allem Eltern mit jüngeren Kindern, aber auch jugendlichen Feder- und Fußballspielern.

Der Streit entzündete sich an den vielen Hundehaufen auf den Rasenflächen. Die Auseinandersetzungen, die sich über Monate hinzogen und die Fehlbenutzung der Rasenfläche als Kloersatz anfochten, wurden erst beendet, als die Eltern und andere Antihundehalter die Rasenflächen mit einer Vielzahl von Fähnchen dekoriert und der Presse präsentiert hatten. Jede Stelle mit Kot wurde markiert. Die Zeitung brachte zum Thema Hundekacke das Bild im Lokalteil auf der ersten Seite und so war der Beweis für jeden Leser in voller Pracht und sehr entlarvend zu sehen.

Was später in der Sache geschah, hatte Annette nicht verfolgen können, bemerkt jetzt aber zu ihrer Freude, dass im Park verteilt überall Behälter zur Entsorgung von Hundekot aufgestellt sind. Mit anderen Worten, es lohnt sich doch, sich zu solidarisieren und sich zu entrüsten. Denn, so denkt sie im Brustton der Überzeugung, wer sich nicht wehrt, lebt verkehrt. So überqueren die Besucher ohne jeden Schiet am Bein den sauberen Rasen und erreichen die geschmackvoll gekleidete Dame, die mit einem Buch in der Hand auf einer Bank sitzt.

Annette stellt sich und ihre Begleiter der Dame vor, nicht ohne sich für die massive Polizeipräsenz zu entschuldigen. Die wachen und neugierigen Augen der älteren Dame erfreuen die Besucher, sprechen sie doch für einen besonders interessierten und engagierten Geist, der sich seine Jugend erhalten hat. Annette bewundert immer schon diese weltoffene Art mancher älterer Frauen und wünscht sich, solch eine Einstellung dem Leben gegenüber auch selbst zu behalten.

„Was verschafft mir die Ehre Ihres hohen Besuches?“, fragt Ewa Sonnenberger mit einem leicht ironischen Unterton, begleitet von einem sympathischen Lächeln, und Johanningmeier denkt sofort, dass die Stimme in keinster Weise überrascht klingt.

„Wir sind von der hiesigen Kriminalpolizei und arbeiten zurzeit an der Aufklärung einiger älterer, aber unerledigter Todesfälle, denn im Laufe der Zeit haben sich auch unsere Untersuchungsmethoden verändert und verbessert. In dem Fall, der uns heute zu Ihnen führt, geht es um einen jungen Mann, der aus bisher unbekannten Gründen in einem Schwimmbad ertrunken ist. Der Vorfall ereignete sich vor über fünfzig Jahren in Steinhagen. Wir kommen von Amts wegen, damit der Gerechtigkeit Genüge getan wird, und ich möchte Ihnen einige kurze Fragen stellen.“

Johanningmeier spürt sofort, dass ab diesem Augenblick die bisher wohlwollende Stimmung verflogen ist, die Dame ihnen mit äußerster Ablehnung gegenübersitzt und sich dabei ihre Lippen zu einem Strichmund zusammenpressen.

„Nein, meine Dame und meine Herren: Das dürfen Sie nicht!“

Diese prompte resolute Antwort, die keine Widerrede zu dulden scheint, erstaunt die beiden Kommissare. Und nur Dr. Sauer denkt, dass ein steter Wind sich urplötzlich drehen kann, ganz ohne jede Vorwarnung. Mann, Mann, Mann, offensichtlich wurde hier gerade in ein Wespennest gestochen. Als ob sie selbst von der Ruppigkeit ihrer Antwort überrascht ist, hält sie sich erst beide Hände vor den Mund, hat dann plötzlich die Augen voller Tränen und sagt fast bettelnd: „Warum heute, warum kommen Sie erst jetzt? Was wollen Sie von mir? Der uralte Schmerz sitzt immer noch tief. Bitte, warum machen Sie mir das Leben jetzt noch schwer? Ich weiß doch nicht, wie ich Ihnen helfen kann, jetzt, fast am Ende meines Lebens.“

Dann deutet sie auf das Altersheim und fügt hinzu: „Dort kommt man nur mit den Füßen zuerst wieder heraus, obwohl ich noch viel zu jung für dieses Heim bin. Ich kann mich nicht beklagen, vielleicht nur darüber, dass ich leider schon verwitwet bin ... aber Sie sehen es ja, es lässt mich immer noch nicht kalt. Jonas ist schon so lange tot, ihn bringt mir niemand zurück ... auch Sie nicht, und auch nicht Ihre Suche nach dem Täter. Und Sie wollen mich jetzt aushorchen? Das lasse ich nicht zu, so weit kommt es noch, ich habe mir nichts vorzuwerfen!"

Bei den letzten Worten, die sie fast herausgeschleudert hat, steht sie abrupt auf und läuft hurtig mitten über den Rasen zurück ins Heim, als ob sie der Satan belästigt hätte.

Verdutzt bleiben die glorreichen Drei im Park zurück.

Nach kurzer Besinnung sagt Dr. Sauer, er glaube zu verstehen, was gerade passiert sei, und auch Annette zeigt Verständnis.

Johanningmeier aber sagt: „Ich kann sie schlecht vorladen. Vielleicht kommen wir weiter, wenn wir mit der Heimleitung sprechen. Ich mache das, es muss sehr behutsam geschehen, sonst bleibt uns diese Informationsquelle für immer verschlossen."

Dr. Sauer meint, bevor er seinen Elektrorolli startet: „Warte damit. Mein Gefühl sagt mir, wir sollten warten. Bei der Dame ist noch was, was sich melden will!"

„Aha, das Bauchgefühl!" Annette lächelt: „Kenn ich nur bei Frauen!"

„Und bei Therapeuten!", sagt der, der vom Fach ist, und gibt Gas.

Annette macht trotz der augenscheinlichen Niederlage einen zufriedenen Eindruck, nach dem Motto: Es ist noch nicht aller Tage Abend!

Sechzehn

Umsonst fürchten wir die Träume; der schrecklichste Traum ist nichts, verglichen mit dem Leben.
Stanislaw Brzozowski

Einige Tage nach diesem Besuch treffen sich die beiden Kommissare und Dr. Sauer in der Kneipe am Siegfriedplatz mit dem illustren Namen Heinrich sein Enkel auf eine Flasche Wein. Normalerweise bevorzugen sie andere Kneipen, weil sich an diesem Eingang drei Stufen auftürmen, aber heute ist das Wetter mild und angenehm, sodass man gerne auch am Abend draußen Platz nimmt. Unterstützt wird das Vorhaben außerdem dadurch, dass Dr. Sauer als zweiten Namen Heinrich trägt. So fühlt er, weil doch sein Opa mütterlicherseits Heinrich hieß, eine besondere Affinität, eine Art familiäres Hingezogensein zu dieser Lokalität.

Es herrscht eine herzliche Stimmung zwischen den Dreien, sodass alle offen von ihren Sorgen und Nöten erzählen können. Annette berichtet von den Erfolgen ihrer beiden Kinder, Johanningmeier von seinem Sohn, der zu seinem Leidwesen mit der Möglichkeit jongliere, Polizist zu werden, und von dem momentanen, spielerisch grottenschlechten Tiefflug seiner Arminia.

Und Dr. Sauer berichtet beunruhigt davon, dass er in der letzten Zeit immer wieder Albträume von seinem Unfall habe, der viele Jahre zurückliegt und den er für erledigt betrachtet habe, nach dem Motto: Einmal muss ja auch Schluss sein! Er habe solche Albträume lange Zeit nicht gehabt und sei froh darüber gewesen. Jetzt aber seien sie so schrecklich, dass sie ihm den Schlaf raubten und ihm den Alltag manchmal schwer werden ließen. Ganz akut sei diese emotionale Bedrängnis geworden, seit er sich mit dem Badeunfall beschäftigt habe und es ihm plötzlich wie Schuppen von den Augen gefallen sei: Habe ich nicht auch so einen unerledigten Prozess in mir?

So sei eine Diskussion in ihm entbrannt. Einerseits habe er sich gefragt: Wozu brauche ich eigentlich ein Auto? Ich komme doch mit Bus und Bahn prima klar. Andererseits weiß er genau, dass es sich bei dieser Nichtentscheidung um ein klassisches Meidungsverhalten handelt, das aus einer irrealen Angst entsteht.

Wobei noch zu untersuchen wäre, inwieweit es sich bei dieser Angst um eine reale Angst handelt, die einen ganz realen Hintergrund hat, nämlich, dass sich während der Fahrt eine plötzlich einsetzende Beugespastik entwickeln könnte, durch die wiederrum die Beine unkontrollierbar nach oben schnellen und die Lenkung blockieren könnten.

„Mein Wissen über diese Zusammenhänge hilft mir allerdings nicht viel weiter. Auch nicht meine Einsicht, dass solche Flashbacks mit zunehmendem Alter nicht selten sind“, fügt er hinzu und sagt weiter: „Letztlich weiß ich mir auch nicht anders zu helfen, als mir jemanden zu suchen und zu finden, der oder die sich mit dieser Arbeit, nämlich der Traumaverarbeitung, gut auskennt und den ich wegen der hilfreichen Befangenheitsregel nicht so gut kennen sollte.“

Die beiden Polizisten unterstützen ihren Freund an diesem Abend allein dadurch, dass sie ihm gut zureden und gemeinsam ein weiteres Glas guten Rieslings trinken.

Kurz bevor sie den Kneipenabend beenden, fällt Dr. Sauer ein, dass er sich doch schon einmal vor drei Jahren bei einer Supervisorin erfolgreich Hilfe geholt hat. Damals hatte er sich in eine längere Behandlung begeben, weil er unter Angstattacken gelitten hatte. Diese waren aufgetreten, nachdem er auf der Straße von einer Patientin auf das Übelste beleidigt worden war und er daraufhin begonnen hatte, sich draußen zu fürchten.

„Ich weiß leider nicht, ob diese Supervisorin und Therapeutin, die damals auch als Ausbilderin bei Kollegen tätig war, heute noch praktiziert. Mir hat ihre Art der Arbeit damals gut gefallen. Und geholfen hat sie mir sehr! Es ist eine feine, kluge, ältere und vor allem bei der Behandlung von Angststörungen sehr erfahrene Kollegin."

Einigermaßen beruhigt gönnen sich die drei noch einen guten scharfen Schlürschluck und begeben sich anschließend zur Nachtruhe, müssen sie doch alle am nächsten Tag wieder an die Arbeit.

Siebzehn

Um sich selbst zu erkennen, muss man handeln.
Albert Camus

Am darauffolgenden Morgen telefoniert Dr. Sauer herum und erfährt zu seiner Freude, dass die Kollegin trotz fortgeschrittenen Alters noch praktiziert, wenn auch nur privat.

Gleich bei seinem ersten Termin in der Nähe des Jahnplatzes in der Innenstadt von Bielefeld empfängt ihn seine Kollegin mit derselben positiven Ausstrahlung an der Eingangstür ihrer Praxis, an die er sich sofort gerne erinnert. Und er kann sich gut vorstellen, sich noch einmal auf die geistige Reise einer Therapie zu begeben, um seine Problematik mit Aussicht auf Erfolg gezielt anzugehen.

Frau Dr. Reiser ist liebenswürdig, wohltuend sachlich und erinnert sich sofort daran, dass er schon einmal bei ihr in der Praxis Hilfe gesucht hat.

Nach zwei einführenden und eher befragenden Konsultationen schlägt sie ihm eine Art von psychologisch fundierter Rückbesinnung vor, die es ihm ermöglichen könne, ausgehend von dem akuten Auslöser, das ursprüngliche Unfalltrauma zu bearbeiten.

Dr. Sauer erinnert sich: „Bedrängend und akut ist mein Problem dadurch geworden, dass ich nach langer Pause wieder anfangen möchte, alleine Auto zu fahren, was ich früher gern und ohne Probleme getan habe. Außerdem bin ich in einer neuen Beziehung zu einer Frau aus Israel bisher nicht so froh, weil Sarah für meine Bedürfnisse und Wünsche nicht oft genug nach Deutschland kommt, was ich übrigens verstehe, weil sie familiär durch den Holocaust betroffen ist – ein Großteil ihrer Familie ist während des Dritten Reiches im KZ ermordet worden – und sicher auch, weil sie in Israel ihre Kinder und Enkelkinder hat. Ob das bei meiner Symptomatik eine Rolle spielt, weiß ich nicht, könnte es mir aber durchaus vorstellen, vielleicht im Sinne von herunterfallen, verlassen werden."

„Sie sagten ja gerade, beim allein fahren", macht die Therapeutin ihn auf seine Wortwahl aufmerksam, „aber wie hat sich Ihr Problem zuerst gezeigt?"

„Ganz genau, darauf wäre ich allein bestimmt nicht gekommen, hatte mir Sarah doch am selben Tag eröffnet, dass sie in der nächsten Zeit für mindestens drei Monate wieder nach Tel Aviv reisen werde. Solche Abschiede bringen mich immer wieder schrecklich durcheinander. Ich hatte mich doch gerade daran gewöhnt, dass sie hier jetzt bei mir wohnt und eventuell auch noch länger bleibt. Das ist wirklich nicht normal, dass ich so kleinkindhaft, nicht erwachsen mit Trennungen umgehe. Verdammt, darauf hätte ich aber auch selbst kommen können."

Seine Therapeutin lächelt ihn wohlwollend an, so, als ob sie sagen möchte: „Sie können ruhig mit sich schimpfen, auch ärgerlich auf sich sein, nur nützen wird das überhaupt gar nichts." Und sie sagt: „Bitte, fahren Sie ruhig mit dem Erzählen fort. Zunächst einmal damit, wie Ihre Panikstörung vor einiger Zeit angefangen hat."

So ermutigt antwortet er: „Vor einigen Jahre, als ich noch selbst gefahren bin, war ich unterwegs nach Italien. Ich war damals, vor mindestens 14 Jahren, noch in meiner letzten Ehe, und die war so ziemlich am Ende. Ob es mir zu der Zeit so klar war wie jetzt, dass ich bei dieser Reise besonders gut funktionieren musste, weil sonst vielleicht der berühmte Hammer fallen würde, weiß ich bis heute nicht genau. Es könnte auch sein, dass ich gerade meine Erinnerungen ein wenig umschreibe, weil sie mir dann als schlüssige Erklärung gut in meine Erinnerungen hineinpassen? Aber Fakt ist, dass es mir jetzt auffällt. Natürlich frage ich mich, ob ich einfach so blind bin, dass mir eine zeitliche Parallelität erst heute bewusst wird. Meine Ehe pfiff aus dem letzten Loch. Mein körperlicher Allgemeinzustand war deutlich schlechter geworden. Meine Befürchtungen waren rapide gewachsen und ich wusste genau, eine weitere Verschlimmerung meiner Lähmung würde von meiner damaligen Ehefrau überhaupt nicht toleriert.

Und nun konkret: Es war also eine sehr angespannte Reise. Vielleicht lag in ihr die letzte Chance der Eherettung. Ich denke an die letzte Italienreise von mir und meiner damaligen Frau Marianne, danach haben wir angefangen uns zu trennen. Schon vor der ersten höheren Autobahnbrücke gerate ich total ins Schwitzen, mir wird heiß, mir wird kalt, meine Gedanken überschlagen sich, Panik breitet sich in mir aus. Panik, mit all den dazugehörenden Begleitsymptomen. Und mit ihr die überwältigende Vorstellung: Ich blockiere mit einer unmittelbar bevorstehenden spastischen Körperreaktion jetzt sofort das Lenkrad, komme nur an den Anfang einer 480 Meter hohen Sauerlandbrücke, kurz vor Kassel ... Ich habe die Phantasie, ich verziehe das Lenkrad, ich verliere die Kontrolle, fahre mit aller Wucht gegen die Leitplanke und stürze kopfüber in die Tiefe.

Mit nichts konnte ich mich beruhigen. Nicht mit dem Wissen, dass es sich ja nur um eine Phantasie handelte, dass man die doppelten Leitplanken gar nicht überwinden kann und dass selbst wenn man es versuchen würde, sie würden jedem Angriff standhalten, sie sind ein völlig sicheres Bollwerk, gebaut für die Ewigkeit."

Nach dieser Schilderung ist Dr. Sauer völlig erschöpft und braucht dringend eine Pause.

Sie sprechen noch ein wenig, bis er sich beruhigt hat, und verabreden sich dann für einen neuen Termin ein paar Tage später.

Achtzehn

Es ist ein Unglück, nie Unglück gehabt zu haben.
Karl Julius Weber

Die Kollegin von Dr. Sauer, seine Therapeutin, beginnt mit einem Vorschlag für den Ablauf der nächsten Sitzung, um den einmal eingeschlagenen Weg direkt fortzusetzen: „Herr Sauer, es gibt jetzt einige ganz verschiedene Vorgehensweisen für Ihren Fall. Ich schlage Ihnen vor, heute eine konfrontative Bewältigungstechnik bezüglich des genauen Ablaufs des Unfallgeschehens zu wählen, weil dieser Unfall vor vielen Jahren passiert ist und wir die alten Körpererinnerungen anzapfen sollten."

Dr. Sauer nickt und seine Therapeutin sagt weiter: „Schließen Sie jetzt einmal Ihre Augen und nehmen Sie in der Phantasie ein Fernglas in die Hand und halten es sich umgekehrt vor Ihre Augen. So können Sie sich selbst die nötige Distanz verschaffen, um Ihre Emotionen wirksam regulieren zu können. Also, was sehen Sie durch Ihr imaginiertes Fernglas?"

Die Kollegin schaut Dr. Sauer gespannt und hoch konzentriert an. Dr. Sauer muss sich innerlich ein wenig umorientieren, da er sich zunächst mit seiner Panikattacke auf der Sauerlandlinie beschäftigt hatte, die er direkt vor der Talfahrt seiner damaligen Ehe verortet hat.

Dann aber nickt er bereitwillig, schließt die Augen, wartet einen Moment, bis in ihm die ersten inneren Bilder aus diesem Bereich seiner Vergangenheit auftauchen. Wie aus einem fernen Nebelland, Bilder, an die er lange nicht gedacht hat, die sich in ihm verborgen haben beziehungsweise die er mittels seelischer Kraft bislang selbst erfolgreich in irgendeinem Teilbereich seiner Seele versteckt gehalten hat.

Mit leiser, brüchiger und belegter Stimme beginnt er darüber zu sprechen, was er sieht: „Ich bin auf der Nordseeinsel Norderney, ich sehe, von sehr weit entfernt, einen Jugendlichen, ungefähr sechzehn Jahre alt, aber noch nicht voll entwickelt, der mit mehreren anderen seiner Altersgruppe aus einer Einfahrt zu einem Hof herauskommt. Es könnte sich bei dem Weg um eine Einfahrt zu einer Bildungseinrichtung oder Jugendherberge handeln. Die Jungen sind unbegleitet, das heißt ohne einen Lehrer unterwegs."

„Um welche Tageszeit passiert das in Ihrer Erinnerung? Was schätzen Sie? Und bleiben Sie beim Erzählen in der Gegenwartsform, die ist lebendiger."

„Ich weiß es noch genau, es ist nach dem Mittagessen und mich und die anderen Jungs verlangt es nach Bewegung. Wir verlassen den geteerten Zufahrtsweg und laufen in die Dünen hinauf, was heute aus Naturschutzgründen nicht mehr erlaubt ist. Die Dünen sind oben zumeist mit Strandhafer bedeckt, der sich sanft im leichten Seewind hin und her bewegt, als ob er uns zuwinkt. In den Mulden liegt hoher feiner Sand, der zum Verweilen einlädt."

„Wie geht es wohl dem Jungen in dieser Situation? Was sind seine Gedanken, seine Gefühle, vielleicht auch seine Bewertungen? Und wählen Sie, wenn möglich, die Gegenwartsform und die Ich-Form", sagt die Kollegin, den Fokus allmählich und möglichst behutsam auf das Innenleben der betroffenen Person lenkend.

„Ich scheine zunächst einmal ganz zufrieden mit mir zu sein, aber das ist äußerlich. Innerlich fühle ich mich sehr allein. Ich bin nach dem Essen leicht müde, und ich habe zunächst auch keine besondere Lust, etwas zu unternehmen, bei dem man sich anstrengen muss. Gleichzeitig spüre ich aber auch eine Unruhe, die nach draußen drängt."

Dr. Sauer geht etwas aus dem Erlebnismodus heraus und erklärt: „Ich bin zusammen mit der Untersekunda des Freiherr-vom-Stein-Gymnasiums aus Horn für eine Woche auf der Nordseeinsel auf Klassenfahrt. Ich bin sechzehn Jahre alt und fast erwachsen, zumindest, was meinen Körper angeht."

„Von woher kommt er zu diesem Zeitpunkt auf die Insel, was ist sein familiärer Hintergrund?" Die Therapeutin lässt ihn etwas von der kurzen Leine.

„In meiner Heimatstadt lebe ich mit meinen Eltern im Haus meiner Großeltern, meine Oma lebt noch. Mein Bruder ist zwei Jahre älter, meine Schwester vier. Ich bin leistungsmäßig ein eher unterdurchschnittlicher Schüler und zum Ende des Schuljahrs ist meine Versetzung nicht mehr nur gefährdet, sondern höchst unwahrscheinlich. In diesem Falle wird mir von Vaterseite eine Banklehre nahegelegt beziehungsweise vorgeschlagen. Eine Idee, die mir ganz und gar nicht gefällt, da ich ein sehr bewegungshungriger Junge bin und tief drinnen an eine Karriere als Fußballer denke. Ich wurde von Trainerseite vom TUS Horn sogar zu einem Jugendsichtungstraining des DFB in der Talentschmiede Kaiserau in der Nähe von Düsseldorf vorgeschlagen."

Dr. Sauer hatte bei den letzten paar eher unfallfernen Sätzen seine Augen wieder geöffnet und seine psychologische Begleiterin bittet ihn nun darum, sie wieder zu schließen und das umgekehrt verwendete, imaginäre Fernglas zu Hilfe zu nehmen:

„Vielleicht können Sie sich jetzt noch etwas näher an die Unfallzeit erinnern, dort auf der hellen Insel ... die Jugendlichen laufen also gerade in die Dünen, was damals offensichtlich wohl noch erlaubt war!"

Die Therapeutin möchte jetzt ihren Patienten allmählich wieder zurück zu dem ursprünglichen, die Angst auslösenden Ereignis bringen, ohne ihn zu sehr zu bedrängen, und schlägt deshalb die Verwendung des umgekehrten Fernglases vor.

„Wie ist das Wetter, wie hoch ist die Temperatur? Gibt es viel Wind und wie geht es dem Jungen psychisch?", fragt die

Therapeutin, um dem eventuell verborgenen Gefühl, das mit der lebendigen Erinnerung verbunden ist, ein Stückchen näher zu kommen.

Ihr Patient kann sich gut darauf einlassen, und er ist selbst interessiert, was nun passieren wird, ein wenig so, als ob er als kleiner Junge an die Hand genommen wird, um etwas zu erkunden. Und er sagt: „Ja, daran kann ich mich sehr gut erinnern. Es ist draußen relativ kühl, es ist genau der 10. Mai 1960, nur wenig nach dreizehn Uhr. Es geht ein leichter Wind und es ist ein insgesamt für diese Jahreszeit schönes Strandwetter.

Wie gesagt, kaum Wind, und wenn ich mich so sehe, dann spüre ich jetzt noch, auch auf die zeitliche Entfernung genau, wie es mir wirklich geht. Das Wichtigste scheint mir, dass ich seit Langem wegen meines schulischen Versagens unter permanent starkem Erfolgsdruck stehe. Ich bin leider insgesamt wenig motiviert, für die Schule zu lernen.

Dazu ist es für mich noch ein Problem, dass der Lehrer, der mit der Klasse mitgefahren ist, in einer Person mein Klassenlehrer und mein Fachlehrer in meinen schlechten Fächern Französisch und Englisch ist. Ja, der Leistungsdruck in mir ist immens. Aber ich fühle mich in der Klasse unterlegen und bedrückt, jetzt auf der Insel allerdings auch ein wenig befreit. Und ich möchte es mir und den anderen beweisen, dass ich doch noch dazugehöre. Ich möchte nicht versagen, verspüre allerdings große Angst, ohne dass irgendjemand davon weiß. Mir ist auch klar, und das weiß ich ganz genau, es steht meine gesamte Zukunft auf dem Spiel, im schlimmsten Fall verliere ich alles, meine Freunde, die Schule und vieles mehr, was da alles so dranhängen mag. Ich möchte die Klasse und Schule um alles in der Welt nicht verlassen müssen. Aber ich weiß, dass daran wahrscheinlich kein Weg vorbeiführt, fast scheinen die Würfel schon gefallen.

Ich fühle mich besonders seit dem Blauen Brief von der Schule bedroht, in dem ich lesen musste: Die Versetzung Ihres

Sohnes ist ernsthaft gefährdet. Ich fühle die Gefahr auch während dieser Klassenfahrt. Der völlig humorlose Lehrer Dr. Meyer erinnert mich allein durch seine massive Präsenz immer wieder daran, zum Teil direkt spürbar, zum Teil aber auch ganz unterschwellig.

Und die Versagensangst steigt stetig in mir hoch, wie eine hohe Welle, die mich zu verschlingen droht und es auch tun wird.

Jetzt, hier, zwischen Düne und Meer möchte ich mich herausfordern, meine Kraft, meine Schnelligkeit testen, und so frage ich Jürgen, meinen ewigen Laufkonkurrenten in der Klasse, ob er mit mir jetzt hier um die Wette laufen würde, jetzt sofort.

Und kaum, dass ich ein Ja, klar doch, vernommen habe und das Ziel gesucht und bestimmt wird, eine Bretterbude in Sichtweite, etwa zwei- bis dreihundert Meter querbeet durch die Dünenlandschaft, nur einen schmalen Pfad entlang, dem Kamm der hohen Dünen folgend und dazu noch sehr abschüssig, rase ich auch schon los, unmittelbar verfolgt von meinem Gegner.

Jürgen ist etwas größer, und schmaler ist er auch, und auch so ein guter Sprinter, besonders gut einsetzbar als Staffelläufer für die Kurve beim nächsten Schulfest, während ich besser für die Zielgerade geeignet bin, den Endspurt, als Schlussläufer, dort, wo am meisten gejubelt wird.

Und jetzt sausen wir los, mit allem, was wir drauf haben, mit allem, was uns an purer Kraft zur Verfügung steht, direkt hintereinander den engen Pfad auf der hohen Düne entlang, ganz nahe beieinander, fast berühren sich unsere Beine, unsere Füße, schneller, schneller, manchmal kurze Zeit auch Schulter an Schulter, dann wieder hintereinander, und wir erhöhen zwangsläufig aufgrund des Gefälles die Laufgeschwindigkeit, insbesondere dort, wo es fast steil bergab geht, dem Ziel zu. Immer haben wir die Bretterbude vor Augen, dort, wo man sich abends vor dem Schlafengehen noch rasch eine Süßigkeit, eine Tüte Salzstangen, gesalzene Erdnüsse oder ein Erfrischungsgetränk besorgen kann, dort, wo wir unser knapp bemessenes Taschengeld verjubeln können.

Angst, nein, die hat keiner, die wird unterdrückt vom unmittelbaren Willen zu gewinnen, die Nummer eins zu sein.

Und dann kommt es zum Ende des Wettlaufs. Viel schneller als gedacht, wahrscheinlich wegen der unvermuteten Abschüssigkeit des Geländes, dann kaum zu verhindern, taucht vor uns plötzlich die Verkaufsbude auf, viel schneller, als wir gedacht haben ... und ab da wird das Bild, der Ablauf der Ereignisse unklar, verschwommen ... ich fühle, dass ich stürze, nach vorne gerissen werde, direkt vor dem Ziel stolpere und binnen des Bruchteils einer Sekunde als Erster führend, als Gewinner des Rennens zu Boden krache, ohne jede Chance, meine Hände als Schutzmaßnahme nach oben zu reißen.

Filmriss, Kamera halt, aber das hier ist kein Film, keine erfundene Story, das hier ist Realität, eine besonders harte dazu! Ich gewinne das Rennen und verliere, wie eine gescheiterte Figur in einer Tragödie. Was ist mir geschehen? Wie kann das passieren und warum mit dieser verheerenden Folge?"

„Ja, da gibt es diesen Erinnerungsverlust, diese sogenannte retrograde Amnesie, wie so oft bei Unfällen", sagt die Therapeutin und spürt einen Kloß im Hals, das Mitgefühl, und sie trinkt etwas vom bereitstehenden Tee.

„Die Gedanken quälen mich seitdem: Habe ich eine Bodenunebenheit übersehen? Bin ich gegen das Häuschen gerannt? Eine Wunde gibt es nicht, das spricht dagegen.

Ich komme mit voller Wucht zu Fall, lande irgendwie mit verdrehtem Kopf auf dem Boden und breche mir so einfach mein Genick? Knacks und aus der Strom? Kann das sein?

Vielleicht habe ich mich kurz vor dem Ziel noch einmal umgedreht, um meinen sportlichen Gegner hinter mir zu sehen? Ich weiß es doch nicht!

Das Stolpern, das Fallen, das Stürzen, ich war noch in der vehementen Vorwärtsbewegung ... auf alle Fälle, wie dem auch sei, ich bleibe auf der Stelle liegen, mein Körpergefühl wird irgendwie fremd, kalt, ich spüre eine Art von Getrenntsein zwischen dem Kopf, der auf dem Sandboden liegt, und dem davon scheinbar abgetrennten Körper, und ich sage zu meinem Mitläufer Jürgen: Mensch, ich kann mich nicht mehr bewegen!

Und ich werde von da an und lange, lange Zeit danach liegen bleiben müssen.

Die anderen Klassenkameraden sind nun auch schnell am Unglücksort zur Stelle, ratlos, erschrocken, verwirrt. Keiner weiß so recht, was jetzt zu tun ist. Der Lehrer Dr. Meyer muss sofort geholt werden, denn ich sage mit leiser Stimme, ich könne mich nicht mehr rühren, gar nicht mehr, es bliebe dabei.

Niemand erhebt Widerspruch, als einer aus der Unterkunft eine Decke holt und sie alle zusammen mich, den weiter auf dem Sandboden dahin gestreckt Liegenden, eher weniger professionell als gut gekonnt in die nahe Jugendherberge zurücktragen, wie einen getöteten Helden einer gerade verlorenen Schlacht.

Ein rasch herbeigerufener Arzt aus dem nicht weit entfernt liegenden Inselhospital, per Notruf alarmiert, schnell herbeigefahren, fragt mich, ob ich irgendetwas bewegen könne. Und er sieht, ohne dazu einen Kommentar abzugeben, eine ganz leichte Bewegung der linken Schulter, mehr nicht, das ist alles.

Ab diesem Moment gestaltet sich das Leben für mich völlig anders, neu, aber auch interessant, aber vor allem mühsam und voller Überraschungen. Und eine tiefe Dankbarkeit unterstützt mich seitdem von Tag zu Tag, ein Gefühl, das bisher in meinem Alltag kaum eine Rolle gespielt hat. Eine Dankbarkeit für den Einsatz vieler Hände, die mich tragen, drehen, behandeln und stützen. Meine Versagensangst aber löst sich schnell auf, jetzt muss ich lernen, Hoffnung zu schöpfen. Jetzt muss ich lernen, leben zu lernen, mit dem Trotzdem leben zu lernen, kämpfen zu lernen, um jeden Zentimeter neu eroberter Selbstständigkeit.

Und ich, der ich zunächst tief erschüttert bin, lasse mich nicht entmutigen, nein, ich kämpfe jetzt erst recht und zäh und konzentriert und mit Erfolg. Zunächst um mein Leben, dann um die teilweise Rückeroberung meiner Beweglichkeit, dann um den schulischen und universitären Erfolg und noch viel, viel später um den beruflichen Weg, um ein weitgehend normales Leben führen zu können und um dann zu beurteilen, dass ich mit viel Glück und viel guter Unterstützung ganz überzeugend sagen kann: Ich habe meine Schlacht um mein Leben für heute und für die absehbare Zukunft gewonnen!"

Dr. Sauer beendet an dieser Stelle seinen Bericht und weint lange und weiß nicht warum, wo es doch am Ende nach einem Happy End aussieht. Seine Therapeutin nimmt tröstend seine Hand und lässt ihm die Zeit, sich bis zu seiner seelischen Erleichterung und mentalen Entspannung auszuweinen.

Nach einer erholsamen Redepause ruhigen und schweigsamen Zusammensitzens verabreden sie einen neuen Termin. Möglichst zeitnah und doch nicht zu nah an diesem Termin, um prüfen zu können, wie sich die heutige Behandlung auf die folgenden Tage im Alltag wohl auswirken wird.

Dr. Sauer teilt gerne den therapeutischen Optimismus seiner Beraterin, der gibt ihm Kraft und Elan, sodass er nach der Übung die Praxis mit herzlichem Dank, gutem Mut und gestärktem Selbstgefühl verlässt. Draußen empfängt ihn eine milde Luft und er nimmt sich viel Zeit, die Situation um sich herum auf sich wirken zu lassen und dann zufrieden sein Zuhause anzusteuern, wo er heute erwartet wird.

Neunzehn

Man muss manchmal von einem Menschen fortgehen,
um ihn zu finden.
Heimito von Doderer

Einige Tage später, Annette Sasse und Johanningmeier haben schon begonnen, sich in Ermangelung schneller Resultate bezüglich des „Badeunfalls“ anderer, ebenfalls noch unerledigter Fälle zuzuwenden. Da werden sie völlig unerwartet von einem als dringlich eingestuften Anruf aus dem Martha-Stapenhorst-Heim überrascht.

Über das Sekretariat von K12 wird Annette Sasse mitgeteilt, dass Ewa Sonnenberger sie möglichst schnell sprechen möchte, aber „bitteschön allein“, mit der zusätzlichen Information der Heimleitung, dass sie das erste Gespräch sehr aufgewühlt habe.

Sie habe danach einige schlaflose Nächte gehabt und sich nun wohl entschieden, doch eine möglicherweise wichtige Aussage zu machen.

„Siehst du, Annette, da haben wir doch prima zusammengearbeitet. Das Wespennest ist angestochen, jetzt darfst du die Dame wieder beruhigen. Ich bin echt gespannt, was du zu hören bekommst!“Johanningmeier lächelt sie verwegen an und fügt fröhlich hinzu: „Jetzt musst du ran!“

„In Ordnung Chef, immer zu Diensten, dein Wunsch sei mir Befehl.“ Die Kommissarin macht eine zackige Bewegung an die imaginäre Polizeimütze, knallt die Hacken zusammen, wirft ihrem Kollegen einen Luftkuss zu und verlässt unverzüglich das Präsidium. Sie steigt in die nahe Stadtbahn und kommt mit nur einem Umstieg bis zur Haltestelle Mozartstraße.

Schon an der Pforte des Stapenhorst-Heims wird sie von der auf sie wartenden Frau Sonnenberger äußerst knapp begrüßt. „So, Frau Kommissarin, jetzt kommen Sie aber erst mal mit in den Park, ich brauche frische Luft“, sagt Frau

Sonnenberger zu Annette Sasse und funkelt die Polizistin dabei ziemlich böse an. Sobald die erste freie Parkbank erreicht ist und die beiden sich gesetzt haben, legt Frau Sonnenberger los: „Also, ehe ich mit Ihnen über das rede, was mich mehr als bedrückt, muss ich doch zunächst einmal Dampf ablassen. Und ich hoffe doch sehr, Sie machen es sich in Ihrer Arbeit nicht immer so einfach wie bei mir, auf jeden Fall, das würde mir nicht gefallen, gar nicht!"

Der hochgestellte Zeigefinger imponiert der gescholtenen Besucherin dermaßen, dass sich Annette sofort in die erste Reihe eines Klassenzimmers strafversetzt fühlt. Dorthin, wo pädagogischer Zorn Kinder allemal in Angst und Schrecken versetzen kann. Sie wartet also erst einmal ab, um Frau Sonnenberger Gelegenheit zu geben, ihren Ärger loszuwerden: „Schon seit vier Nächten muss ich mich damit beschäftigen, was Sie sich bei Ihrem Überfall neulich gedacht haben. Dass Sie mich befragen wollen, mag ja von der Sache her seine Berechtigung haben, aber Sie haben doch überhaupt keine Ahnung, was so ein von Ihnen erzwungener Blick zurück in mein Leben für mich bedeutet."

Frau Sonnenberger macht an dieser Stelle ihrer Gardinenpredigt eine Pause, ehe sie, immer noch geladen, mit ihrer Schimpfkanonade fortfährt: „Was glauben Sie, was für eine Gedankenlawine von Ihnen da ausgelöst worden ist? Sie kreuzen hier einfach so auf, wie ein Rollkommando, Sie und Ihr fescher Kollege auf dem Fahrrad, und dann noch in Begleitung von diesem Rollstuhlpsychologen! Sie überfallen mich zu dritt im Park, so mir nichts, dir nichts, wo ich gerade die Sonne und meine Lektüre genieße. Schon mal was von Psychologie gehört? Wie soll man da Vertrauen in Ihre Arbeit fassen?"

Annette schämt sich und gibt zu, dass die Dame wohl Recht hat. Sie sagt: „Es tut mir wirklich leid, Frau Sonnenberger, wir haben Sie in der Tat überrumpelt. Wir wollten Sie eigentlich nicht bedrängen, aber das haben wir dann wohl doch getan.

Ich kann Sie jetzt gut verstehen, aber wir hatten keinen Schimmer, dass Sie so betroffen sein würden."

Annette verspürt jetzt noch mehr Mitgefühl mit der wehrhaften Dame, die immer noch schwer atmend neben ihr sitzt, dann einen Moment wartet, bis sie, jetzt deutlich ruhiger geworden, sagt: „Okay, ich akzeptiere Ihre Entschuldigung, aber ich kann es Ihnen gerne sagen, falls es Sie überhaupt interessiert: Sie haben mit Ihrer überfallmäßigen Befragung bei mir einen großen Konflikt ausgelöst, den ich, ohne dass er mir so direkt bewusst war, schon lange, eigentlich sogar schon viel zu lange mit mir herumgeschleppt habe, eine Altlast aus meiner Jugend."

Sie macht wieder eine Pause und fährt mit deutlich verminderter Schärfe fort: „Also so viel zum Anfang, nun komme ich zu dem, weshalb ich Sie so dringend gebeten habe, heute noch einmal zu mir zu kommen. Dazu muss ich aber jetzt noch rasch auf mein Zimmer gehen, um dort etwas zu holen. Jetzt, wo die Luft zwischen uns gereinigt ist, habe ich es plötzlich eilig, die Angelegenheit zu Ende zu bringen oder auf jeden Fall wenigstens ein Stückchen weiter. Ich bitte Sie auf mich zu warten, es wird nicht lange dauern."

Annette nickt.

Frau Sonnenberger steht auf, geht und kommt ein paar Minuten später zurück. Sie trägt ein Tablett mit zwei Tassen Kaffee und unter dem Arm einen gut gefüllten Ordner, aus dem sie nach einigem Hin- und Herblättern ein Papier hervorholt.

„Bitte hören Sie genau zu, was ich Ihnen jetzt vorlese." Frau Sonnenberger hält einen handgeschriebenen, offensichtlich abgegriffenen Brief in der Hand und liest ihn der Kommissarin laut und vernehmlich vor, nachdem sie sich vergewissert hat, dass sich keine unliebsamen Zuhörer in der Nähe befinden.

Liebe Ewa,
zunächst einmal in Kürze das Wichtigste: Ich lebe, aber ich musste sofort untertauchen. Ich weiß, ich habe den armen Jonas auf dem Gewissen, ich habe ihn unter Wasser gezogen, ich habe ihn umgebracht, ich war so wütend ... damit werde ich leben müssen. Aber ich kann nicht in den Knast gehen, dazu liebe ich meine Freiheit viel zu sehr. Ich habe kein Recht so etwas zu sagen, aber es stimmt: Ich kann mich nicht auch noch töten. Obwohl ich es verdient habe. Ich werde mein Leben lang ein Flüchtling sein, einer, der gejagt wird.
Ich bin sozusagen Hals über Kopf auf und davon. Nach meiner Tat hatte ich nur eine ganz kurze Zeitspanne, in der das möglich war. Ich wollte nicht geschnappt werden, ich wollte nicht in den Bau.
Vom Schwimmbad bin ich direkt zum Bahnhof, nach einem kurzen Abstecher nach Hause. Beinahe wäre ich noch der Bahnpolizei in die Hände gefallen, aber ich konnte mich rausreden.
Es tut mir leid, auch für dich, besonders für dich!! Aber ich konnte dich nicht informieren.
Verzeih mir, bitte!
Ich schreibe dir ab jetzt, aber nur, wenn du magst, immer postlagernd, jetzt aus Rotterdam, wo ich allerdings auch nicht allzu lange bleiben werde. Hier sind zu viele Gestrandete und damit auch zu viel Polizei. Über kurz oder lang wird man mich hier aufstöbern und in die Heimat bringen, um mich dort mein Leben lang einzusperren. Bitte glaub mir, ich ertrüge es nicht, denn ich leide schon lange an einer Klaustrophobie.
Ich plane zunächst auf einem Binnenschiff anzuheuern, da gibt es wenig Kontrollen und so ein Hafen hat seine eigenen Gesetze, da wird man nicht so einfach verpfiffen.
Ich fürchte mich vor der Polizei wie vor dem Satan. Eingesperrt würde ich verkümmern. Verzeih mir, und wenn das zu viel verlangt sein sollte, dann denk an mich ohne Abscheu. Denn in einer Zelle eingesperrt, ohne die Welt zu sehen, das

könnte ich nicht aushalten.
Lieber lebe ich mit der Angst vor den Häschern.
Ich denke an dich, jede Stunde
Ralle

„Mein erster Gedanke, nachdem Sie mich zu dritt im Park so unangemessen überfallen haben, war, dass ich Sie auf eine Art Schnitzeljagd schicke, indem ich Ihnen so Bröckchen für Bröckchen an Informationen zuschicke, aber ich habe mich dagegen entschieden. Ich schicke Sie nicht auf die Pirsch, dagegen lade ich Sie ein, mit mir zusammen einige wichtige Stationen seiner Flucht nachzuvollziehen.

Alle Fluchtziele meines Freundes liefere ich Ihnen freiwillig. Ehe ich Ihnen aber verrate, wo er sich jetzt befindet, möchte ich, dass Sie diesen Mann verstehen lernen. Dass Sie wissen, was aus ihm geworden ist, was aus einem Menschen, der einen anderen Menschen getötet hat, geworden ist. Und wenn Sie das wissen, dann können Sie ihn ja verhaften, wie es Ihr Job ist.

Sie sollen den Fußabdrücken des Bösen folgen, und zwar so, wie ich es möchte und nicht nach Ihrem Gutdünken, das ist mir nicht sensibel genug. Die Grundlage zu diesem Ansinnen sind nicht die vielen Postkarten, Telegramme und Briefe, auch Pakete, die Ralle mir gesendet hat ... und kommen Sie bloß nicht auf den Schnüfflergedanken, sich die Belege eigenmächtig zu beschaffen. Das geht nicht und niemand kann mich zwingen. Es gibt, wie Sie wissen, noch Anstand und Schließfächer in der Bank.

So, wenn Sie mögen, lese ich Ihnen jetzt die Fortsetzung vor." Annette nickt.

Liebe Ewa,
ich bin jetzt in Polen bei einer Zeitung in Kattowitz angestellt, und das kam so: Ich hatte in Rotterdam auf einem Kohlelastkahn angeheuert, der von Rotterdam rheinaufwärts bis nach

Koblenz und zurück schippert. Das war eine sehr eintönige Arbeit, aber sie hat mich von den schweren Gedanken abgelenkt und mich davor bewahrt, ganz aufzugeben und mein Leben wegzuwerfen oder auch ganz schlicht verrückt zu werden.
Außerdem geschah etwas, was ich so nie erwartet hatte: Ich bin aufgewacht aus einer immer gleich trüben Gedankenschraube und habe unverhofft die Schönheit der Welt sehen dürfen. Sie ist und bleibt für mich ein Wunder.
In jedem Unheil steckt ein Heil, denn ich habe begonnen, mich mit Jonas, mit seiner Persönlichkeit, mit seinen Wünschen, Zielen und Plänen auseinanderzusetzen, habe die Welt mit seinen klugen Augen begonnen zu sehen, habe gelesen und gelesen, ich, der ich mich nie für andere Dinge als meine eigenen interessiert habe.
Egal wie wir es nennen, Läuterung, vom Saulus zum Paulus, auf jeden Fall ein Glück.
Alles begann damit, dass ich Tomasz kennenlernte. Er war und ist wie ich auf der Flucht, durch ihn bin ich zum Lesen gekommen. Er ist bis heute mein Lehrer, er stammt aus der Kulturstadt Krakau und hat mich nun dorthin mitgenommen, weil mir der Boden von einem Tag auf den anderen plötzlich zu heiß wurde, und das alles kam so:
Marie, die dreijährige Tochter des Skippers ist mir sehr ans Herz gewachsen. Mit ihr, die mit fremden Menschen zunächst ihre Kontaktprobleme hat, kam ich besonders gut klar. Irgendwie hatte ich sie immer im Blick. Sie spielte am liebsten mit Bello, dem Bordhund.
Auf der Höhe von Düsseldorf kam Wind auf, Marie spielte mit Bello ganz nah an der Bordwand. Es pustete ganz ordentlich und alle waren mit dem Festzurren von losen Gegenständen beschäftigt. Es war ein ziemliches Durcheinander an Bord und ich sah aus dem Augenwinkel, wie Bello über Bord fiel und Marie, ohne zu zögern, sofort hinterher. Ich musste mich nicht entscheiden, in mir hatte sich etwas entschieden, denn ich bin sofort ins Wasser gesprungen und habe beide gerettet.

„Unter Einsatz deines Lebens", wie der Bootseigner sagte. Ich aber denke, welch eine Ironie des Schicksals: Wassermörder rettet unschuldiges Kind aus den Fluten!
Als Maries Vater die ganze Geschichte voller Dankbarkeit an die Öffentlichkeit bringen wollte, floh ich mit Unterstützung von Tomasz und konnte in seiner Heimatstadt unterkommen.
Nun schreibe ich dir schon aus Polen, mitten aus dem ehemaligen Zentrum des Kohlereviers Oberschlesien, aus Kattowitz, wo ich im journalistischen Bereich bei einer Zeitung mit Namen „Tribuna Slaska" eine gute Arbeit gefunden habe. Tomasz, der von Beruf Übersetzer ist, übersetzt meine auf Deutsch geschriebenen Artikel ins Polnische.
Ich recherchiere zurzeit über polnische Widerstandskämpfer während der deutschen Besatzung und schreibe im Moment über einen polnischen Priester namens Kolbe, der eine Art Nationalheld in Polen ist.
Gestern war ich in einer sehr großen Kathedrale hier in der Stadt, wo in einer Ecke ein Konterfei von diesem tapferen Priester hängt, um sich seiner zu erinnern.
Der Priester hat sich im KZ Auschwitz für einen Familienvater geopfert, ein Vorbild auch für mich, da ich für Familie nicht viel übriggehabt habe, man lernt immer noch dazu ... so geht es mir ganz gut, aber es vergeht kein Tag, an dem ich nicht an Jonas denke.
Was habe ich ihm angetan!
Aber in dieser Kolbegeschichte gibt es, Gott sei Dank, eine Art von Happy End, denn der so selbstlos gerettete Pole hat das KZ überlebt, wurde 90 Jahre alt, und war Vater von sechs Kindern.
Aber zurück zur Gegenwart, denn unser Leben geht ja weiter und wir verändern uns. Stell dir das nur einmal vor: Ich, der ich wirklich früher ein Kulturbanause war, ich schreibe über menschliche Schicksale. Das, wie auch das Kohleschippen, macht mich menschlich, macht mich zu dem etwas besseren Menschen, der doch in Wirklichkeit ein ungeschlachter, grober,

schlimmer Unmensch war, ein verachtungswürdiger Freundverräter, ein Mörder.
So nah können Gut und Böse zusammenliegen.
Ich umarme dich in alter Freundschaft
Ralle, jetzt aus dem Kohlerevier Polens aus der grauen Stadt Kattowitz

„Verstehen Sie, auf so eine Post, auf so eine Möglichkeit, am Leben eines Freundes teilnehmen zu können, kann man doch nicht freiwillig verzichten. Was hätten Sie wohl getan?"

„Also, Frau Sonnenberger, das wüsste ich aber, ich bin die Polizei, und die freut sich immer diebisch, wenn sie einen Fall in die Finger kriegt. So ein Brief hätte mich auch gefreut, aber ganz anders als Sie", sagt Annette lächelnd. „Aber, Donnerwetter, dann haben Sie über Jahre hinweg einen gesuchten Mörder gedeckt, ganz schön mutig. Sie sind zur Mitwisserin geworden, darauf hätte eine fette Strafe gestanden, aber wo kein Kläger ist, ist auch kein Richter. Auf jeden Fall haben Sie dieses Geheimnis gut gehütet, alle Achtung. Sie sind wirklich eine seltene Nummer."

Das sagt sie so spontan, dass die Dame gegen ihren Willen loslacht, und Annette versteht, warum diese ältere Frau, als sie noch jung war, so manchen Burschen fasziniert hat. Allein dieses Lachen ist so anziehend und offen, wenngleich es in diesem Moment etwas bitter klingt. Annette Sasse lehnt sich zurück und wartet ab, denn sie spürt, da kommt noch was. Und wirklich! Aber das, was sie jetzt erfährt, übertrifft alles, was ihr in ihrem bisherigen Polizistinnenleben zu Ohren gekommen ist.

„Hier Frau Kommissarin, das kann ich Ihnen heute sagen, das war damals der Anfang unserer heimlichen Beziehung. Ich sage ganz bewusst Beziehung, denn sie war und ist für mich weit mehr als viele andere sogenannte Paarbeziehungen, die ich kenne. Jeden Tag habe ich auf Post gewartet, ungeduldig, voller Sehnsucht.

Lange bin ich allein geblieben, bis ich mich dann doch noch verliebt habe. Während meiner Ehe habe ich zunächst lange Zeit nicht mehr geschrieben, und er auch nicht. Manchmal ist das ja so, dass man, obschon weit auseinander, Ähnliches durchmacht. Auf jeden Fall war da eine große Pause, die dauert eigentlich bis heute an. Erst kurz bevor Sie kamen, hatte ich mich entschieden, mich wieder einmal zu melden."

Auch jetzt im Gespräch entsteht eine längere Pause, in der beide ihren Gedanken nachhängen.

„Aber ich möchte doch noch etwas sagen, ehe wir fertig sind. Sie müssen doch Ihr Lebtag lang immer schon andere Menschen, die sich vielleicht viele Jahre versteckt gehalten haben, die aber in Wahrheit allesamt im Unglück leben, suchen, finden, überführen und dem Richter übergeben. Und so die entsprechende Person eventuell noch tiefer in ihr Elend stürzen. So funktioniert doch dieses Rechtssystem. Und was kommt dann, Frau Kommissarin? Sind Sie dann endlich zufrieden oder denken Sie einen Moment noch darüber nach, für wen Sie das tun und wie es diesen Menschen damit letztendlich geht? Ich für meinen Teil will niemand sein, der dabei zuschaut, wenn man ihn abführt, das will meine Seele nicht wissen, gar nicht!"

Ewa lehnt sich zurück, jedoch nicht ganz, sodass Annette Sasse sicher ist, dass sie noch etwas Wichtiges zurückhält. Dann aber lehnt sie sich ganz zurück. Für heute wird sie schweigen.

Ewa weint, wischt sich die Tränen ab wie lästigen Schmutz, steht auf und sagt, das wäre es für heute, sie würde sich wieder melden, ganz sicher, das könne sie versprechen.

„Mehr geht nicht, nicht heute. Ich rufe Sie an. Lassen Sie mir bitte Zeit, denn da gibt es noch etwas, das mein bestgehütetes Geheimnis ist, das werden Sie sich auch anhören müssen, wenngleich sich schon bei dem Gedanken daran in mir eine Schamröte ohne Beispiel zeigt."

Damit geht sie auf ihr Zimmer.

Annette schaut ihr nach, bis sie um die Ecke biegt und im Heim verschwindet.

Zurück bleibt der Eindruck, dass selten eine Person sie so irritiert, verunsichert, aber auch neugierig gemacht hat wie diese Frau.

Zwanzig

Wer kein schlechtes Gewissen hat, hat überhaupt keins.
Thomas Niederreuther

Als Annette auf dem Weg zurück ins Präsidium in der Bahn sitzt, ist sie noch so im Gespräch verhaftet, dass sie mit der Linie 2 bis nach Altenhagen durchfährt, ohne in die Linie 4 umzusteigen. Froh über alles, was ihr an Neuigkeiten und Erkenntnissen von Frau Sonnenberger zu Ohren gekommen ist, nimmt sie sich die Zeit, alles innerlich auf sich wirken zu lassen, und schenkt der Fahrtroute keine Aufmerksamkeit.

So denkt sie zum Beispiel, Ewa könne sich vielleicht mitschuldig fühlen; denn der Selbstvorwurf, sie habe Jonas vergessen, verfolgt sie offenbar schon ihr ganzes Leben lang. Annette hört bei diesem Gedankengang Johanningmeier mahnen: „Halt dich lieber an Fakten, Annette, alles andere führt uns überhaupt nicht weiter, es bringt uns nur auf den Holzweg!"

Wie sie es dreht und wendet, ein Ereignis dieser Dimension, nämlich die Zerstörung zwei junger Leben, hat Ewa sicher nicht gewollt. Vielleicht aber hat sie das, was dort in dem Freibad geschehen ist, doch nicht nur einseitig betrachtet, weil sie den Täter damals und auch später nicht ans Messer geliefert hat.

Aber warum? Aus Einsamkeit? Aus Liebe? Aus Angst? Aus Neugier? Aus Schuld?

Ganz sicher wollte sie nicht, dass so etwas geschieht- Ein kleiner Denkzettel hätte es vielleicht auch getan. Und dann hört Annette noch, wie Frau Sonnenberger sagt: „Damals, Frau Kommissarin, hatte er immer den Plan, die ganze Welt sehen zu wollen, und nun war er dazu gezwungen, wollte nicht im Gefängnis landen ... sein ganzes Leben durfte ich so mitverfolgen.

So konnte ich, wenn auch unterbrochen von großen Abständen, Ralles Lebensweg verfolgen, habe aus der Ferne mitgefühlt, gelitten und mich sogar gefreut, wenn er wieder einmal der Polizei entwischen konnte. Ja, wie ein Teil eines Gaunerpaars habe ich mich gefühlt. Ich weiß nicht, ob Sie, gerade als Polizistin, mich verstehen können oder dürfen?

Vielleicht hätte ich noch mehr an seinem bewegten Leben teilhaben können, aber er wollte mich nicht mit hineinziehen und er wollte Bielefeld nie wiedersehen. Natürlich habe ich mich gefragt, ob ich ihm so ganz und gar positiv gegenüberstehen durfte. War er es doch, der Jonas unter Wasser gezogen hat."

Annette denkt: Warum diese unbedingte Solidarität?

War es trotz der Selbstkritik nur dieser Wunsch, am Leben des Freundes teilzunehmen, seine Angst vor der Inhaftierung zu teilen? Oder war und ist da noch etwas anderes?

Ewa hatte dann die Augen geschlossen. War sie erschöpft oder träumte sie sich in die alte Zeit zurück?

Annette hatte beschlossen, nicht weiterzufragen, sondern abzuwarten.

Und wieder erinnert sie sich an Ewas verzweifelte Worte: „Einmal um die Welt und zurück. Ich war immer dabei, habe ihn immer gedeckt und bin heute auf dem besten Wege, ihn doch noch zu verraten. Ich sollte mich schämen, aber es muss doch etwas wieder ins Lot kommen, oder?"

Annette stimmt ihr innerlich zu, kann sie doch die Ambivalenz gut nachvollziehen. Wie oft hat sie für den gesuchten oder verurteilten Menschen als Kommissarin auch etwas anderes empfunden als nur negative Gefühle.

Es ist wie mitten aus dem Leben, denkt sie. Wir begreifen plötzlich, dass wir lange dachten, unser bisheriger Weg sei so in Ordnung, und doch haben wir immer auch daran gezweifelt, ohne es richtig zu realisieren. Und plötzlich ist etwas Neues da, und dann siegt die andere Seite, die, die sich bislang nicht offen in uns gegen den Zweifel zu Wort gemeldet hat, die hat jetzt plötzlich eine gewichtige Stimme, noch ungewohnt, aber auch wahr, und wir fragen uns nun neu: Was wird jetzt wohl mit uns? Oder schlimmer: Wir haben den rechten Augenblick verpasst, eine Katastrophe kundzutun, und sitzen die Situation nun aus, um unangemessen tragische Konsequenzen zu vermeiden; wir verdrängen das Ganze dauerhaft, weil die seelischen Kosten einer „Veröffentlichung" mit jedem Tag steigen und mithin auch die Angst, aus dem mühselig aufrechterhaltenen bürgerlichen Leben abzustürzen: Also basteln wir uns mehr oder weniger für uns bequeme Rechtfertigungen für die Selbstachtung.

Wir sind schon komische Wesen. Das, was wir immer erwartet haben, erscheint uns plötzlich als eine neue, ungeahnte Überraschung, wie zum Beispiel der erste Schnee.

So beendet sie ihre nachgetragenen Gedanken und beschließt, an der Endstation der Bahnlinie 2 doch nicht auszusteigen, sondern sich in einem großen Bogen von der Endstation zum Präsidium zurückfahren zu lassen.

Ganz entgegen dem Motto: Jeder Gang macht schlank.

Einundzwanzig

Briefe sind Stimmungskinder.
Christian Morgenstern

Ewa sitzt währenddessen in ihrem kleinen Zimmer im Stapenhorst-Heim. Auf der Suche nach ihrer letzten Heimstatt in Bielefeld wäre sie, nach einem ungeplanten Treppensturz in ihrem Zuhause, fast dem Pflegenotstand zum Opfer gefallen. Ihre Suche nach einem geeigneten Heimplatz gestaltete sich außerordentlich schwierig. Sie wurde erst möglich, als es ihr gelang, sich von ihrem lange Zeit gewohnten und vertrauten Zuhause zu lösen. Nicht nur, dass sie umziehen musste, sie musste auch ihre Wünsche und Erwartungen bezüglich des Komforts, der Größe und der Gestaltungsmöglichkeiten des neuen Domizils drastisch reduzieren.

Seitdem die Polizei nun zum zweiten Mal in ihr Leben eingedrungen ist, ist sie jetzt plötzlich aus dem trägen Dornröschenschlaf erwacht und verspürt neue Lebenskraft. Mit einem Mal ist ihr Zimmer ihr zu eng, sind ihr die Möbel zu altbacken und sie geht erst einmal zum Friseur.

Andauernd beschäftigt sie sich mit der Frage, was sie nun mit der neuen Lebenssituation anfangen soll, was sie jetzt tun kann.

Als sie ihren Blick vom Heim aus über den Ostpark wandern lässt, er an der Bank heften bleibt, an der sie sich mit den Kommissaren und diesem Rollstuhldoktor getroffen hat, da wird ihr klar: Um Ralle und vor allem sich selbst zu helfen, muss sie das tun, was sie bislang vermieden hat: Die ganze Wahrheit muss auf den Tisch, die Wahrheit und nichts als die Wahrheit. Das ist ihr nun klar.

Und so ringt sie sich dazu durch, möglichst viel von dem zu veröffentlichen, was bisher in ihr verborgen gewesen war. Das heißt, der Polizei das anzuvertrauen, was bisher in ihrem Herzen eine extrem heilige Verschlusssache war. Viele Jahre von Ralles Flucht vor der Justiz hatte sie in brieflichem Kontakt zu ihm gestanden, und nun muss sie, um ihm zu helfen, die Briefe, die sie erhalten hat, der Kommissarin zeigen. Soll die doch ihre Schlüsse daraus ziehen. So greift sie zum Telefon und bittet um ein weiteres Treffen zu einem „wichtigen" Gespräch.

So kommt es, dass sich die beiden Frauen tags darauf wieder draußen im Park treffen.

Annette hat vor lauter Aufregung, was selten bei ihr vorkommt, ganz rote Flecken am Hals, ahnt sie doch, wie nah sie der Lösung des Falls ist. Und sie überlässt gerne Ewa die Aufgabe, aus den Briefen vorzulesen, zumal sie denkt, dass Ewa immer die Möglichkeit behalten muss, nur das zu offenbaren, was sich aus ihrer Sicht auch wirklich dazu eignet.

Liebe Ewa!
In Polen ist eine große Veränderung im Gange, zunächst hat 1980 die Gewerkschaft Solidarność in Danzig zu Streiks aufgerufen. Noch weiß ich nicht, was diese Veränderung in der Gesellschaft zum Beispiel für mich bedeuten könnte. Vielleicht müssen Ausländer schnellstens das Land verlassen, aber wohin? Was mich, vielleicht weil ich hier Gast bin, noch wenig direkt betrifft, sind die Kämpfe zwischen den Akteuren der politischen Macht, aber das kann sich ja schnell ändern. Weg hier oder aushalten? Fliehen, angreifen oder stillhalten, was tun?
Jonas hätte mir eine gute Antwort gegeben ... die Menschen hier waren und sind sehr freundlich zu mir, obwohl ich doch ein Deutscher bin. Sie geben mir jede Unterstützung, obwohl sie selbst oftmals nichts haben, außer ihrer Kleidung am Leib. Denk nur an den Priester, der sein Leben für das Leben gab.
Ich habe zum Beispiel nach meiner Flucht aus Holland sehr schnell durch Tomasz „saubere“ Papiere bekommen, sonst hätte ich auch nicht arbeiten können. Hier kennt jeder irgendjemand, der helfen will und auch kann, manchmal auch mit einer Flasche Wodka oder Bimber, einer Flüssigkeit, hochprozentig, schwarz gebrannt, aber „Uwaga“, also „Vorsicht“, denn bei zu häufigem und übermäßigem Trinkgenuss droht jedem Erblindung.
Erst waren die Deutschen da und haben gemordet, und dann kamen die Russen und haben weiter getötet. Aber hier lebt die Freiheit weiter, dieses Volk lässt sich seine Seele nicht nehmen, das kämpft mit allen Waffen. Und wenn es nur der Humor ist oder der Anarchismus. Ich liebe es, hier zu sein, und hoffe, wir

werden bald frei sein. Noch ist Polen nicht verloren! Auf dem Papst, vom Volk geliebt, der übrigens bevor er die Papstkrone bekam in seiner Jugend Kohlearbeiter war, ruhen große Hoffnungen. Kann er einen drohenden Bürgerkrieg verhindern und was werden die Russen tun?
Die Polen wünschen ihrem Karol Wojtyła „Sto lat“, hundert Jahre möge er alt werden.
Der Fortschritt muss auch in Polen kommen. Aber ist es Fortschritt, wenn die Schlangen vor den Geschäften verschwinden, wenn sich dafür die Regale in den Läden füllen? Bedeutet Fortschritt dicke Bäuche und volle Mägen oder hat auch hier der Fortschritt seinen Preis? Und was heißt das für die Menschlichkeit, wenn alles seinen Preis hat und wenn Solidarität nicht mehr selbstverständlich ist, wenn Nachbarschaftsliebe käuflich wird, wenn der Stärkere mehr Rechte hat als der Schwächere? So viel Herzlichkeit wie hier habe ich anderswo niemals gespürt, aber wird die so souverän gegeben bleiben, wenn der Dollar oder die D-Mark regieren kommen und der Zloty in die Knie geht?
Dein Ralle, den das Leben in eine andere Welt verschlagen hat!

Die beiden Frauen sehen sich lange an. Wahrscheinlich denken oder fühlen sie sogar in diesem Moment das Gleiche! Nach einer längeren Pause lesen sie einen weiteren Brief.

Liebe Ewa,
ich bin nun schon einige Zeit hier in Spanien und es gefällt mir sehr gut.
Wenn Spanien allerdings in die EU aufgenommen wird, weiß ich noch nicht, was das für meinen Lebensweg bedeutet. Oder sollte ich besser Fluchtweg sagen? Immer wenn ich an diesen Punkt komme, soll ich weiter fliehen, soll ich mich weiter verstecken, denke ich an Jonas und was ich ihm angetan habe. Und ich frage mich, ob ich nicht endlich für meine Tat büßen müsste. Ich darf doch nicht mein ganzes Leben lang davonlaufen!

Wie kopflos ich doch damals war. Meine Stiefmutter hatte doch recht damit, mich einen Kindskopf zu nennen. Ich war damals in der Tat nur ein schwaches Bündel an hirnloser Masse, ohne viel Kraft, ohne jede Humanität, ohne Verantwortungsgefühl. Ich habe nur angegeben und herumgeprotzt. In Wirklichkeit war ich doch ein Hanswurst, eine Null. Das hat mich das Leben danach gelehrt.
Auf dem Rheinschiff habe ich gelernt, dass es schnell ein Ende meiner Muskelkraft gibt, und dann in Polen, was es bedeutet, seine geistigen Kräfte zu entwickeln. Es war dumm von mir zu denken, dass Jonas nichts wert war, weil er nur klug daherschwätzen konnte. In Wahrheit war er doch der klügere, der wertvollere Mensch.
Ich meine das alles nicht als Entschuldigung, denn für das, was ich damals getan habe, kann es keine Entschuldigung geben. Ich war außer mir und verletzt. Ich sehe noch, wie er an dem verfluchten Tag, an dem ersten Ferientag, einfach so in dein Haus marschiert ist. Ich war so wütend, so eifersüchtig. Schon wieder sollte ich nicht zum Zuge kommen, wieder einmal sollte ich leer ausgehen, sollte ich mich zurückstellen lassen.
So klein und unbedeutend habe ich mich gefühlt. Gestern war ich hier zusammen mit einer Kollegin auf einem Volksfest. Ehrlich gesagt, ich hatte ein wenig gehofft, dass ich ihr mehr bedeuten würde. Aber nix da, getanzt hat sie nur mit einem lustigen Mann und ich saß wieder wie blöd am Tisch, an dem wir anfangs zusammen gehockt waren. Ich bin einfach weggegangen, habe mich unterwegs betrunken. Mit den Frauen komme ich einfach nicht klar. Mir fehlt es an allem. Trotzdem ist mir klar, ich muss wahrscheinlich weiter. Auch wenn es nach Flucht aussieht.
Dein Ralle
Verzeih mir!

Die beiden Frauen schauen sich wieder an, beide haben Tränen in den Augen und fiebern dem nächsten Brief entgegen.

Liebe Ewa!
Hier in Spanien gefällt es mir zwar weiterhin gut, ich habe auch gerne hier an der Schule unterrichtet und wie in Polen eine Organisation gefunden und unterstützt, die sich für Roma-Kinder einsetzt. Zuletzt haben wir einen ambulanten Dienst medizinischer Hilfe organisiert, aber durch das Zusammenwachsen der Länder in der EU, vor allem durch die zunehmende Vernetzung der Polizeiapparate steigt die Gefahr, dass ich doch noch gefasst werden könnte.
Noch frage ich mich, wohin ich weiter fliehen soll, ich muss ja auch eine gute Arbeit finden und mich wohlfühlen. Noch bin ich auf der Suche nach möglichst viel Vertrautem und möglichst viel Fremdem.
Sobald ich weiß wohin und mich dort eingerichtet habe, werde ich mich melden und du sollst wissen, all die vielen Jahre, Jahrzehnte war es mir eine Hilfe, dich bei mir zu wissen. Das hat mir nicht nur gutgetan, das hat mich auch am Leben gehalten, obwohl ich ein verfluchter Mörder bin.
Dein Ralle

Ewa beginnt zu weinen und schüttelt immer wieder den Kopf, als ob sie einen schrecklichen Gedanken loswerden will, einen Gedanken, den die beiden Frauen vielleicht teilen.

Liebe Ewa!
Wir hatten eine längere Schreibpause, in der sich bei mir sehr viel ereignet hat. Für die möchte ich mich hiermit herzlich entschuldigen. Aber du wirst verstehen, wenn du diesen Brief jetzt liest.
Ich hatte in Spanien eine Frau kennengelernt. Sie ist Chilenin und heißt Maria. Vor unserer Abreise aus diesem freundlichen und kulturell so reichen Land habe ich Maria geheiratet.
Nun bin ich schon seit langer Zeit in Chile. Ein Land, in dem man auch Spanisch spricht. Ich, der ich doch in der Schule ein absoluter Versager war, bin ein wahrer Bücherwurm gewor-

den. Ich habe mich hier sozial engagiert, denn wie auch in Spanien herrscht oder herrschte Diktatur, floss viel zu viel Blut derer, die für die Freiheit eintraten. Die Folgen solcher schlimmen Zeiten sind lange spürbar. Hinzukommt, dass die Ureinwohner auf allen Ebenen extrem leiden. Es war für mich überhaupt keine Frage, mich zu engagieren, um mit meinen geringen Mitteln zu helfen. Da ich geschäftlich ziemlich viel erreicht habe, konnte ich mich gezielt in Projekten einbringen.
Dieses Volk der Mapuche hat nie aufgegeben zu kämpfen, obwohl es ihnen auf allen politischen, juristischen, ökonomischen, kulturellen Ebenen schwer gemacht wird. Heute stehen sie mehr denn je davor, alles zu verlieren, ihr Land, ihre Identität, ihre Seele. Ich könnte weinen, dabei sind sie so gutmütige Menschen, die hilflos der versammelten Gewalt der Industrie, des Staates, der internationalen Multikonzerne, der Kirche und der Justiz gegenüberstehen. Es ist ein Trauerspiel.
Das Unglück hier, wie auch in Spanien, war auch, dass den Diktatoren ein scheinbar endloses Leben von Gott geschenkt wurde, welch ein Hohn. Oder sind die Herrschaften gerade damit bestraft mit einem ewigen Schuldgefühl leben zu müssen?
Und ich, ich bin doch auch nur so ein Mörder. Wie lange soll ich noch fliehen dürfen, bis sie mich endlich packen? Weißt du eine Antwort?
Hier ist der Mörder Pinochet überall noch gegenwärtig. Fast in jedem Dorf findest du den Hinweis auf eine Mauer gepinselt: Pinochet asesino, Mörder, Ralle auch, das fehlt noch, es müsste nur jemand wissen! Unter diesem Herrscher haben die Mapuche besonders gelitten und die Folgen dieser Gewaltzeit sind noch lange nicht verheilt. Nein, im Gegenteil, sie wurden weiter vergrößert.
Du sollst auch noch etwas Wichtiges aus meinem Leben erfahren, was ich bisher noch niemandem erzählen konnte. Maria hat eine schlimme Diagnose bekommen, die mir fast das Herz bricht. Ich glaube mehr und mehr, dass es mein Schicksal ist, ich darf nicht zur Ruhe kommen, es ist wie ein Fluch.

Wenn ich einmal glücklich bin, dann soll dieses Glück nicht lang andauern.
Maria hat diese schreckliche Nervenkrankheit, bei der sterben die Nerven, sie heißt Multiple Sklerose und ist ein Feind im Inneren. Sie lauert wie ein bösartiger Krebs. Sie ist schleichend wie eine Natter, sie tötet ganz langsam, aber sie nimmt sich die Zeit und du bist wie ein Fisch an der Angel. Was meinst du, ist das alles die Rache vom Herrgott für das, was ich getan habe? Dass ich ein Mörder bin, auch ein Asesino?
In Liebe
Ralle

Annette ist von der gemeinsamen Lektüre sehr berührt. Sie findet nichts dabei, mit Ewa zusammen zu weinen, über die Liebe, über das Leben, über die Hoffnung und auch über den Tod! Sie merkt, ihnen beiden ist nichts fremd.

Zweiundzwanzig

Abschied ist die innigste Form menschlichen Zusammenseins.
Hans Kudszus

Annette und Dr. Sauer begleiten ihren Freund Johanningmeier mit der Bahn nach Düsseldorf, von wo aus er zu seinem Flug nach Madrid starten wird. Von dort aus wird Johanningmeier den langen Weiterflug nach Südamerika, über Brasilien nach Santiago de Chile, antreten.

„Lieb von euch, dass ihr beide mich zum Flughafen begleitet, wie ein Verabschiedungskommittee“, schmunzelt Johanningmeier, „aber wie sollen wir das gegenüber der Dienststellenleitung legitimieren, dass du mich während deiner Arbeitszeit zum Flieger bringst?“

„Ich bin von Kopf bis Fuß auf Liebe eingestellt, ja, das ist meine Welt und sonst gar nichts." Annette summt das Lied von Marlene Dietrich und fügt mit warmer Stimme hinzu: „Ich feiere damit einen verschwindend kleinen Bruchteil meines Überstundenberges ab. Und dich zu begleiten scheint mir heute wichtiger als Stallwache im Präsidium zu halten, mein Lieber!"

Annette hatte Johanningmeier von den Briefen Ralles erzählt, auch davon, dass diese Briefe sie sehr berührt hätten. „Vielleicht ist das noch nicht alles, was Ewa mir da offenbart hat, aber sie wird es bestimmt noch rausrücken, so gut wie unser Kontakt schon ist."

„Siehst du, du kommst auch ohne mich klar. Vielleicht weil ihr Frauen einen besseren Draht zueinander habt und du dich gut auf eine Liebesgeschichte einlassen kannst, denn du witterst immer ein Happy End. Und du, Rainer, warum hast du plötzlich Zeit?"

„Ich? Ich habe mir heute selbst frei gegeben, frei gemacht, Altersteilzeit, so nenne ich das", sagt Dr. Sauer und lächelt dünn, „aber das ist nicht die ganze Wahrheit, denn ich sitze mit euch im ICE, weil ich ein spezielles Problem mit dieser Reise habe."

Und zu Johanningmeier gewandt sagt er: „Ich habe ein Schweigepflichtsproblem. Du hast dich sicher gewundert, warum du diese Dienstreise machen darfst. Ich weiß es, aber ich dürfte es dir nicht sagen."

„Gibt es einen Ausweg aus dem Dillemma, denn das wüsste ich schon gern?"

„Vielleicht ist der Ausweg das Gebot des mildesten Mittels!"

Die beiden Freunde gucken Dr. Sauer gespannt an. „Wenn ich durch eine Information aus meiner Arbeit eine Straftat vereiteln kann, dann dürfte ich den, der bedroht ist, warnen und müsste nicht sofort die Polizei einschalten!"

Die beiden Freunde lachen erleichtert, ohne ganz genau zu wissen, warum. Und Johanningmeier sagt etwas zögerlich, weil er sich nicht so ganz sicher ist: „Wenn ich dich richtig verstehe, bin ich der, den du warnen könntest, aber ich bin auch Polizist, den du nicht warnen möchtest, weil das das weniger milde Mittel ist!“

Dr. Sauer nickt und sagt: „Genau, es geht nichts über schlaue Freunde!“

„Okay, ich bin jetzt Privatmann, bitte flüstere mir die wichtige Information ins Ohr, ich höre sie als Privatperson und gebe sie dann als Polizist an Annette weiter!“

Dr. Sauer freut sich und flüstert wie vorgeschlagen. Johanningmeier flüstert Annette die stille Post weiter zu und der Doc und die Kollegin erkundigen sich ganz besorgt nach dem Flugverlauf. Johanningmeier ist irgendwie gerührt und sagt: „Nur knapp zwei Stunden bis Madrid, quasi als lockere Vorübung aufs weitere Fliegen, und dann bis Santiago de Chile in einem Rutsch durch, satt und lang, für meine armen Gliedmaßen, insbesondere für meinen Hintern, wahrscheinlich schmerzvolle zwölf Stunden Flugzeit, ohne einen Zwischenstopp.“

„Na, bravo! Dann wünsche ich dir einen guten und weich gepolsterten Sitz und besonders einen Platz, wo du deine Beine lang machen kannst. Bei dem Thema Sitzen, kann ich dir als Rollisitzer nur raten: Aktives Sitzen ist angebracht, dann hältst du deine Muskulatur in Form und vermeidest geschwollene Füße.“

Johanningmeier antwortet nicht mehr groß, außer mit einem „Hm“, denn er ist in seinen Gedanken schon unterwegs, verspürt er doch in diesem Moment, dass in seiner abenteuerlichen Mission eine ihm noch völlig unbekannte Verantwortung liegt. Wird er Erfolg haben? Wird er den Gesuchten überhaupt finden? Und wenn ja, in welcher Verfassung? Ist er eigentlich genügend vorbereitet? Dass jetzt eine Prüfung auf ihn zukommen wird, in diesem Punkt ist er sich sicher. Annette spürt seine Unsicherheit, drückt beruhigend seinen Arm und bedeutet ihm: Kein Stress, es wird schon schiefgehen!

„Düsseldorf Flughafen“, ertönt die Stimme aus dem Lautsprecher der Bahn, erst auf Deutsch und dann auf Englisch, wobei sich Dr. Sauer die Frage stellt, wo eigentlich die Bahn die Kühnheit hernimmt anzunehmen, dass die manchmal völlig verunglückten Ansagen in englischer Sprache von einem Englisch sprechenden Fahrgast verstanden werden könnten. Auf jeden Fall klingen sie oftmals höchst amüsant.

„Ach ja, ehe wir uns gleich tränenreich verabschieden müssen, versuch doch mal, ob du herausfinden kannst, wenn du mit Ralle sprichst, inwieweit er sich mit den Augen von jetzt für seine Tat verantwortlich einschätzt.“

Dr. Sauer möchte Johanningmeier noch so manche offene Frage mit auf den Weg geben, schluckt sie aber lieber herunter, weiß er doch, dass das jetzt nur bedingt sinnvoll ist. Johanningmeier hat so viel Neues vor der Nase, dass er sich zurzeit nicht um weitere Fragen zum Fall kümmern kann, denn vor ihm liegt ein wirklich großes Abenteuer.

„Komm mir bloß gesund wieder“, flüstert Annette ihrem Freund noch schnell ins Ohr, als dieser seine Bordkarte und sein Reiseticket an der Zollschranke vorzeigt und sich in den Wartebereich der Abflughalle begibt.

Als der Flieger endlich abhebt, winken Annette und Dr. Sauer von der Flughafenterrasse und kommen sich dabei vor, als seien sie junge Eltern, die ihrem Schuljungen bei dessen erstem Klassenausflug engagiert hinterherwinken. Und der Junge denkt: „Mein Gott, sind diese Eltern peinlich, wie sie da im Wind so unbeholfen stehen und ihre Klamotten so blöd flattern!“

„Nun sag mal, Rainer, um welches Staatsgeheimnis geht es? Was weißt du darüber, warum Johanningmeier fliegen durfte?“

„Liebe Annette, du hast doch auch Schweigepflicht oder? Ich hab da was läuten hören, es geht um die Interne, und die scheinen jemanden im Visier zu haben!“

„Komm, wir fahren nach Hause!“

Dreiundzwanzig

Nur Reisen ist Leben, wie umgekehrt Leben Reisen ist.
Jean Paul

Johanningmeier ist in dem Bewusstsein nach Chile unterwegs, dass seine Suche eventuell auch ohne positives Ergebnis enden könnte. Insofern ist er eigentlich immer noch erstaunt, dass ihm diese Reise nach Südamerika von der Polizeipräsidentin in Bielefeld ohne große Einwände genehmigt worden ist, wo doch sonst immer im Amt an allen möglichen Ecken und Enden, besonders an den Personalkosten und den Dienstreisen, massiv gespart wird.

Gibt es etwas an diesem Fall, was diesen besonderen Aufwand rechtfertigt? Wäre die Lösung dieses Falls mit besonderen Auszeichnungen für die Dienststellenleitung verbunden? Vielleicht mit der Aussicht auf eine gute Presse?

Egal, er darf fliegen und er hatte sich, schon bevor der Antrag genehmigt war, im Vorfeld zu seiner Reise ein wenig über Chile informiert und eingelesen. Seine Wartezeit auf Genehmigung war nach Antragstellung extrem kurz gewesen. Aber darauf, dass jeder, der dieses Land einmal besucht, fasziniert sein wird von dessen landschaftlicher Vielfalt, der Vegetation und den Herausforderungen durch deutlich verschiedene klimatische Zonen, war er schon vorbereitet. Nicht aber auf das wahre Ausmaß der ungeheuren Eindrücke, die Natur und Kultur in ihm hinterlassen würden.

Urwald und Wüste, Meer und Vulkane, Temperaturkontraste und architektonische Leckerbissen, Armut und Abgeschiedenheit winziger, abgelegener und verschlossen wirkender Dörfer in der Halbwüste und dann die bunte Mischung von indigener Bevölkerung und Spaniern in den Städten.

Dabei sind in Mittel- und Südchile Spanier oft die Eigentümer von großen landwirtschaftlichen Betrieben, den Fundos mit Pferdeherden oder Weinbergen und fruchtbaren Feldern.

Im Norden leben deutlich identifizierbare Einwanderer aus vielen europäischen Ländern wegen der reichen Bodenschätze und aufgrund politischer Umstürze und Ereignisse seit der ersten Hälfte des 20. Jahrhunderts. Johanningmeier kann sein Reiseglück nicht fassen, denn das alles und noch viel mehr kann er nun kennenlernen und erkunden.

Auf die Landung folgen drei Tage Fahrt über die Autobahn, die schnurgerade Panamericana, die von Kanada aus bis in den tiefen Süden von Chile verläuft und in Chile selbst von rechts vom kalten Pazifik und links von rauchenden Vulkanen begrenzt wird. Als er schließlich heil und gesund endlich sein fernes Ziel erreicht, ist er sehr erleichtert und rechtschaffen ermüdet.

Das Reisen in einem so fremden Land kommt ihm eigentümlich surreal vor. Es lässt ihn zu einer kleinen menschlichen Kreatur schrumpfen, scheinbar ungeschützt allen möglichen unbekannten Gefahren ausgesetzt. Was ihn etwas beruhigt ist, dass dieses Land, wie andere frühere Kolonien auch, einen deutlich europäischen Stempel erkennen lässt, auch wenn er nur darin besteht, dass die Straßenführung in den Städten selbst schnurgerade ist und die Anbieter von Brennstoff Namen bekannter Tankstellen tragen.

Auch Castro ist so eine kleine ruhige Stadt, durchzogen von Straßen, die angeordnet sind wie ein Schachbrettmuster. Straßenarchitektonisch ist hier sozusagen das Denk- und Lebensprinzip realisiert, wie Johanningmeier gelesen hat, das dem europäischen Denken in Ordnung und Präzision entspricht.

Hier ist zu sehen, in klarer Abgrenzung zu den indigenen Ureinwohnern, wo die Spanier den Indianern mit deren Bevorzugung für Rundes und Organisches den rechten Winkel entgegengesetzt haben und damit nicht nur Gold und Glauben, sondern auch ihre indigene Seele versucht haben zu rauben.

Der Kommissar stellt seinen Mietwagen in einer Seitenstraße ab, geht ein gutes Stück zu Fuß und erreicht den Marktplatz der

Stadt, der umgeben ist von Schatten spendenden Platanen. Diese bilden Laubengänge, hinter denen weiße, gut gepflegte, niedrige Häuser mit roten Ziegeldächern stehen. Es herrscht um diese Vormittagszeit eine außerordentlich friedliche Atmosphäre. Die angenehm warme Luft umfächelt den verschwitzten Körper Johanningmeiers, als der sich auf dem Marktplatz umsieht.

An der Frontseite des Platzes sieht er ein optisch bemerkenswertes Gebäude, ein wahrer Blickfang mit einem hohen Portal. Es handelt sich um eine mittelgroße Kathedrale. Sie ist ganz aus Holz, ohne Verwendung von Nägeln gebaut, wie er später erfährt, und gelb und lila angemalt. Sie macht einen sehr fröhlichen einladenden Eindruck, sodass sich Johanningmeier direkt aufgefordert fühlt, das Gotteshaus zu betreten.

Im Innenraum entfaltet sich durch das einfallende Licht eine Symphonie aus leuchtenden Farben, geschaffen von Sonnenstrahlen, die, von hohen bunten Glaskristallfenstern gebündelt, von draußen hereinwehen und dann auf die rötlich braune Holzvertäfelung des hohen Innenraumes fallen.

Der Besucher ist ganz betäubt von der Intensität der Farben, sodass er zunächst gar nicht bemerkt, dass eine schlanke ältere Frau neben ihm steht: „Gefällt Ihnen, was Sie sehen, diese Farbenpracht, diese Farbsymphonie?“, fragt sie zunächst auf Spanisch, dann aber in tadellosem Englisch. Der Angesprochene nickt und schaut wortlos staunend weiter wie gefesselt auf das Farbenspiel.

Ihm ist, als ob der Aufenthalt in der Kirche ihn lehren könnte, die Farben seiner Umgebung intensiver zu erleben, vielleicht sogar ihre jeweilige Melodie zu hören, ihre Sprache zu entziffern, ihre Ausstrahlung zu kosten. So kann er sich lange Zeit nicht lösen, sondern bleibt in diesem berührenden Gebäude.

Als die Frau die Kirche verlässt, folgt er ihr. Vor der Kirche bleiben die beiden stehen, und der Kommissar stellt sich ihr vor, ohne allerdings seine Motive für seinen Aufenthalt hier in Castro zu benennen. Er sei aus Deutschland gekommen und heute bis Chiloé, und ihm gefalle die Architektur und die Natur hier in Chile sehr.

„Ich bin Gabriela Rosario", stellt sich die Frau vor. „Falls Sie eine Unterkunft suchen, können Sie bei mir wohnen. Ich betreibe hier ganz in der Nähe eine kleine Pension. Kommen Sie mit mir, Sie müssen etwas essen und trinken!"

Ganz erstaunt registriert Johanningmeiers Magen, dass die Glocke vom Kirchturm die Mittagszeit verkündet. Gerne folgt er der freundlichen Einladung. In einer Seitenstraße befindet sich ein kleines Haus, in dem Gabriela Rosario lebt. Es ist mit viel Geschmack im Stil des Landes eingerichtet und er fühlt sich dort willkommen und erwünscht. Nach einer eher flüchtigen Besichtigung führt Gabriela ihn in einen Innenhof, dessen Himmel voller Weinranken hängt. Gelbgrün gefiederte Kolibris fliegen hin und her. Sie haben die Größe von Hummeln, sind jedoch lange nicht so behäbig in ihrem Flugverhalten.

Wie landesüblich reicht ihm seine selbsternannte Gastgeberin einen Begrüßungsschluck Pisco in einem Glas mit Zuckerrand, ein Destillat aus Traubenmost, säuerlich und süß zugleich. Der Schnaps belebt ihn und er empfindet eine angenehme Leichtigkeit nach dem dargebotenen Genuss. „Fühlen Sie sich hier wie zu Hause!" Mit diesen Worten verschwindet Gabriela in der kleinen Küche, wo sie den Geräuschen zufolge mit der Zubereitung der Mahlzeit beginnt.

Bald duftet es im ganzen Haus nach gedünstetem Gemüse und Fisch, eine Mahlzeit, die sich wenig später als Muschelsuppe entpuppt, köstlich und wohlschmeckend, allerdings befremdlich anzusehen.

Nachdem Gabriela und Johanningmeier im Innenhof gegessen haben, ergibt sich ein zwangloses Gespräch, bei dem sie bei einem Kaffee mit aufgeschäumter Milch über die Farben in der Kathedrale sprechen.

Kunstlehrerin sei sie früher gewesen, sagt Gabriela und fügt hinzu: „Kunst und Mathematik, zwei Seelen in meiner Brust, Ästethik und logisches Denken!"

Johanningmeier denkt an seine zwei Seelen und plötzlich trübt sich seine Stimmung ein wenig, als er sich selbst dabei erwischt, sich über seine eigenen zwei Seelen noch keine rechten Gedanken gemacht zu haben.

Gabriela fügt hinzu, als merke sie, dass ihr Gast in das Dunkel seiner Seele schaut: „Machen Sie sich keine unnötigen Gedanken, ich drücke mich manchmal etwas blumig aus. Übrigens, meine zwei Seelen haben gelernt, sich zu vertragen. Das war nicht leicht und manchmal zanken sie immer noch. Noch einen Kaffee, mein lieber Gast? Ich darf Sie doch so nennen?"

Johanningmeier nickt.

„Sehen Sie, Sie sagen zu beidem Ja, so ist das auch in mir ... wie gesagt, meistens. Ach, was rede ich da? Ich brauche jetzt eine Siesta. Bald werden wir weiterplaudern. Aber wundern Sie sich nicht über mein Geschwätz, ich bin manchmal einfach zu viel allein, da trübt sich der Sinn."

Sie führt ihren Gast eine schmale Stiege hinauf nach oben, wo sich ein winziges Gästezimmer mit einem noch winzigeren Bad befindet. „Sie können hier ein Nickerchen machen und wenn Sie mögen, können Sie hier wohnen bleiben, falls Sie es sich nicht anders überlegen."

Johanningmeier ist froh über das Angebot und willigt gerne ein.

Vierundzwanzig

Die großen Flüsse brauchen die kleinen Gewässer.
Albert Schweitzer

Noch vor dem Schlafengehen erreicht Johanningmeier Annette am Telefon im Präsidium in Bielefeld. Wegen der Zeitverschiebung ist sie schon bei der Arbeit. „Ich gehe gleich schlafen, schön, dass ich dich noch erreiche", gähnt er. „Ich bin heute mit der Fähre auf Chiloé angekommen und habe bereits eine Unterkunft gefunden, bei einer feinen chilenischen Dame!"

„Du bist eben ein Frauentyp."

„Stimmt, aber ich erzähle es dir genau: Auf der Suche nach Ruhe in der Mittagszeit bin ich in die Kathedrale, die Iglesia de San Francisco von Castro, der Inselhauptstadt der großen Insel im Süden von Chile, gegangen. Bis hierher konnte ich die Spur des Gesuchten verfolgen, der hier Señor Rafael Steiniger genannt wird und als eingebürgerter Chilene deutscher Herkunft gemeldet ist."

„Na, und, hast du ihn schon persönlich zu Gesicht bekommen?"

„Nein, Annette, noch nicht. Ich weiß nicht genau, was mit mir hier passiert. Ich fühle mich sehr wohl, das ist die eine Seite, andererseits habe ich noch nicht die Energie, einfach nur meinen Job zu machen. Ich sitze hier irgendwie fest, Annette, in diesem verschlafenen Städtchen mit seiner bemerkenswerten Kirche auf der Plaza de Armas – dem Waffenplatz aus der Zeit der Kolonialisierung der Indios vom Stamm der Mapuche –, und frage mich, was ich hier tue. Gut, ich soll einen Mörder finden. Ich soll wegen einer Tat aus vergangenen Zeiten ermitteln, und das nur, um eine weitere Akte aus der Reihe alter unerledigter Fälle zu schließen? Aber hier ist es so friedlich, die Atmosphäre hier ist so seltsam, praktisch ohne Aggressionen, das stachelt nicht gerade mein Jagdfieber an, sie schläfert mich ein.

Hier kann man sich seinem faulen Ego voll hingeben, ich bin alles andere als der harte Ermittler. Ich sage es mal so, diese Stimmung am Ende der Welt macht mich milde und versöhnlich wie ein Lämmchen."

„Mensch Johanningmeier, nun sag mir nur noch, dass du kündigen möchtest!"

„Keine schlechte Idee, aber trotzdem, meine Pflicht kann ich nicht so einfach an den Nagel hängen. Ich weiß jetzt schon, wo er lebt, aber ich fürchte mich, ihn zu treffen mit der

Absicht, ihn mit seiner Vergangenheit und der Schuldfrage zu konfrontieren."

„Menschenskind, Otto, dieser Mann ist aller Wahrscheinlichkeit nach unser Täter, der wurde und wird seit vielen Jahren gesucht, den kannst du doch nicht so einfach ungeschoren davonkommen lassen!"

„Als Lamm?"

„Nee, als Kommissar eines europäischen Landes mit klaren Richtlinien. Dass wir zum Beispiel davon ausgehen: Mord verjährt nicht!"

„Gut, soll ich also mit der Wahrheit in der Hand einfach in sein Haus platzen und ihn direkt fragen: Entschuldigung, Herr Steiniger, dass ich so platt heraus frage, sind Sie der Mann, der vor vielen Jahren in Steinhagen bei Bielefeld einen jungen Mann mit Vornamen Jonas ermordet hat? Haben Sie ihn vor vielen Jahren, wie es eine Krake tut, unter Wasser gezogen, bis er nicht mehr lebte? Hatten Sie das damals heimtückisch geplant oder haben Sie die Tat spontan verübt? Hat es Ihnen gefallen, weil Sie vielleicht die Eifersucht nicht mehr ertragen konnten, als Sie sahen, wie Ewa von Ihnen und danach von Jonas eingeölt wurde? Dürfte ich Sie, bittesehr, um eine kleine Speichelprobe bitten? So, schön den Mund aufmachen. Annette, was soll ich tun? Soll ich einen betagten Mann der Justiz ans Messer liefern, indem ich mich bei einem fingierten Freundschaftsbesuch ins Bad schleiche, mit dem Vorwand aufs Klo zu müssen, und dann die Spülung ziehe und mir ein Haar aus dem Kamm nehme, einfach so? Ebenso heimtückisch sein, wie Mörder es sind? Dieser Mann ist – das habe ich von meiner Wirtin hier erfahren, ohne allzusehr die Gastfreundschaft der Frau zu strapazieren – hochgeschätzter Ehrenbürger dieser Stadt, er hat hier ein Kinderheim gegründet, er hat vielen jugendlichen Strafgefangenen geholfen, einen guten Weg in die Gesellschaft zu finden, und scheint sich hier auch politisch zu engagieren. Und das alles in einem Land, in dem Deutsche nicht gerade einen guten Ruf genießen. Ich denke nur an die kriminellen Machenschaften der Colonia Dignidad. Bitte Annette, was soll ich tun?“

„Am liebsten würde ich sagen: Oh, mein Otto, bleib, wo du bist, rühr dich nicht vom Fleck, ich komme, ich setze mich in den schnellsten Flieger, bitte warte, ich will dich sowieso sehen, mein Lieber!“

„Ach ja, bitte, wirklich, das wäre was! Und das Warten, das kommt mir bei der Sache sowieso irgendwie entgegen, dir wünsche ich gute Arbeit und frohes Schaffen!“

„Danke, und schlaf du gut, du berühmter Weiberheld dahinten, da, hinter den sieben Bergen und den sieben Meeren!“

Fünfundzwanzig

Vom Fanatismus zur Barbarei ist es nur ein Schritt.
Denis Diderot

Kurz vor dem Landeanflug werden die Passagiere der „LATAM Chile“ daran erinnert, dass wir Menschen nur Menschen sind und keine Vögel. Denn die Luft über dem hohen Felsgebirge ist wegen der tief liegenden Wolkendecke weitgehend undurchsichtig und schenkt den Piloten eine nur sehr eingeschränkte Sicht auf die Landebahn unten zwischen den scharfzahnigen Bergriesen.

Infolgedessen bleibt den weit über hundert Passagieren nichts anderes übrig, als sich weiter in Geduld zu üben, bis der eiserne Vogel, in dem sie seit vielen Stunden eingepfercht sind, erst lange über dem Meer und dann über dem brasilianischen Regenwald, nach einer Vielzahl von Schleifen vom Tower die ersehnte Landeerlaubnis bekommt. Zu aller Erleichterung gelingt diese Landung ohne weitere Komplikationen regelhaft und sicher.

Die drei Brüder von Jonas, die noch nie in Südamerika waren, betreten, noch von der Reisebeschwernis gezeichnet, mit etwas zittrigen Beinen den festen Boden der chilenischen Metropole Santiago de Chile.

Die Witterung ist eher kühl und wenig herzerwärmend. Zunächst erfolgt die formale Übergabe des Mietwagens auf einem großen Parkplatz am Flughafen und dann werden die Männer, die man aufgrund ihrer äußeren Erscheinung ohne Weiteres als miteinander verwandt identifizieren kann, von Orientierungsproblemen eingenommen. Der erste freie Blick auf die Palmen und die südländisch aussehenden Passanten lässt erkennen, dass sie am richtigen Zielort angekommen sind.

Bei ihrer Fahrt in die Innenstadt werden sie bei fast jedem Halt an einer Ampelkreuzung von mehreren Bettlern oder Straßenhändlern belagert, die für allerlei Dienstleistungen, wie zum Beispiel blitzschnelles Scheibenwischen oder eine Darbietung mit Jonglierkeulen, auf ein paar chilenische Pesos Trinkgeld hoffen. Erst als ihr Wagen die Auffahrt zur Panamericana Richtung Süden erreicht hat, wird die Szenerie übersichtlich und die drei können sich entspannen.

Schon wenige Zeit später, bei ihrer ersten längeren Rast, können sie in aller Gelassenheit die ganz neue und bemerkenswert bizarre Landschaft auf sich wirken lassen.

Dabei erleben auch sie die charakteristische Besonderheit dieses schmalen und lang gestreckten Landes, das so eingeklemmt zwischen den Elementen Feuer und Wasser ist, gefangen zwischen Vulkanen und den eiskalten Fluten des pazifischen Ozeans.

„Wie gut, dass du uns vorher eine Unterkunft gemietet hast“, sagt der mittlere der drei Brüder zu Karl, und Peter nickt. Es herrscht zwischen den Brüdern, wie ein heimliches Band, ein gemeinsamer Beschluss, eine Absicht, eine Mission, die ihnen eine Kraft jenseits aller kleinlichen geschwisterlichen Querelen gibt, wie man sie sonst zwischen Brüdern oft beobachten kann.

Das Band nennt sich Rache.

Sie hatten die Reise sorgsam vorbereitet, einig in dem Wunsch, etwas zu Ende zu bringen, das sie viele Jahre lang beschäftigt hat, wie eine offene Wunde, wie ein unheimlicher Schwur. Sie wollen ihren ermordeten Bruder Jonas rächen, indem sie den Täter finden und dann ... das ist ihnen unklar und macht ihre Mission in ihrer Unberechenbarkeit extrem gefährlich.

Temuco, eine Stadt im Süden von Chile, ist der Ort, der vor ihnen liegt. Dort wird ihr Zwischenstopp sein, bevor sie weiterreisen. Noch ist ihnen unklar, wann und wie sie zuschlagen werden. Sicher ist nur, dass sie es tun werden, dass sie keinesfalls unverrichteter Dinge zurück in die Heimat fahren werden. Diese Rächer fühlen in sich die eitle Wucht ihres selbstgerechten Zorns.

Sechsundzwanzig

Das Gute – dieser Satz steht fest –
ist stets das Böse, was man lässt.
Wilhelm Busch

Am zweiten Tag in Castro erwacht Johanningmeier am Morgen mit einem kleinen Entzücken. Es ruht in seiner Körpermitte und breitet sich wohlig in ihm aus. Schon lange hat er dies Gefühl nicht mehr so gespürt. „Ich bin irgendwie glücklich und traurig zugleich, seltsam."

Im Haus ist es ganz still. Es scheint niemand da zu sein. Johannigmeier kleidet sich rasch an und geht nach unten. Draußen auf der Veranda ist der Frühstückstisch für ihn gedeckt, der Kaffee ist warmgestellt und in einem Korb befindet sich helles Brot. Daneben stehen Teller mit Tomaten und Honigmelonen. Mitten auf dem Tisch liegt ein Zettel. Der

Kommissar nimmt ihn hoch und liest: „Guten Morgen, ich hoffe, Sie haben gut geschlafen. Ich bin im Atelier und gegen Mittag zurück, bitte fühlen Sie sich bei mir wie zu Hause. Muchos saludos, Gabriela!“

Er fühlt Dankbarkeit und Neugier, isst und trinkt in Ruhe, räumt die Reste in die Küche und in den Kühlschrank, verlässt das Haus und geht den kurzen Weg zur Kathedrale. Als er durch ein Seitenportal eintritt, nehmen ihn sofort wieder die Farben des Innenraums gefangen. Jetzt im Morgenlicht entwickeln sich ganz andere Tönungen als gestern am Mittag. Er sucht sich einen Sitzplatz in dem noch leeren, lang gestreckten Innenraum und gibt sich ganz den Farbeindrücken hin. Mit dem sich langsam, aber stetig verändernden Sonnenstand variieren die Farben, werden blasser, erröten, schimmern durchlässig. Insbesondere die Farbe Rot nimmt sehr schnell wechselnde, gut wahrnehmbare farbliche Variationen an, wie von einem verborgenen Künstler, der im Raum tätig ist, der den Raum wieder und immer wieder neu ausmalt und gestaltet.

Johanningmeier löst sich erst aus dem Wechsel der Eindrücke, als er ein wachsendes Hungergefühl verspürt. Erstaunt stellt er wie auch am Vortag fest, dass es bereits kurz vor Mittag ist. Er verlässt wie ein beeindruckter Besucher einer faszinierenden kostbaren Gemäldeausstellung die Kathedrale.

Unschlüssig geht er die Seitenstraße hinunter. Nach seiner vorläufigen Recherche liegt dort das Haus von Señor Steiniger.

Er nennt sich innerlich einen schlechten Polizisten, der doch entsprechend seines Dienstauftrags eigentlich rasch und entschieden für Ordnung zu sorgen hätte, statt den ganzen Morgen zu vertrödeln. „Statt zu handeln, gebe ich mich der Kontemplation hin, und laufe dann“, denkt er mit sich hadernd, „unschlüssig durch die Gegend wie Falschgeld. Aber was ist richtig, was falsch? Dieser Konflikt hier erscheint mir als der zwischen Pflicht und Neigung, zwischen verführerischem Kunstgenuss, zielfreiem Müßiggang, wertlosem Umherflanieren und auf der anderen Seite fader Polizeitätigkeit.“

Johanningmeier muss irgendwie erstaunt auflachen, dass er so einen Kontrast empfindet, und denkt schmunzelnd an die zwei Seelen. „Aber“, so sagt er sich, „ich kann doch nicht so einfach, mir nichts, dir nichts, diesen Mann festsetzen. Und außerdem, was dann? Ich will ja nur mit ihm reden, und das dürfte wohl erlaubt sein.“

Er entscheidet sich für eine erste vorsichtige Annäherung an die Zielperson, wie Annette ihm gestern per Telefon noch empfohlen hatte. Gegenüber dem Haus von Señor Steiniger befindet sich ein kleines Café in strategisch guter Lage. Der Kommissar geht hinein und setzt sich ans Fenster. Er schwebt in der Hoffnung, allein das Warten würde sich schon lohnen.

Und in der Tat, nach einer halben Stunde öffnet sich die Haustür auf der gegenüberliegenden Seite. Mit Hut und Stock ausgestattet tritt eine Person auf die Straße, die Señor Steiniger sein muss.

Obschon leicht gebeugt, scheint es sich um einen noch rüstigen älteren Herrn zwischen sechzig und siebzig Jahren zu handeln. Er geht mit federnden Schritten entschlossen die Straße hinunter, ohne viel nach rechts und links zu blicken. Scheinbar ahnt er nicht, dass er von einem deutschen Kommissar observiert wird.

Johanningmeier zahlt rasch seinen Kaffee und folgt seiner „Beute“ in nur kurzem Abstand bis zur Plaza de Armas. Unterwegs wird ihm augenfällig demonstriert, welch angesehene Persönlichkeit dieser Señor offenbar bei den Bürgern der Stadt ist. Denn nahezu jeder, der ihm begegnet, grüßt ihn mit Freundlichkeit, mit Respekt und mit einer gewissen Ehrerbietigkeit. Und jeder wird auch mit derselben Freundlichkeit und mit Respekt zurückgegrüßt.

Johanningmeier kann dies innerlich überhaupt nicht mit der Tatsache in Einklang bringen, dass vor ihm ein lang gesuchter Verbrecher spaziert. Er kann sogar einen gewissen Neid nicht verhehlen, ist ihm doch in seiner beruflichen Rolle, die darin besteht, tätig bei Mord und Gewalt zu werden, solch öffentliche Form der sozialen Anerkennung als Kommissar und „Täterfinder“ weitgehend fremd. „Eigentlich schade, wenn man bedenkt, dass wir Polizisten doch dafür sorgen, dass sich Menschen in unserer Stadt sicherer fühlen können“, denkt er.

Noch während er über diesen Mangel an Akzeptanz nachsinnt, verstellen ihm kurz vor Erreichen der Plaza plötzlich zwei Mapuche den Weg. Beide wirken auf ihn bedrohlich und abweisend, mit undurchsichtigen und finsteren Minen.

Der eine fragt ihn mit scharfem Unterton, warum zum Teufel er Señor Steiniger verfolge, und bedient sich dabei eines Kauderwelschs aus Spanisch und einer ihm unbekannten gutturalen Sprache, vermutlich indianischer Herkunft. Noch ehe sich Johanningmeier erklären kann, dreht sich im selben Moment Señor Steiniger mit einem Ruck zu ihm um, die Mapuche weichen zur Seite und der Kommissar sieht sich dem älteren Herrn direkt gegenüber.

Aus der Nähe betrachtet, wirkt der hoch gewachsene Mann mit fast weißen Haaren und dem offenen braungebrannten Gesicht noch freundlicher als zuvor aus der Ferne. „Bitte mein Herr, was kann ich für Sie tun, was wünschen Sie von mir?“ Diese Frage wird Johanningmeier allerdings nicht so scharf wie von den Indianern gestellt, sondern eher interessiert und nun auf Deutsch, mit einem leichten spanischen Akzent verziert.

Johanningmeier ist überrumpelt und kann in diesem Augenblick nicht anders reagieren als mit der Wahrheit: „Es tut mir leid, Sie stören zu müssen, Herr Steiniger. Aber ich bin in meiner Funktion als Polizeikommissar aus Deutschland hier in Castro. Ich bin hier, um mit Ihnen zu sprechen. Ich komme genau gesagt aus Bielefeld. Ich arbeite dort als Kommissar bei der Mordkommission und suche Sie auf, weil Sie verdächtigt werden, dort vor vielen Jahren, im Jahr 1970, in einem Vorort, in Steinhagen, in einem Schwimmbad einen Jugendlichen getötet zu haben. Dieser Verdacht besteht seit Langem und seit Langem werden Sie auch international gesucht. Nun aber ist uns durch einen aktuellen Hinweis bekannt geworden, wo genau Sie sich aufhalten. Ich bin also im Auftrag der deutschen Justiz hier, um mit Ihnen über diesen Vorwurf zu sprechen und Sie dazu zu bewegen, mich gegebenenfalls nach Bielefeld, Ihren Heimatort, zu begleiten."

Señor Steiniger streckt ihm fast ein wenig theatralisch seine beiden Handgelenke überkreuz entgegen und sagt: „Ich habe das erwartet, eigentlich immer schon, dass man mich findet. Und ich werde auch keinerlei Widerstand leisten, aber wollen Sie mich jetzt sofort hier von der Straße weg verhaften und nach Deutschland verfrachten? Auf jeden Fall bin ich bereit, mich einer Verhandlung auszusetzen, eine lange Zeit schon, fast schon zu lange!"

„Nein, Herr Steiniger, einfach so mitnehmen darf ich Sie gar nicht so ohne Weiteres, selbst wenn Sie es wünschten. Dazu benötige ich eine Auslieferungserlaubnis. Noch bin ich nicht so weit, nein, nein, ich bin ja eigentlich auch zuerst einmal hier, um mit Ihnen zu sprechen und von Ihnen Ihre Version der damaligen Ereignisse zu erfahren. Alles Weitere ist im Moment nicht eindeutig zu klären ohne die Mitarbeit der zuständigen chilenischen Staatsorgane. Das wird ganz bestimmt noch eine Zeitlang dauern! Nein, ich bin nur dazu befugt, Sie zum Tathergang zu befragen."

Siebenundzwanzig

Solidarität ist die Zärtlichkeit der Völker.
Ernesto Cardenal

Señor Steiniger zögert einen Moment, sagt dann etwas zu den beiden wartenden Indianern in einer Johanningmeier fremden Sprache und in einer weiterhin ganz unaufgeregten Weise zu ihm: „Ich weiß ja nicht, wie viel Zeit Sie haben, aber heute kann ich Ihnen sowieso nicht zu Diensten sein. Heute muss ich mich um ein Sozialprojekt kümmern, dort wird meine Hilfe gebraucht, dort werde ich erwartet. Ich bin gerade schon auf dem Weg dorthin. Ich werde sicher bis zum Abend unterwegs sein. Und danach muss ich mich um meine Frau kümmern, sie ist sehr krank und pflegebedürftig. Ich muss Sie um Ihr Verständnis bitten."

„Ich verstehe. Ich wohne hier bei der Malerin mit Namen Gabriela Rosario, die mir ihre Hilfe angeboten hat. Dort können Sie mich erreichen, wenn Sie Zeit für unser Gespräch haben." Johanningmeier ist sich der Grenzen seiner Möglichkeiten hier in diesem fremden Land wohl bewusst, deshalb bleibt er defensiv, was sich irgendwie sogar gut anfühlt.

„Ah, bei Gabriela, gut!", wiederholt Señor Steiniger.

Sie scheint mit ihm bekannt zu sein, denkt Johanningmeier. Er fragt Señor Steiniger, ob er ihn begleiten dürfe, und dieser willigt ein, anscheinend von seinem Anliegen wenig überrascht.

„Gern, selbstverständlich, ich bin allerdings, wie gesagt, auf dem Weg zu einem Mapuche-Dorf. Wir Weiße haben, zumindest denke ich so, viel wiedergutzumachen und das duldet keinen Aufschub. Ich muss Sie allerdings warnen, es ist ein sehr holpriger Weg hoch in die Berge. Aber Sie können mich gerne begleiten, wenn Sie es trotz der widrigen Straßenverhältnisse wollen. Dann werden Sie mich vielleicht besser verstehen, wenn ich sage: Wir Weiße haben es wirklich versäumt, eine ganze Menge der von unserer Seite aus verübten Verbrechen gegen die Menschlichkeit als solche anzuerkennen."

So spricht jemand, der erfüllt ist von der Wichtigkeit seiner selbst gestellten Aufgabe und sich seiner Sache sicher ist, dass der Einsatz auch lohnt, denkt Johanningmeier.

Einer der beiden Mapuche-Indianer macht sich auf und kommt mit einem staubigen und klapprigen Pick-up um die Ecke. Los geht die Fahrt, hin zu den weit im Dunst liegenden Bergen, wo die Mapuche-Dörfer immer noch fernab der westlichen, spanisch geprägten und nun allmählich auch US-amerikanisierten Kultur liegen. Johanningmeier hatte sich vor seiner Reise nach Chile ein wenig über die politische und gesellschaftliche Entwicklung informiert und darf sie jetzt hautnah erleben.

Die Mapuche haben lange Zeit versucht, zum Großteil leider vergeblich, sich vor fremden Einflüssen zu schützen. Etwa vor dem Alkohol, den zivilisatorischen Erkrankungen und dem US-amerikanischen „Fortschritt“. Die Dörfer liegen fernab der Zivilisation und machen einen heruntergekommenen Eindruck. Vor vielen Häusern sitzen Männer und rauchen, offensichtlich betrunken. Frauen sind kaum zu sehen, hin und wieder ein Kind, oft unterernährt und schmutzig. Nichts ist zu sehen von dem faktisch unbesiegten stolzen Volk der indigenen Urbevölkerung.

Sie wollten sich schützen vor den Gringos, die das Land ausbeuten und dabei leider auch vor Mord nicht zurückschrecken. Johanningmeier muss an den Mord an Allende durch Pinochets Schergen denken, der wahrscheinlich auch vonseiten der US-amerikanischen Konzerne initiiert worden ist.

Señor Steiniger scheint überall willkommen. Er besucht nacheinander Hütten und kleinere Gebäude und scheint dort bereits erwartet zu werden, denn Mapuche-Frauen stehen vor den Türen, um ihn herzlich zu empfangen. Einige Stunden später hat Johanningmeier verstanden, was die Mapuche an ihrem Señor Steiniger haben: medizinische Hilfe, soziale Fürsorge, die Vermittlung in juristischen Fragen, praktische Hilfen mit den Behörden, sogar Amtshilfe, Rat und Tat bei persönlichen Angelegenheiten und Problemen und mit dabei immer die wohlwollende väterliche Anteilnahme. Hin und wieder kann Johanningmeier auch beobachten, wie der ein oder andere Geldschein den Besitzer wechselt, vornehmlich in Richtung der Armen. Zurückgezahlt wird wohl mit Naturalien wie Tomaten, Gurken, Süßkartoffeln und ihm fremdem Gemüse und Obst. Johanningmeier muss unwillkürlich daran denken, dass zu seinen Kinderzeiten der Pfarrer und manchmal auch der Arzt das ein oder andere Huhn als Bezahlung entgegengenommen haben.

Zu später Stunde bringt sie der Wagen auf sehr holpriger Piste nach Castro zurück. Der deutsche Gast sitzt jetzt unbequemer als auf der Hinfahrt auf der Ladefläche des Pick-ups, in guter Nachbarschaft von reichlich Obst und Gemüse, wobei er die Aufgabe hat, die Fracht davor zu bewahren, sich selbstständig zu machen und davonzurollen. Steif und verschwitzt von der anstrengenden Fahrt kommen sie zurück zum Haus von Señor Steiniger, der, nachdem sie eingetreten sind, seinen Gast zunächst eine Zeitlang allein lässt, um nach seiner Frau zu sehen.

Er kommt, offensichtlich beruhigt, schnell zurück, und die beiden Deutschen sind froh, es sich auf der Terrasse von Señor Steinigers Haus bequem machen zu können und sich von einem Pisco Sour erfrischen zu lassen. Dieser Trunk wird bald gefolgt von einem warmen Essen, Empanadas mit extrem scharf gewürzten Chilibohnen, und gut gekühltem einheimischem Bier. Das Essen, von einer einheimischen Mapuche zubereitet und serviert, genießen sie draußen, und es ist eine wahre Wohltat für die hungrigen Mägen, aber auch für die gebeutelten Seelen. Letzteres vor allem für Johanningmeier, den das Ausmaß des Elends im Reservat sehr beeindruckt hat. Positiv angetan aber ist er von dem scheinbar selbstlosen Engagement seines Gastgebers. Er ertappt sich dabei, dass er insgeheim beginnt, die guten Taten mit der Untat gegeneinander aufzurechnen, und die Formel schmiedet: „Vom Übel- zum Wohltäter! Vom Saulus zum Paulus!“

„Schmeckt wie Herforder“, meint Johanningmeier, lobt dabei das Getränk und schnalzt mit der Zunge. Señor Steiniger nimmt das als Kompliment an, sagt aber, ihm persönlich munde doch am besten der chilenische Wein. Damit sei er auch zu einem gewissen Reichtum gekommen, sonst könne er hier gar nicht so den „Wohltäter spielen“. Johanningmeier fühlt sich ertappt und auch irgendwie bestätigt.

Die beiden Männer sitzen noch sehr lange in der milden Abendluft und Señor Steiniger erklärt seinem Gast seine humanitären Indianerprojekte. Viel später am Abend erzählt er auf Nachfrage dem Kommissar, er habe verschiedentlich mit dem Gedanken gespielt nach Deutschland zurückzukehren, um von dort aus seine Import-Exportgeschäfte zu betreiben.

Dann aber, nachdem er glaubte, dass Ewa die Lust am Schreiben verloren habe, weil sie seine Post längere Zeit nicht mehr beantwortet hatte, und da seine Frau an Multipler Sklerose erkrankt war, habe er von diesem Plan Abstand genommen, ohne zu bereuen. „Meiner Frau geht es heute wieder einmal sehr schlecht, aber ihr Zustand ist wechselnd. Mal geht es ihr leidlich gut, mal scheint das Ende nah, sie hat seit einigen Jahren diese heimtückische Erkrankung Multiple Sklerose und ihre Zeit läuft allmählich ab. Aber sie ist eine erstaunlich tapfere Frau. Wann sie auch gehen muss, wird sie zufrieden Abschied nehmen, und auch ich werde, das habe ich bei ihr gelernt, sie mit Zufriedenheit gehen lassen können. Das liegt in der Mentalität dieses Volkes, das Leiden in Geduld, das ist ihnen sehr vertraut. Aber ebenso vertraut ist ihnen der Kampf gegen jede Form der Unterdrückung."

Johanningmeier fühlt die Trauer und auch den Stolz seines Gegenübers und ist erleichtert, als Señor Steiniger das Thema wieder wechselt, wenngleich auch das, was jetzt auf den Tisch kommt, von Trauer begleitet ist.

„Herr Kommissar, mit der Zeit ist Deutschland, von hier aus gesehen, mir immer unbedeutender erschienen. Nicht aber meine Tat, die ist in mir geblieben wie ein schwarzer Fleck, wie eine tiefe Traurigkeit, die sich eher vergrößert hat, statt kleiner zu werden. Es ist, als ob ein Tintenfleck auf einer sonst weitgehend weißen Weste zerfließt und besonders auffällt. Und zwar trotz meiner Versuche, die Schuld irgendwie abzuarbeiten oder mich zumindest davon abzulenken.

Ich habe mich geirrt, als ich hoffte, ich könne sie kleiner machen durch gute Taten. Die tue ich nicht mehr aus dem

Wunsch, sie könnten mir helfen, nein, die tue ich aus dem tiefen Gefühl heraus, dass ich und alle Weißen sich verpflichtet fühlen sollten, ein wenig die große Schuld der Vernichtung einer ganzen Kultur zu verkleinern und vor allem die Verantwortung dafür zu übernehmen. Und selbst, wenn das gelingt, es wird nie genügen, die Folgen für die systematische Ausrottung zu verringern.

Ich war und bin ein Idiot oder zumindest einer, der naiv ist, einer der irrt. Denn meine Schuld bleibt, die kann ich nicht tilgen, auch nicht durch das, was auch immer ich aus meinem Leben gemacht habe und vielleicht noch machen werde.

In der Zeit der Diktatur unter Pinochet habe ich mich entschieden, nicht mehr weiterzuziehen, obwohl das Leben unter dieser Diktatur nach dem erfolgreichen Putsch für mich wie für viele hier furchtbar geworden ist, nur Rache und Vergeltung, Mord, Entführung und Folter. So ein Bürgerkrieg ist immer eine besonders dreckige und tiefe, Wunden schlagende Auseinandersetzung zwischen Brüdern, Schwestern, Familien, Nachbarn und so weiter. Ein Tod zieht andere Tode nach sich.

Und was dann passierte, das kannte ich schon aus meiner Zeit in Polen und auch aus Spanien. Das Repertoire der Unterdrückung ist doch überall gleich. Das Wichtigste: Du hast einen Feind im Innern und einen Feind draußen, und der ist schnell gefunden. Hier in Chile sind es die Minderheiten gewesen und dort draußen die sogenannte freie Welt!“

Señor Steiniger macht eine Pause, um nach seiner Frau zu sehen und um frische Getränke zu holen.

„Sie schläft ganz fest und atmet normal“, sagt er erleichtert beim Zurückkommen und fügt dann besorgt hinzu: „Wir müssen geduldig sein, mal sehen, wie es ihr morgen geht. Wir sind zwar auf alles vorbereitet, nur nicht auf den Tod, auf den können wir uns gar nicht vorbereiten, der hat eine Dimension, die uns Lebende überfordert.“

Johanningmeier nickt.

Señor Steiniger holt tief Luft, stöhnt kurz auf und berichtet dann weiter. „Ewig bespitzelt zu werden ist zwar furchtbar, trotzdem habe ich mich entschieden im Land zu bleiben, um mich hier weiter um die Indianer zu kümmern. Die Diktatur hat ja auch hier keine Deutschen verfolgt, wir galten im Gegenteil als staatsstützend. Ich habe mich zuletzt entschieden, hier für meine, seit einigen Jahren leider mehr und mehr kranke Frau Maria zu sorgen und so lange auszuhalten, bis die deutsche Polizei mich aufgrund ihrer Beharrlichkeit endlich finden wird. Die Flucht weiter fortzusetzen, dafür fehlt mir einfach die Kraft. Jetzt können Sie vielleicht verstehen, wenn ich sage: Sie kommen jetzt richtig, zur richtigen Zeit, vielleicht ein paar Tage oder auch Wochen zu früh. Aber wenn Maria geht, dann kann ich auch gehen, endlich! Als nämlich in den Achtzigerjahren die DNA-Untersuchungen möglich wurden, habe ich oft gedacht, mich selbst anzuzeigen. Aber es ist mir dann doch immer wieder aus dem Blickfeld geraten. Die alte Heimat ist einfach zu weit weg. Es liegen Ozeane zwischen hier und dort, zwischen damals und jetzt, zwischen Europa und Südamerika.

Nur beim Tod meiner getrennt lebenden Pflegeeltern bin ich noch zweimal kurz in Deutschland gewesen. Immer inkognito und immer unter Höllenängsten. Ich vermute übrigens, dass mein Weggehen und die ganzen Umstände damals drum herum die Ehe meiner Eltern zerstört haben. Dass ich einmal für diese Ehe eine solche Bedeutung haben könnte, wer hätte das gedacht, ich bestimmt nicht. Diese Schuld kann ich noch gut zu der anderen Schuld dazupacken, aufzuarbeiten hätte ich das alleine nie gekonnt. Damals hat mir immer geholfen, mit Ewa wenigstens postalisch Kontakt zu pflegen, allein dass sie meine Briefe gelesen und beantwortet hat, hat zu einer riesigen Entlastung geführt."

Señor Steiniger reibt sich die Augen, als würde er versuchen, einen Schleier, der sich über die Erinnerungen gelegt hat, loszuwerden.

Wie an diesem Abend ergeben sich auch an den folgenden Tagen immer wieder Treffen zwischen den beiden Männern. Johanningmeier ist von dem Kontakt mit dem, den er eigentlich inhaftieren sollte, so beeindruckt, dass er die Antragsstellung zur Festnahme von Señor Steiniger von einem Tag auf den anderen verschiebt, als ob er auf Hilfe von außen oder von oben warte.

Er freut sich auch über die Treffen mit der Pensionswirtin und Malerin Gabriela und lernt so immer etwas Neues über deren Welt und die Kultur der indigenen Völker kennen. Er kann sich zum ersten Mal sogar vorstellen, in so einem fremden Land zu leben, fernab vom Teutoburger Wald, vom Präsidium, von seiner Arbeit, von seinem Schrebergarten und der ganzen kleinen Welt dort.

„Ein Mord verjährt nie! Aber wer hat eigentlich diese Wahrheit in die Welt gesetzt? Ich muss das diskutieren, vielleicht auch infrage stellen. Man wird doch noch mal fragen dürfen!"

Johanningmeier ist sich darüber im Klaren, dass sein Aufenthalt in Chile begrenzt ist, findet jedoch immer wieder, vor allem der Dienststellenleitung zu Hause, aber auch Annette gegenüber, eine hinreichende Begründung aus der komplizierten Sachlage heraus, um noch weitere Tage bleiben zu können.

Achtundzwanzig

Der sich zum Richter macht, der beherrsche nicht nur das Strafgesetzbuch, sondern auch die Psychologie.
Aleksander Świętochowski

Am achten Tag, an dem Johanningmeier erneut mit Señor Steiniger unterwegs gewesen war, spricht ihn ein Uniformierter der chilenischen Policia Cevil auf der Plaza des Armas an.

Gerade hat er auf einer freien Bank Platz genommen, nachdem er wie immer bei der Post gewesen war, und will gerade neugierig, wer ihm wohl geschrieben haben mag, einen an ihn adressierten Brief aus der Heimat öffnen, als er von dem Mann in Uniform angesprochen wird.

„Comisario Johanningmeier, por favor, Sie sind doch unser Kollege aus Alemania! Mein Name ist Luis Lienlaf. Sie werden auch noch meinen Vorgesetzten Sargento Albaran kennenlernen, ich bin nur die Vorhut. Ich bin von der hiesigen Polizei und möchte Sie herzlich auf unserer schönen und friedlichen Insel Chiloé willkommen heißen.

Mein Kollege, der Sie, wie gesagt, auch noch kontaktieren wird, und ich sind übrigens zwei der wenigen Polizisten auf dieser friedfertigen Insel. Verbrechensbekämpfung ist uns hier sehr fremd, das hängt zusammen mit der Mentalität der Inselbewohner. Was hier dann und wann mal vorkommt, ist ein Streit im Alkoholrausch, Übertretung der Fischfanggrenzen oder auch wildes Bauen, aber das alles wird oft schnell untereinander beigelegt und unsere Arrestzellen bleiben leer. Es gibt allerdings eine sehr blutige Geschichte zwischen der indigenen Bevölkerung und den Eroberern, die wir heute noch spüren können. Insofern ist Ihr Besuch hier nicht ohne Brisanz. Ich bitte Sie mich genauestens darüber zu informieren, was Sie hier in Chile auf Chiloé vorhaben, außer dass Sie eine unserer schönsten Franziskaner-Kirchen bestaunen. In wessen Auftrag sind Sie hier aktiv, woher bekommen Sie Ihre Legitimation? Alles ist natürlich bisher nur inoffiziell, versteht sich, mein Kollege hat nämlich noch Urlaub, kommt aber Ende der Woche zurück. Und wir beide haben viele Fragen, was Ihren Aufenthalt hier betrifft, die nur Sie beantworten können!“

„Verstehe!“

In der Tat versteht Johanningmeier seinen chilenischen Kollegen sofort, ist er doch in diesem Land nicht als Tourist unterwegs, sondern in polizeilicher Funktion. Wenn umgekehrt Luis Lienlaf in Deutschland unterwegs wäre, dann würde seine Behörde auch genau nachfragen. Trotzdem zögert er mit seiner Antwort noch einen Moment. Er ist sich unklar darüber, inwieweit er durch vorschnelle Information sich alle Auswege verbauen könnte, denn Johanningmeier weiß selbst nicht ganz genau, worum es letztlich wohl gehen wird, und hält sich deshalb zunächst noch bedeckt.

„Es ist sehr selten, dass sich ein Deutscher nach Chiloé verirrt und das noch im Winter, wo es normalerweise hier ohne Pause regnet. Dieses Jahr ist es ganz warm, naja, wegen des Wetters werden Sie auch nicht hier sein, oder?" Deutlich ist zu hören, dass der Polizist eher amüsiert als verärgert über das Zögern seines deutschen Kollegen zu sein scheint.

„Mich freut aber, dass es so wenig regnet und doch auch recht warm ist, wird es wohl so bleiben?"

„Nun ja, das wissen die Mapuche besser als wir. Aber meine Familie ist schon ein Jahrhundert lang hier ansässig, Sie hatten ja schon intensiven Kontakt mit unseren Einheimischen. Nicht ungefährlich, die verspeisen am liebsten Spanier!"

„Ich bin hier, um mir ein Bild zu machen, ein Bild von einem Menschen. Vielleicht können Sie mir helfen, das Bild zu vervollständigen?" Johanningmeier merkt, dass er durch die Frage seiner eigenen Antwort etwas näherkommt – ist das die Hilfe von außen?

„Ich weiß, ich weiß, der, den Sie im Fadenkreuz haben, unser Señor Steiniger, ist ein sehr guter Mensch, ein ehrbarer Bürger unserer Stadt, ein ziemlich erfolgreicher Unternehmer und ein Mensch auf den Sie, Herr Kommissar, als Deutscher stolz sein können. Er unterscheidet sich durch seinen Mut und seine Aufrichtigkeit, vor allem aber durch sein nie nachlassendes Engagement von allzu vielen Ihrer Landsleute, die sich in Südamerika versteckt haben, um sich der Justiz zu entziehen, das kann ich Ihnen versichern. Die Mapuche-Indianer würden ihn nicht ausliefern, selbst wenn die chilenische Regierung es fordern würde. Die Mapuche sind es gewohnt, mit der Zentralregierung in Santiago im Streit zu liegen und manchmal sogar zu obsiegen, denn auch sie haben unterdessen gute Anwälte und sogar Vertreter im Parlament!"

Nach diesen klaren Worten zögert Johanningmeier nicht mehr länger, sondern erzählt seinem chilenischen Kollegen alles über Señor Steiniger, alias Ralf, der, als Entflohener und des Mordes Verdächtiger, seit vielen Jahren in Deutschland und per Interpol auch im Ausland gesucht wird. Wie beide wissen, hält er sich hier in Castro unter dem falschen Namen Señor Steiniger auf.

„Aber was machen wir nun?" Diese Frage ist den beiden Polizisten auf die Stirn geschrieben und sie beschließen im nächsten Café zunächst einmal etwas zu trinken, und obwohl der Chilene im Dienst ist einen süffigen Merlot, der einem helfen kann, Klarheit auch in den allerschwersten Fragen zu gewinnen.

Johanningmeier beendet das Gespräch, indem er die Vermutung ausspricht, dass Señor Steiniger letztlich selbst die Frage lösen würde. Vielleicht könne man von Amts wegen deshalb abwarten.

Ehe der Tag sich seinem Ende nähert, kommt Johanningmeier endlich dazu, den Brief von Ewa zu lesen, der ihm vielleicht helfen kann, mehr zu verstehen und alles zu einem guten Abschluss zu bringen. Er spürt, dass sich durch diese Erwartungshaltung ein Teil seiner gewohnten Tatkraft zurückmeldet, ein Gefühl, das er mit innerer Freude genießt.

Neunundzwanzig

Das Tier mag nicht auf den Menschen treten,
auf den Menschen tritt immer nur der Mensch.
Gertrud von Le Fort

Als Johanningmeier am nächsten Morgen wieder, wie fast jeden Morgen, die Kathedrale besucht, obwohl er alles andere als streng katholisch ist, setzt sich nach einiger Zeit eine Frau neben ihn.

Dem Aussehen nach zu urteilen, ist sie eine Mapuche-Indianerin, knapp sechzig Jahre alt, mit untersetztem gedrungenem Körperbau, die ebenfalls im Kirchenraum zu sein scheint, um sich an der Farbenpracht des Raumes zu erfreuen und nachzudenken. Das vermutet jedenfalls der Kommissar, findet es jedoch seltsam, denn da die Kirche zu dieser frühen Stunde spärlich besetzt ist, gäbe es noch genügend freie Sitze, auf denen sie sonst hätte Platz nehmen können. Die Rotfärbung der Kirche fördert offensichtlich eine meditative Stimmung, sodass alle Kirchgänger ganz ruhig verharren. Nach geraumer Zeit stehen die beiden fast gleichzeitig auf, um sich draußen auf die Plaza zu begeben und dort eine schattige Bank aufzusuchen.

„Sie sind der Kommissar aus Alemania?“, eröffnet die Frau das Gespräch. Eine Frage, die wie eine Feststellung klingt. „Ich möchte Sie sprechen, auch, weil ich von Bürgern unserer Stadt darum gebeten worden bin. Ich vertrete aber auch meine ganz persönlichen Interessen. Mein Name ist Cavalho, Agneta Cavalho. Ich vertrete meine Landsleute bei Bedarf vor Gericht. Ich habe an der Universität in Santiago Rechtswissenschaft studiert und dort promoviert.“ Die Frau macht auf den Kommissar einen sehr intellektuellen und engagierten Eindruck, ihr Englisch ist hervorragend und sie strahlt eine besondere Stärke aus.

Johanningmeier nickt und wartet ab, gespannt, was nun folgen mag. Von ihrer Direktheit ist er jedoch überrascht.

„Sehr geehrter Herr Kommissar, Sie tauchen hier so einfach auf und wollen uns unseren Señor Steiniger wegnehmen, von hier entführen, nach Alemania? Liege ich da richtig?“ Jetzt ist ein unverhohlen aggressiver und besorgter Unterton zu hören, gemischt mit einem unterschwelligen Vorwurf.

„Ich kann Ihnen klar sagen, wir lassen nicht mehr alles mit uns machen. In meinen Augen sind Sie im Moment nur ein ganz normaler Gringo, ein Weißer, nicht mehr. Und die sind nicht unbedingt unsere Freunde, nein, gar nicht. Zuletzt haben sie mit dem Mörder Pinochet paktiert, und was dabei rausgekommen ist, können Sie in den Geschichtsbüchern nachlesen. Oder wollen Sie sich die Schreie aus den Folterkellern anhören? Ich kann es Ihnen nicht ersparen! Tausende meiner Freunde wurden ermordet und unser Volk wurde aller Rechte beraubt. Und jetzt, jetzt kommen Sie übers Meer hierher, viel Gutes hat diesen Weg noch nie genommen! Also, was wollen Sie? Entschuldigen Sie bitte, wenn ich belehrend wirke. Der große Ethnologe Lévi Strauss hat einmal sinngemäß gesagt: Es gibt zwei Grundtypen von Gesellschaften. Die, die Verbrecher ausstoßen, auskotzen, und die, die Feinde der Gesellschaft integrieren.“

Der Kommissar schweigt betroffen, er fühlt sich unwohl. Er hat immer noch keine klaren Antworten auf diese Frage gefunden. Er spürt, dass sein Schweigen wenig hilfreich ist, und zuckt mit den Schultern, um sie resigniert fallen zu lassen. Eigentlich wollten er und auch Señor Steiniger sich bei der Lösung der Frage Zeit lassen. Wobei es jetzt so scheint, als ob er unter Zugzwang geraten könnte. Denn die Augen der Frau fixieren ihn so abschätzig und auffordernd, dass er jetzt und sofort zu einer Entscheidung kommen sollte.

„Schade, Ende der Meditation“, denkt er, als er hören muss: „Señor Steiniger ist bei uns in Sicherheit, wir haben ihn zu uns genommen. Egal, was Sie unternehmen, Sie werden ihn nicht finden, er wird vor Ihnen und Ihren Begleitern gut geschützt, wie ein gutes Pferd im Stall! Ich muss sagen, dass Sie sich im Grunde gebärden wie diese mordlüsternen, goldgierigen Konquistadoren vor einigen Jahrhunderten, die mit der fixen Idee ihres spanischen Infanten übers große Meer kamen, unser Gold zu stehlen. Daran hat sich bis heute nicht viel geändert. Nur dass es heute die Gringos sind, deren Konzerne unsere Bodenschätze ausbeuten und die zusammen mit den Spaniern uns unsere heilige Kultur versuchen wegzunehmen, ohne jede Scham. Und dann kommen Sie mit Ihrer Auffassung von Gut und Böse und wollen uns auch das noch rauben, was ich als Teil unserer Identität ansehe: unseren unbedingten Glauben an das Gute im Menschen. Gewalt erzeugt Gewalt, aber Vergeben auch Vergeben? Ich hoffe es!“

Trotz der starken Emotionen hat die Frau es geschafft, ruhig und leise zu bleiben, sodass der Frieden, der sich aus der Kathedrale auf den Kirchplatz ergießt, nicht wirklich gestört wird. Noch ehe er etwas antworten kann, steht die Frau auf und verschwindet behände in einer der vielen kleinen Gassen, die vom Kirchplatz wegführen, ohne dass der überraschte Kommissar ihr hätte folgen können, wobei es Johanningmeier unklar ist, was er in diesem Moment eigentlich selbst wirklich will.

Dreißig

Ich sehne mich nach dem Alleinsein, aber bin ich allein,
bin ich der unglücklichste Mensch.
Thomas Bernhardt

Irgendetwas an dieser Situation erinnert ihn an seinen eigenen Lebensweg, und er hat ein namenloses Gefühl, das unbestimmt in ihm hochsteigt. „Ich bin allein gelassen, ausgeschlossen“, denkt er. „Es hat etwas zu tun mit meiner Kindheit.“ Johanningmeier, der es eigentlich mag, wenn Annette ihn mit seinem Nachnamen anspricht, hört sich seinen Vornamen aussprechen. „Otto, Otto“, so hört er sich gerufen, aber von wem? Er wendet sich vom Kirchplatz aus zum nahen Meer. Unterwegs überquert er einen kleinen Markt. Er kauft ein paar Früchte, einen Sonnenhut und eine Holzflöte. Er gelangt zum Stadtufer, bestaunt die wunderschönen Pfahlhäuser im Wasser, geht am Ufer entlang, immer weiter stadtauswärts, bis er in einer ihm fremden Landschaft ankommt, ohne Straßen, fast menschenleer, unbebaut und, wie er denkt, auch unbehaust.

Er setzt sich auf einen Stein, um ihn herum nur diese fremde Natur, er fühlt sich bedrückt, und nun schält sich das Gefühl heraus, was sich beim plötzlichen Abschied der älteren Frau gezeigt hat, eine innere Leere, und es entpuppt sich hier, fast am Ende der Welt, als tieftraurige Erinnerung an den plötzlichen Tod seiner Großmutter, die damals in der guten Stube in seinem Elternhaus aufgebahrt war. Es ist plötzlich so leer im Haus, der Atem seiner Oma, der zuletzt nur noch einem feinen Hauch glich, fehlte ihm damals.

Die Stille war umfassend, und sie war auch von Donner erfüllt, vom eigenen Herzschlag, vom stockenden eigenen Atem. Und er schweift ab in die alten Bilder. Plötzlich, ohne dass er genau plant, was er tut, entlockt er der unscheinbaren Flöte ein paar Töne, spielt er eine Melodie, die ihn für seine Gefühlswelt zu öffnen scheint.

Am Tag vor der Beerdigung, als er sich verabschieden wollte, blieb er tränentrocken. Und nun sitzt er plötzlich am Ende der Welt am eiskalten Pazifik, flötet aus sich heraus und weint zunächst leise, aber dann immer heftiger, bis er Rotz und Wasser heult. Er weiß nicht, wie lang er dort bleibt, bis er aufstehen kann. Erst zum Abend hin hat er sich so weit gefasst, um stadteinwärts gehen zu können, erleichtert und doch noch voller bislang vermisster Abschiedsschmerzen.

Währenddessen hat er immer ganz kurze Zeit den Gedanken, nicht alleine zu sein, dass jemand vor ihm steht, mit ihm spricht und wieder verschwindet und ihn zurücklässt, voll

Rätsel. Wer ist diese Gestalt? Eine Frau, ja, jünger als Oma, aber nicht fremd, sondern tröstend. Für ihn ein kleines Wunder.

Erst am Stadtrand ist die Frage wieder da, wird drängender, je näher er dem Ortskern kommt. „Was hätte ich der Frau sagen sollen? Was nur? Wo ich es doch selbst nicht weiß.“ Was hätte er zu der Frau sagen können, deren Aussage ihm klar signalisierte: Stoppen Sie alle Bemühungen, Señor Steiniger festzunehmen, um ihn der chilenischen Justiz zuzuführen. Die Frau, die er zunächst völlig unterschätzt hatte, hat ihm eine völlig neue Rechtsauffassung nahegelegt, jenseits der deutschen Justiz: „Handle auch nach Kriterien der Versöhnung.“

Bei ihr schien die Bereitschaft gleich Null, den ehrbaren Bürger der Stadt herzugeben. Im Gegenteil, seine eventuell geplanten Bemühungen, ihn festzunehmen, werden auf erbitterten Widerstand stoßen, das zumindest erschließt sich ihm aus dem Gesagten. Was oder wer wohl dahintersteckt? Handelt es sich um eine Einzelperson, eine Gruppe oder gar um eine offizielle Botschaft? Das „Wir“ deutet eine Richtung an, aber warum? Verstößt er hier, ohne es zu wissen, gegen eine Regel oder ein Gesetz?

„Habe ich etwas falsch gemacht?“ Eine schwere Frage. „Mañana, morgen kümmere ich mich um eine Antwort, jetzt ist mein Herz zu voll.“ Die plötzlich eintretende Dämmerung führt in zu seiner Unterkunft, um nachzudenken oder sich abzulenken, was ihm beides nicht so recht gelingen will.

Seine eigentlich drängende Ungeduld kennt er zur Genüge. Oft ist sie gut, manchmal findet er sie hilfreich, manchmal aber stört sie ihn und manchmal auch andere. Für ihn gehört dieses Gefühl unmittelbar zu seinem Beruf. Mehr noch, sie macht die Qualität seiner Arbeit aus, zumindest zu einem bestimmten Teil: Suchen, aufspüren, finden und nicht aufgeben, bis sich eine zufriedenstellende Lösung ergeben hat, eine, die einen Sinn hat. „Ich komme hier so nicht weiter, ich muss mit jemandem aus Castro sprechen, mit dem netten Kollegen vielleicht. Wie aber kann ich ihn erreichen, jetzt, wo es bald dunkel sein wird?" Er atmet tief durch, spürt eine Last; ist sie alt, ist sie neu? „Ach, mañana."

Einunddreißig

Die Strafe, die züchtigt, ohne zu verhüten, heißt Rache.
Albert Camus

Als Johanningmeier am nächsten Morgen bei bestem Wetter das Haus seiner Gastwirtin früh verlässt, hat er das unbestimmte Gefühl, er würde beobachtet. Immer mal wieder bleibt er stehen, schaut sich um und in die Seitenstraßen hinein und die Straße vor ihm entlang, kann aber nichts Verdächtiges entdecken. An der nächsten Straßenecke betritt er ein kleines Café, um seinen Morgen mit einem warmen Getränk zu beginnen, vielleicht mit einem Kaffee und einem süßen Gebäck.

Irgendwie erinnert ihn dieser Tagesbeginn an das Morgenritual seiner Ausbildungszeit bei der Polizei in Köln, als er sich an ein Leben mit Beköstigung außer Haus gewöhnen musste, an eine Spur von Bohemien-Existenz. Er steuert mit dem Kaffee, den er sich an der Verkaufstheke geholt hat, auf einen Tisch am Fenster zu, als er von einem älteren Mann in Uniform gebeten wird, sich zu ihm setzen zu dürfen. „Herr Kommissar, entschuldigen Sie, wenn ich Sie anspreche, noch vor Ihrem Morgenkaffee, ich habe Sie beobachtet, denn ich wollte Sie dringend sprechen. Aber nicht in Ihrer Unterkunft, das wäre unhöflich, hier ist es für uns beide unverfänglicher. Zunächst möchte ich mich Ihnen bekanntmachen."

„Woher wissen Sie, dass ich Kommissar bin?", fragt Johanningmeier erstaunt.

„Na, Sie haben doch schon meinen Kollegen kennengelernt. Ich bin ebenfalls von der Polizei und ich habe den dringenden Auftrag, Sie zu beschützen und ebenso Señor Steiniger,

Herr Kollege und Kommissar!“ Mit diesen Worten steht der Polizist noch einmal auf und schüttelt Johanningmeier herzlich die Hand.

„Wenn Sie gestatten, mein Name ist Albaran, Miguel Albaran, Sargento und Mitglied der hiesigen Landespolizei Chiloés.“

Auch Johanningmeier stellt sich mit seinem Namen vor und bemerkt, dass der Chilene sich über die Fremdheit seines Namens amüsiert, ohne ihn zu beleidigen. Ganz im Gegenteil, er versucht, ohne Erfolg, ihn korrekt auszusprechen, bis Johanningmeier sagt: „Sagen Sie Otto zu mir.“

Der Polizist sagt: „Ich heiße Miguel. Aber mal davon abgesehen, dass ich Sie über meinen Dienst her kennenlernen durfte, kann ich Ihnen sagen: Diese Stadt ist ein kleines Nest, hier blüht der Klatsch, hier kann man sich nicht raushalten. Und jeder hier weiß, dass Sie der Kommissar aus Alemania sind. Sie werden natürlich genau beobachtet, auf Schritt und Tritt. Man sagt, Sie wollten Señor Steiniger mitnehmen, man munkelt, Sie wollten ihn vielleicht verhaften, und glauben Sie mir, das hören die Leute hier nicht so gerne. Ihr Täter ist hier ein Wohltäter. Und selten sind Gringos hier beliebt.

Qua meines Amtes, aber auch nach meiner persönlichen Ansicht rate ich Ihnen dringend: Was immer Sie vorhaben, gehen Sie sehr behutsam zu Werke, ehe nicht ein offizieller Auftrag dafür vorliegt. Bitte unternehmen Sie nichts auf eigene Faust, lassen Sie die Finger davon. Mit den Indianern ist nicht zu spaßen. Sie verehren ihren Señor Steiniger, nennen ihn voller Anerkennung Doctor, und ich weiß auch warum. Ehrlich gesagt, was immer er getan haben mag, er ist kein schlechter Mensch.“

„Er könnte ein Mörder sein!“ Johanningmeier spürt, wie sein Gegenüber bei dem Wort zusammenzuckt, und er ist einerseits erfreut, dass er „eine zweite Meinung“ hat, ist sich jedoch andererseits weiter unklar darüber, was tun. Auf keinen Fall möchte er eine vorschnelle Lösung suchen, aber auch die chilenische Seite darf nicht pauschal die deutsche Position ignorieren. Doch für einen formalen Antrag auf Amtshilfe ist es ihm noch zu früh, dazu braucht er noch deutlich mehr Rechtssicherheit.

„Ich weiß, was Sie denken. Aber bitte glauben Sie mir, die Mapuche lassen sich nichts vorschreiben, nicht vor 400 Jahren und auch heute nicht. In diesen Teil der Erde wurden damals spanische Soldaten geschickt, auf der Suche nach Gold für die spanische Krone. Aber hier haben viele von ihnen ihr Leben lassen müssen. Selbst der Christianisierung haben die Mapuche mit ihrem Naturglauben teilweise widerstanden und eine ganz eigenständige Form des Glaubens entwickelt, mit einer guten Mischung aus den Religionen, wie ich finde, und auch ihr Rechtssystem ist besonders. Nein, was Señor Steiniger angeht, existiert eine ganz andere Gefahr, eine, die ihn nicht nur hinter Gitter bringen will, sondern eine, hinter der ein ganz anderes Motiv steckt, eine uralte offene Rechnung."

Und Johanningmeier wartet, bis er das Wort hört, das er fast für ausgemerzt hielt: „Blutrache!"

Der Sargento nickt und fährt fort: „Ja, Señor Steiniger wird in der Tat verfolgt. Und zwar von drei Männern, die sich nach ihm erkundigt haben. Offensichtlich Kerle mit starken Rachegefühlen von enormer Zerstörungskraft. Die wollen ihn aufspüren und vernichten. Aber das können wir beide doch unmöglich geschehen lassen, Sie nicht und auch nicht die hiesige Polizei. Denn Chile ist ein Rechtsstaat und Selbstjustiz ist auch hier ein Verbrechen, eine kulturelle Errungenschaft, die uns unter den Jahren der Diktatur allzu lange gefehlt hat."

„Wo zum Teufel stecken denn diese Racheengel zurzeit?"

„Nein, keine Engel, eher wütende Kerle. Sie sind noch in Temuco und versuchen vielleicht den rechten Moment zu finden, um hier zuzuschlagen. Ich weiß nicht allzu viel über ihren Werdegang. Ich weiß nur, dass sie irgendeine Möglichkeit gefunden haben, Señor Steiniger ausfindig zu machen."

Die beiden Kollegen tauschen noch einige eher unwichtige Informationen aus, ehe sie sich voneinander verabschieden, jeder mit dem guten Gefühl, dass sie einander bei Bedarf unterstützen werden.

Spät am Abend hat Johanningmeier eine noch unausgegorene Idee, der es sich aber lohnt nachzugehen. Und er ruft, was er sowieso am liebsten tut, seine Liebste an. Die beiden raspeln erstens Süßholz und zweitens fachsimpeln sie mit ernstem Hintergrund. Wobei sie der Frage nachgehen, wie und woher die Brüder von Jonas erfahren haben, wo sich der Gesuchte aufhält, warum sie so sicher wussten, dass er in Chile lebt. Es kann einfach kein Zufall sein, dass die drei sich zur gleichen Zeit in Chile aufhalten wie Johanningmeier.

„Stimmt, ein Zufall zu viel. Könnte es vielleicht im Amt einen Maulwurf geben?“, fragt Johanningmeier. „Aber wo könnte dieser Fiesling sitzen?“

Am Ende ihres kurzen Gesprächs bittet Annette ihren Freund um Vorsicht in der Fremde und Johanningmeier bittet seine Freundin um Vorsicht in der Heimat, wo es erfahrungsgemäß auch nicht immer ganz ungefährlich zugeht.

Er wird in seiner Meinung bestätigt, als er von Annette erfährt, was sie am nächsten Tag zu tun hat, denn das wird bestimmt kein Spaziergang, eher eine schwierige Mission. „Aber was soll man tun, unsere Arbeit ist nun mal ein gefährliches Handwerk!“

Zweiunddreißig

Die Geschichte lehrt, wie man sie fälscht.
Stanisław Jerzy Lec

Als Hauptkommissar a. D. Köhler seiner jungen Nachfolgerin im Amt die Haustür öffnet, wirkt er zunächst ehrlich angenehm überrascht und führt Annette Sasse direkt in sein Arbeitszimmer. Er fragt ein wenig geschmeichelt: „Frau Sasse, herzlich willkommen, was verschafft mir die Ehre, Sie so rasch wiederzusehen? Was kann ich Ihnen heute anbieten, zur Abwechslung doch mal ein Schnäpschen aus der Region? Sie sind heute doch allein, da guckt niemand anderer zu."

Annette ist einen Moment irritiert über die freundliche Begrüßung. Sie weiß genau, dass sich das Klima schnell ändern wird, wenn ihr Ex-Kollege erfährt, dass es ihr heute um den „nassen Fisch" aus dem Schwimmbad aus Steinhagen geht. So geht sie auf die joviale Begrüßung nicht ein, sondern sagt mit betont sachlicher Stimme: „Herr Köhler, ich bin heute ausschließlich in meiner Funktion als Ermittlerin der Mordkommission bei Ihnen, denn ich muss Sie in einer mehr als dringenden Angelegenheit dienstlich sprechen. Betrachten Sie unser Gespräch bitte nicht als Verhör, aber doch als Vorstufe einer ernsthaften Vernehmung!"

„Na, na, bitte liebe Kollegin, so dicke wird es schon nicht werden, aber, wenn es sein muss, tun Sie sich keinen Zwang an!"

Annette sieht, dass die Augen ihres Gegenübers schmal werden und sich seine Stirn kräuselt wie eine bislang ruhige Wasseroberfläche bei aufkommendem Wind. Es scheint die Art und Weise, wie die Kommissarin Tonfall und Wortwahl gewählt hat, ohne sich groß mit Höflichkeiten aufzuhalten und jede Einleitung zu vermeiden, gewirkt zu haben. So kann sie sofort zu ihrem Anliegen kommen und dem Gespräch eine ernste Note geben.

Dieser Eindruck verstärkt sich noch beim Gastgeber, als er hören muss, um was es denn wirklich geht. Da verfinstert sich sein Gesicht und in vollster Abwehrhaltung donnert er voller Entrüstung los: „Sie, also Sie, also Frau Kollegin, ich muss doch bitten, dass, was Sie mir da anhängen wollen, ist wirklich mehr als infam. Ich bin fassungslos und als Hausherr hier bitte ich Sie in aller Entschiedenheit: Verlassen Sie sofort mein Haus, auf der Stelle. So etwas muss ich mir nicht bieten lassen, auch nicht von einer übereifrigen voreiligen Kollegin. Sie sollten sich was schämen, mir so eine Unterstellung zu präsentieren, so einen Unsinn zu erzählen! Ich erteile Ihnen hiermit absolutes Hausverbot, andernfalls ...!"

Die Ehefrau des betagten Kommissars muss an der Tür des Arbeitszimmers gelauscht haben, denn sie stürmt in den Raum und kommt ihrem Mann mit keifender Stimme lauthals zu Hilfe.

Annette jedoch lässt sich von den beiden nicht so einfach abwimmeln und schon gar nicht vor die Tür setzen. Sie sagt ganz ruhig: „Okay, wenn Sie mir hier nicht Rede und Antwort stehen, dann muss ich Sie bitten, mir sofort aufs Polizeipräsidium zu folgen, und zwar Sie beide. Bitte nehmen Sie sich mindestens die Zahnbürste mit, es könnte länger dauern, ich informiere nur noch den Staatsanwalt, dass wir gleich kommen. Um was es geht, das weiß er schon."

Dem alten Kommissar bleibt nun die Spucke weg, und auch seine Frau sperrt den Mund so überrascht auf, dass diesem nur ein langes „Oh" entfährt. Der Alte macht noch einen halbherzigen Angriffsversuch und dröhnt: „Also, was faseln Sie denn hier für einen blanken Unsinn, Frau Kollegin. Sie sollten sich wirklich schämen!"

„Nein", sagt Annette, „das tue ich sicher nicht. Nach Stand der Dinge werden Sie es wahrscheinlich tun müssen, wenn Sie noch einen Funken Anstand besitzen. Und ich verspreche Ihnen, sollte ich falsch mit meiner Beschuldigung liegen, dann werde ich mich bei Ihnen entschuldigen. Aber wenn nicht, und danach sieht es aus, dann werde ich veranlassen, dass Sie beide zur Rechenschaft gezogen werden, und zwar nicht zu knapp und nicht ohne ein lautes öffentliches Echo!"

„Wieso mich auch?", faucht die Frau des Kommissars und blitzt Annette Sasse an, die sich wenig beeindruckt zeigt, denn Blicke können nicht töten, höchstens im Voodoo.

„Auch Mitwisserschaft ist bei einem solchen Vergehen als schwer kriminell zu beurteilen und die Vertuschung einer so gravierenden Straftat ebenso!" Hier könnte Annette zwar falsch liegen, aber es juckt ihr gewaltig in den Fingern, der

Dame bewusst zu machen, dass es nichts nützt, nur ihren Mann beschuldigt zu sehen und selbst aus dem Schneider zu sein. So ein feiges Verhalten geht gegen ihr Loyalitätsgefühl.

„Außerdem", setzt sie nach, „die gesamte Presse wird sich morgen schon die Hände reiben, wenn der ehemalige und mit Ehren entlassene honorige Oberhauptkommissar Köhler, der ehemalige Leiter der Bielefelder Mordkommission, beschuldigt, vorgeführt und am Ende eingebuchtet wird, mit Verlust seiner Verdienste und Belobigungen. Und dazu wird es sicher kommen!"

„Warum?" Köhlers Stimme wirkt jetzt deutlich belegter als zu Beginn der Auseinandersetzung und die nachfolgenden Worte von Annette treffen ihn hart.

„Unterschlagung von amtlichen Unterlagen, Vertuschung, Geheimnisverrat, Anstiftung zu einer Straftat und wer weiß, was noch wirklich dahintersteckt. Des Pudels Kern, den bekommen wir auch noch heraus, den werde ich finden, und zwar jetzt oder bald. Das verspreche ich den beiden feinen Herrschaften." Annette kann es sich nicht verkneifen, ihre größte Anschuldigung noch im Köcher zu lassen, sozusagen als Ass im Ärmel.

„Gut", der Kommissar setzt sich aufs Sofa, möglichst weit weg von seiner Gattin, die ihre Arme trotzig verschränkt hält und finstere beleidigte Miene zum, von ihr aus gesehen, bösen Spiel macht. Ganz bleich geworden, sagt der nun noch etwas mehr geschrumpfte Kommissar a. D. mit heiserer Stimme fast beschwörend: „Gut, oder besser schlecht. Was hätte ich denn tun sollen? Ich habe doch Familie, diese Brüder hatten mich doch in der Hand. Zunächst habe ich die Akte über diesen jungen Mann, diesen Ralf, verlegt, das heißt sicher versteckt, aber die Kerle ließen ja nicht locker. Wie drei wild gewordene Terrier. All die Jahre haben sie mich immer wieder bedrängt, ob ich was wüsste, ob ich neue Erkenntnisse hätte, ob es neue Spuren gäbe. Wenn ich denen nicht entgegengekommen wäre, die hätten mich verpfiffen. Ach, Sie oder Ihre Schnüffler bekommen es doch sowieso heraus!"

„Was meinen Sie? Was haben Sie denn noch so Schlimmes, Verborgenes, Vertuschtes unter dem Teppich oder im Keller? Sie können es mir auch jetzt sofort sagen. Sie wissen ja, ein ganzes, ein volles Geständnis kann helfen, sich sofort viel besser zu fühlen: Brand macht 'ne reine Hand!"

Jetzt springt Frau Köhler auf, um ihrem Mann das Wort zu verbieten, und ruft: „Aber Dieter, nicht das noch, nicht das! Damit läufst du der doch direkt ins Messer, ach, du bist so ein dummer Kerl, kannst du nicht schweigen! Diese Kommissarin hat überhaupt kein Recht, dich hier so auszuquetschen, ohne unseren Anwalt musst du kein einziges Wort mehr sagen!"

Bei ihrem Mann aber lässt sich der Impuls, sich jetzt alles von der Seele zu reden, nicht mehr ersticken, und er sagt zunächst an seine Frau und dann an Annette gewandt: „Sei doch jetzt einmal still, Marion, ich bitte dich, tu mir den Gefallen und red mir nicht dazwischen, du hast nichts damit zu tun. Und nun Frau Sasse, ich habe damals nach 1947 bei meiner Bewerbung zum Polizeidienst meine Vergangenheit verschwiegen, meinen Werdegang verschleiert. Ich war doch noch so jung, ich habe es doch nur getan, um mich zu verändern, auf der richtigen Seite zu stehen. Also ich war im Dritten Reich vor und im Krieg bei der Waffen-SS, genau genommen bei der Totenkopf-SS. Ja, ich war dabei, viele waren dabei, aber ich war Aufseher im Lager Lublin, in Ostpolen, ich war in dem KZ tätig."

Seine Frau hält stöhnend die Hand vor den Mund und murmelt etwas, was sich anhört wie: „Du Idiot, du dummer, dummer Kerl!"

„Und, was haben Sie dort getan?" Annette spürt plötzlich die Wucht der Erinnerung, die schon immer auf ihr, wenn sie der Kriegsgeneration zuhört, lastet wie eine Sargplatte. Peripher streift sie der Gedanke, dass auch sie einmal ihre Karriere in Gefahr gesehen hatte, beim sogenannten „Radikalenerlass", wo die DKP-Mitgliedschaft untersucht worden war. Und dass sie sich nicht sicher war, ob sie damals bei den Befragungen zur

Verbeamtung auch ihr sämtliches linkes Engagement offenbart und zugegeben hatte.

Indes hat ihr alter Kollege die Denkpause genutzt, sich wieder in der Hand, seine Verteidigungsposition aufgebaut und sagt entrüstet mit einem kläglichen Unterton: „Ich habe doch nur meine Aufgabe erfüllt, ich habe nur Anweisungen befolgt und ich war in keiner leitenden Position!“ Als er aber sieht, wie strafend Annette ihn ansieht, fügt er hinzu: „Ich hatte meine Befehle, ich meine, ich habe alles, alles, ich habe alles getan, auch getötet.“

„Sie meinen gemordet!“

Der Kommissar legt die Hände vors Gesicht, seine Frau stöhnt und sagt, das sei doch alles schon vergangen, verjährt, vergeben und vergessen.

„Nein“, schreit jetzt der Alte, „nein und nochmals nein, die Geschichte geht doch weiter, fast bis heute, liebe Frau Kollegin, Sie erfahren es ja doch: Die drei Brüder des Opfers waren damals in der Antifa-Ost aktiv, die haben in den Achtzigerjahren die Zugehörigkeiten zur SS und anderen kriminellen Organisationen recherchiert, regelrecht erforscht, von Richtern, Staatsbeamten, Lehrern und so weiter. Auch von mir, und dann haben sie mich erpresst, ich sollte ihnen alles sagen, verraten, was in der Sache ihres Bruders Jonas ans Tageslicht gekommen war und kommen wird. Da war dann diese Ewa Sonnenberger, die Sie besucht haben, und dann haben Sie mich mit Ihrem Kollegen besucht und über alte Kanäle, ja, ich habe auch meine Maulwürfe, habe ich erfahren, dass Kollege Johanningmeier nach Chile unterwegs ist. Was sollte ich tun? Habe ich nicht auch ein Recht auf einen ungestörten Lebensabend wie alle anderen? Ich habe nur die paar Informationen aus dem Amt weitergegeben, an diese drei Brüder, dass zum Beispiel Ihr werter Kollege Johanningmeier auf dem Weg nach Chiloé ist und so weiter!“

Der alte Kommissar greift nun zu seiner Pfeife, in Annette zerbirst das Bild von dem gemütlich recherchierenden Jean

Gabin, sie spürt eine große Wut und weiß nicht mal genau auf wen oder was. Sie verabschiedet sich in plötzlicher Eile, ehe sie sich nicht mehr beherrschen kann, aber mit der dringenden Bitte bis auf Weiteres nicht zu verreisen und sie nie mehr „meine liebe Kollegin" zu nennen.

Als sie das schmucke biedere Reihenmittelhaus verlässt, drängen sich Bilder von Auschwitz, der „Residenz des Todes", auf und Bilder von den NS-Prozessen in Nürnberg und Israel, Josef Eichmann und dann der Satz von Hannah Arendt von der „Banalität des Bösen". Und sie sagt laut, ohne zu wissen, an wen diese Worte gerichtet sind: „Ja, so war es und so wird es hoffentlich nie wieder sein, nicht für mich und auch nicht für meine Kinder, nie wieder, und auch deshalb bin ich zur Polizei gegangen!"

Dreiunddreißig

Eine stolz getragene Niederlage ist auch ein Sieg.
Marie von Ebner-Eschenbach

Etwa zur gleichen Zeit, aber auf der Südhalbkugel der Welt trifft Johanningmeier nach langer Fahrt mit seinem Leihwagen, einem kleinen grünen Fiat, in der südchilenischen Stadt Temuco ein. Dort regnet es genau so, wie Pablo Neruda in seinen Lebenserinnerungen über seine Geburtsstadt geschrieben hat: Es regnet von oben nach unten und von unten nach oben und dazu noch von allen Seiten gleichzeitig.

Der Kommissar gibt dementsprechend schon nach sehr kurzer Zeit auf, sich mit seinem Schirm halbwegs trocken zu halten, und hofft nur, dass er bald die schützende Unterkunft der drei deutschen Rächer erreichen kann, ein Hotel mit dem sehr feuchten Namen Hotel Restaurante Pacific.

Beinahe positiv gestimmt übernimmt er die Aufgabe,

menschlich schwieriges Terrain zu erkunden. Auf der einen Seite hat er für die Rächer Mitgefühl, denn Rache ist Blutwurst, aber andererseits ist ihm dieses Gefühl auch zuwider, dieser Ruf, „Hängt ihn auf!“, ist für ihn archaisches und dumpfbackiges Gedröhne, vielleicht populär, aber dennoch dumm. Er ist sich mehr als unsicher, ob es überhaupt zu einem vernünftigen Gespräch kommen wird, als er triefend von Regenwasser die Hotelhalle betritt, wo ihn ein verschlafen wirkender Portier ohne jeden Enthusiasmus kurz und knapp begrüßt. Sollte das seiner schlechten Bezahlung oder dem Wetter geschuldet sein, so ändert sich die Stimmung auch dann nicht, als sich der Kommissar vorstellt und um ein freies Zimmer bittet.

„Wir sind voll“, könnte Ausdruck der lustlosen Stimmung sein, ändert sich jedoch leicht, als eine weitere Hotelangestellte die Szene betritt und verkündet: „Nee, Carlos, die drei ist frei!“

Johanningmeier nutzt die Gelegenheit, füllt den Anmeldezettel aus, schnappt sich den Zimmerschlüssel und sitzt nach einem notwendigen Kleiderwechsel in trockenen Klamotten eine Dreiviertelstunde später mit einem ersten Pisco Sour an der Hotelbar, den ihm Maria, seine Rettung vor dem Mufflon, bereitwillig und über den Strich eingegossen hat.

„Möchten Sie etwas essen?“, fragt ihn die aufmerksame Bedienung und Johanningmeier dankt der Nachfrage. Nickt, aber geht erst nach Genuss eines dritten Piscos in das kleine Restaurant, das eine überschaubare Speisekarte anbietet. Gegrilltes Hähnchen in Chilisauce mit einem fremdartigen Gemüse und stark gewürzten Süßkartoffeln ist seine verwegene Speisewahl, was die Verdauung unbedingt herausfordert. Die Krönung bildet ein chilenischer Merlot aus einem großen Weinanbaugebiet südlich von Santiago de Chile, ein absolutes Muss zu diesem Essen.

„Nein, perdon, die Alemanes, übrigens drei sehr nette und gutaussehende Brüder, sind wohl noch in der Stadt unterwegs. Und das bei diesem windigen Regenwetter, Chapeau!“

Johanningmeier würde Maria in diesem Zusammenhang am liebsten etwas Interessantes über das ostwestfälische Sauwetter erzählen, aber er vernimmt im Foyer deutliche Sprachfetzen, die sehr heimatnah in seinen Ohren klingen. Er holt tief Luft, nimmt seinen ganzen Mut zusammen und begibt sich nach vorne ins Foyer, wo er noch vernimmt: „Es gibt nur schlechte Kleidung, kein schlechtes Wetter, Bruderherz oder?“, bevor die Herren aus der Ferne die Treppe hoch zum ersten Stock gehen.

Nun erst verspürt Johanningmeier die Müdigkeit, die er wohl der Kombination Anfahrt, Regen, Pisco, Essen und Wein verdankt, und sehnt sich nach einer seligen Nachtruhe auf eine gute Matratze gebettet.

Wie immer, wenn er sich kurz vor knapp vor der Lösung eines Falls befindet, lässt ihn eine innere Unruhe nur bis zum ersten Morgenlicht schlafen. Er steht auf, geht duschen und dann in den Speisesaal des Hotels, der, seine Erwartung erfüllend, eine gähnende Leere aufweist.

Erst am Markt von Temuco findet er seinen ersten richtigen Kaffee in einem Straßenlokal, einem Treffpunkt von Rentnern und Marktleuten, Putzfrauen und Straßenmädchen mit verwischter Schminke.

Ich bin gespannt, ob es heute klappt, denkt er noch, als er aus dem Augenwinkel sieht, wie ein Mietwagen mit den drei Brüdern in Richtung Süden fährt. Oh, so ein Mist, denkt er und sprintet zurück zum Hotel, lässt sich seine Rechnung quittieren und setzt sich ins Auto, um die zornigen Brüder noch zu erreichen. Nicht auszudenken, was die wohl anstellen, wenn er sie nicht frühzeitig genug abpasst. Ein Mann sieht Rot, das ist vielleicht noch vorstellbar, aber drei Männer sehen Rot, das löst pure Angst bei ihm aus. So muss er einschreiten, schon in seiner Rolle als deutscher Polizist, denn diese Männer sind Landsleute und ihr mögliches Opfer auch.

Vierunddreißig

Der Mensch ist frei geschaffen, ist frei,
und würd er in Ketten geboren.
Friedrich Schiller

Als Johanningmeier eine gute Stunde mit erhöhter Geschwindigkeit auf der Panamericana flott unterwegs ist, ohne einer Verkehrskontrolle aufgefallen zu sein, entdeckt er endlich den Wagen mit den drei Brüdern vor sich. Und im selben Moment macht es laut „Peng!“, sein Wagen beginnt hin- und herzuschleudern, und er kann nur mit größter Konzentration und angestrengtem Festhalten des Lenkrades verhindern, dass der Wagen ausbricht. Auf dem linken Seitenstreifen kommt er zum Stehen.

Mit schlotternden Beinen steigt er aus und stellt fest, dass der linke Vorderreifen den Geist aufgegeben hat. Gerade als er den Kofferraum öffnet, um den Reservereifen herauszuwuchten, wird er von einer Menschentraube heimischer Straßenhändler umringt, die die Chance beim Schopfe ergreifen, dass ein Wagen direkt dort anhalten muss, wo sie wahrscheinlich schon einige Stunden genau auf ein solches Ereignis gewartet haben. Die bunte Gruppe Einheimischer wittert ihre Verkaufschance und bietet ihm frisch aufgeschnittene Melonen, Mineralwasser, geröstete Maiskolben, Nüsse und handgefertigte Souvenirs, Hüte und sogar Ponchos an.

Ihrem zufälligen Opfer gelingt es erst, sie ein wenig zu beruhigen, indem er einige Schnitze Wassermelonen kauft, in der Tat eine erfrischende Köstlichkeit bei seiner Arbeit draußen, die er sich sofort munden lässt. Jetzt ohne jede Eile, denn der Wagen, den er die ganze Zeit gut hatte verfolgen können, ist mittlerweile über alle Berge.

Ein Unglück kommt selten allein, denn auch mit dem Reservereifen ist der Wagen nur bedingt fahrtauglich. Dem fehlt nämlich die nötige Luft, um das Auto ohne größere Probleme über eine längere Wegstrecke sicher und vor allem schnell zu transportieren. Da hilft dem Kommissar auch kein weiteres Fluchen über die Nachlässigkeit der Autovermietung, denn er weiß genau, er selbst hätte das Reserverad vor der Fahrt überprüfen müssen, ist er doch von der Polizei und für Sicherheit verantwortlich.

An der nächsten Tankstelle, eine langsam gefahrene gute Fahrstunde später, muss Johanningmeier eine größere Pause machen, um Luft zu tanken und auch um Luft zu holen, um zu verschnaufen und in aller Ruhe die veränderte Sachlage zu durchdenken. Er hat leider weder von der Polizei in Castro noch von sonst jemandem eine Telefonnummer, um irgendwelche präventiven Maßnahmen anzuregen. Was sollte er Señor Steiniger auch sagen: „Vorsicht, Señor Steiniger, ich muss Sie warnen. Es sind momentan drei unerbittliche Racheengel aus dem Norden, aus der kalten Heimat zu Ihnen unterwegs, suchen Sie sich Schutz, hauen Sie lieber ab, verstecken Sie sich und warten Sie, bis ich endlich bei Ihnen bin. Ich bin schon auf der Autobahn und spätestens in drei Stunden bei Ihnen, mit den Kerlen ist nicht zu spaßen!"

Nein, sagt er sich, das macht überhaupt keinen Sinn, zumal ich gar nicht weiß, wo sich der Bedrohte aufhält. Aber irgendeine Form der Gefahrenwarnung sollte es von seiner Seite schon geben, und seien es Indianertrommeln. Die würden auf die Gefahr schon früh genug hinweisen. Ach, ich habe wohl zu viele Indianerfilme aus dem mittleren Westen gesehen. Bei diesem abwegigen Gedanken muss er laut auflachen und kann sich so etwas beruhigen.

Am frühen Abend ist er endlich wieder auf den Marktplatz von Castro zurückgekehrt, aber er kann nirgendwo eine Spur des Leihwagens der Herren aus Alemania entdecken. So ein kleines Glück im großen Unglück, sozusagen als gerechten Ausgleich, hält das Schicksal selten parat. Oder sollte er sich irren? Denn vor der Kirche auf einer Bank sitzt die ihm bekannte Mapuche-Frau. Ist das ein Glück?!

Er setzt sich zu ihr und schaut sie so lange fragend an, bis sie ihn anspricht, mit besorgtem Unterton in der Stimme: „Kennen Sie die Männer aus Temuco, die Don Rafael suchen?“ So weit die überzeugende Antwort auf seine Frage nach der Verlässlichkeit der Buschtrommeln.

„Ja, ja, ich kenne sie, wo ist Señor Steiniger?“ Johanningmeier ist um Klarheit bemüht, was ihm nur schwer gelingt. Er muss sich schon sehr anstrengen, um die nächste fast flüsternd gehauchte Frage zu verstehen.

„Sind die gefährlich?“ Und Johanningmeier ahnt, dass die Frau zu Señor Steiniger eine besondere Beziehung haben muss.

„Meine Tochter Maria liegt im Sterben“, hört er die Frau sagen und sieht, dass große Tränen über ihre rundlichen Wangen laufen, scheinbar ohne Ende, wie eine andauernde Welle, als Beweis großer Trauer. Gerührt nimmt er ihre Hand und streichelt sie tröstend, bis die Frau aufsteht und sich zum Gehen anschickt, wobei sie den Kommissar mit einer Geste auffordert, ihr zu folgen.

Vor dem kleinen Haus, in dem Señor Steiniger wohnt, stehen die drei Brüder aus seiner Heimat und scheinen sich zu beratschlagen. Die Frau geht schnell an ihnen vorbei ins Haus, ohne sie eines Blickes zu würdigen. Als Johanningmeier zu den Männern tritt, muss er sich beherrschen, sie nicht anzufauchen, verbunden mit der Frage, ob sie sich nicht schämen, vor einem Sterbehaus so bedrohlich herumzulungern. Die drei Brüder sind nur einen Moment lang verdutzt über sein Erscheinen, wenden sich dann wieder den Vorgängen im Haus zu, wohl um das Objekt ihrer Rachebegierde zu beobachten. Johanningmeier schämt sich für seine dreisten Landsleute, kann aber seinerseits auch keine hilfreiche Entscheidung fällen.

„Das Haus ist voller Indios, ich habe den Kerl noch nicht entdeckt und bin mir auch nicht sicher, ob er drin ist“, sagt Karl so laut auf Deutsch, wie es nur Menschen machen, denen es völlig egal zu sein scheint, wen sie mit ihrem rüden Ton treffen und möglicherweise durch die ungezügelte Lautstärke verletzen. Und Hans antwortet ebenso lautstark wie sein Bruder: „Dort wird gerade wohl gestorben, hört ihr?“ Der dritte Bruder Peter schweigt, denn aus dem Haus erklingt jetzt eine schwere, getragene Melodie.

Johanningmeier erinnert die Musik an eine Art Totenmesse, wie er sie von Gesängen aus der katholischen Kirche kennt. Jedoch ist die Musik, die ihn erreicht, verfremdet durch einige in der kirchlichen Liturgie und Messe nicht verwendete Musikinstrumente wie Trommeln, Flöten und einfache schamanische Naturtrompeten. Immer ertönt auch eine Art Quer- oder Panflöte, wie sie der Kommissar aus der Andenmusik kennt, aus Peru, gespielt von indianischen Straßenmusikern in der Bielefelder Innenstadt. Wenn er genau zuhört, vermeint er sogar eine leicht krächzende Geige zu vernehmen.

Johanningmeier wendet sich ab, irgendwie schämt er sich, Zeuge eines ihm fremden Rituals zu sein. Das hier sind wahrscheinlich ganz alte kollektive Vorgänge, die uns fremd sind, denkt er.

Er verlässt den Ort und geht die kurze Strecke zur Polizeistation in der Hoffnung, dort Luis Lienlaf anzutreffen. Er ist froh, dass er die Polizeistation besetzt vorfindet. Die beiden Männer begrüßen sich herzlich und Johanningmeier berichtet von den drei Brüdern und deren möglichem Rachefeldzug.

Der Polizist schaut seinen Kollegen ernst an und sagt: „Uns Mapuche, was übersetzt heißt, Menschen der Erde, uns ist das Denken in Machtbegriffen, wie hier in Chile verbreitet, nicht so geläufig. Wir verehren keine übergeordnete Gottheit, wir brauchen keine Herrschaft von Menschen über Menschen, und, ganz genau genommen, bräuchten wir auch keine Strafgesetzgebung und eigentlich auch keine Polizei und Gefängnisse. Dass wir das alles haben, ist Teil unserer Unterdrückungsgeschichte.“

Der Carabinero bekommt ein rotes Gesicht, weil er sich so ereifert. „Wir akzeptieren auch nicht die Allmacht der katholischen Moral. Wir waren und wir sind noch immer autonom und werden es auch bleiben, trotz der Einflüsse des chilenischen Staats und der sogenannten kapitalistischen Errungenschaften. Unser Zusammenleben basiert auf Gemeinschaftseigentum, unsere sozialen Bindungen haben als Grundlage die Verwandtschaft oder auch Verbindungen aufgrund von Vereinbarungen. Wir haben kein Privateigentum und benötigen so, streng genommen, keine Herrschaftsstrukturen. Der Konsum zerstört unsere Gemeinschaften, gefährdet unsere Sitten und Gebräuche und nicht zuletzt auch unsere Seelen. Aber es gibt auch Widerstand gegen diese Dinge. Was wir natürlich überhaupt nicht billigen können, ist, dass hier drei Männer aus Alemania auftauchen und einen unserer Brüder bedrohen, einen guten Menschen, einen wahren Humanisten. Wissen Sie, wir kennen uns auch mit den bösen Deutschen aus, diese Colonia Dignidad hat hier viele auf dem Gewissen, die hatte ihre eigenen Gesetze. Sie wollen nicht wissen, was die alles auf dem Kerbholz haben. Das ist mehr als nur furchtbar. Allende hat versucht uns unsere Rechte zurückzugeben, aber der Mörder-Präsident Pinochet hat sie uns wieder genommen."

Johanningmeier spürt, dass sein Kollege ihm seine Rechtsauffassung nahebringen will. Er sollte vielleicht begreifen, warum auch er sich in seinem eigenen Land in einem inneren Zwiespalt befindet. Einerseits gibt es die verbindliche chilenische Rechtssprechung und andererseits die ganz andere Vorstellung von Gut und Böse der indigenen Bevölkerung. Johanningmeier nickt. Selten hat er sich so verunsichert und überflüssig gefühlt und voller Fragen und Selbstzweifel. Was eigentlich hat er hier zu suchen? Er fühlt sich plötzlich mit seinem europäischen Rechtsverständnis fehl am Platz: „Hier kann ich doch nicht so einfach als Exekutive auftreten, ich nicht, und auch nicht die Brüder von Jonas. Wir sind hier auf indianischem Boden, wir sind nur Gäste und müssen uns auch so verhalten, nicht wie Rächer oder Richter."

Er bittet Luis Lienlaf um Verständnis gegenüber seinem offiziellen Auftrag aus Deutschland und verspricht alles zu tun, damit dabei die hier bestehenden Regeln nicht infrage gestellt werden. Er verlässt das Büro der chilenischen Policia Civil gegen Abend und wendet sich, ehe diese schließt, zur Poststation, um, wie er hofft, neue Informationen aus der Heimat zu erhalten. Und siehe da, dem ist so: Postlagernd erwartet ihn ein Schreiben der Bielefelder Polizei.

Fünfunddreißig

Es ist nicht die Gewohnheit der Wahrheit, ohne Verhüllung zu kommen und sich von jedem erkennen zu lassen.
Erhard Kästner

Später wird Johanningmeier seiner Annette erzählen, dass ihm die Hände vor Aufregung gezittert hatten, als er das Schreiben erhielt. Als er aber sah, dass sich im Umschlag der Behörde ein Schreiben von Ewa Sonnenberger befand, war er zunächst in die Kathedrale gelaufen, wie ein kleiner Junge, der um Gottes Segen bittet, und war dort so lange gesessen, wie er es ertragen konnte. Dann aber begann sich der Brief in seiner Tasche heiß anzufühlen und er ging nach draußen, setzte sich auf die schon vertraute Bank und begann leise zu lesen.

Sehr geehrter Herr Kommissar!
Entgegen meiner ersten Reaktion bin ich heute doch sehr froh, dass Sie mir durch Ihren Besuch und den Ihrer Kollegin die späte Chance gegeben haben, sowohl meine große Mitschuld eingestehen zu können als auch Ralles Schuld zu relativieren und ihm eventuell sogar helfen zu können, was mir sehr am Herzen liegt.
All die Jahre wollte ich Ralle immer wieder mitteilen, wie ich die ganze Sache sehe, wie ich diesen Tag erlebt habe, wie leid es mir tut, dass Jonas unser Opfer wurde. Dieser unschuldige

Junge. Dass wir ihn nicht geschützt haben, daran trage allein ich die Schuld. Ich war zu feige und habe gebüßt bis heute. So viele Tränen, so viel Leiden, das ich zu verantworten habe. Ich wollte unsere Schuld gemeinsam tragen, dumm wie ich war. Das schien mir immer die beste Strafe für mich. Was für ein böser Irrtum, welche Anmaßung, ich habe mich zur Richterin gemacht und dabei mit Ralles Schicksal gespielt!

Am Morgen des Todestages war ich mit Jonas allein in meinem Elternhaus, Jonas ist an diesem Morgen bei mir vorbeigekommen. Ich glaube nicht, dass er mich besuchen wollte. Vielleicht wollte er sich nur unserer Verabredung vergewissern. Ich habe ihm meinen Schlüssel heruntergeworfen. Ich wollte, dass er zu mir kommt, zum Frühstück. Ich glaube, er hatte etwas anderes vor, wahrscheinlich wollte er sich Bücher aus der Bibliothek holen. Er las nämlich wie besessen. Aber das ist nur die halbe Wahrheit, die ganze Wahrheit ist:

Wahrscheinlich wollte ich ihn verführen. Ich wollte wissen, wen ich will. Jonas hat sich an diesem Morgen mir gegenüber von Anfang an seltsam verhalten. Vielleicht hat er gespürt, um was es ging. Es war so eine erotische Stimmung zwischen uns, eine, die wir so noch nicht hatten.

Jonas war sehr zittrig und schaute mir immer wieder auf die Brüste. Die, das muss ich zugeben, unter meinem Morgenmantel nur unzureichend bedeckt waren. Vielleicht, nein, bestimmt war das auch ein wenig beabsichtigt. Als ich ihm in die Augen sah, länger als üblich, bemerkte ich, dass sein Kopf ganz rot war.

Die gesamte Situation war für uns beide sehr aufregend. Da ist es einfach so aus mir herausgeplatzt. Ich musste lauthals loslachen.

Er hat sich sicher ausgelacht gefühlt und vielleicht mit Recht. Dann hat er sich ganz schnell verabschiedet. Er ist geradewegs geflohen und ich dachte schon, den sehe ich nicht wieder. Ich muss sagen, das war für mich irgendwie bedrängend, mein Lachen hing wohl auch damit zusammen, dass ich ihn irgend-

wie nicht ernst nehmen konnte, aber erregt hat es mich doch. Wie peinlich, wie ich mich geschämt habe und auch wieder nicht. Ich mochte ihn doch, aber doch nicht so, oder? Auf jeden Fall sollte er mir in diesem Augenblick mit seiner Erregung vom Leibe bleiben. Ach ist das Leben in diesem Alter schwierig! Ich hoffe sehr, dass Sie das verstehen, dass Sie das kennen, dass Sie das nicht verurteilen, bitte!
Als wir drei uns dann trafen, war Jonas irgendwie abweisend, Ralle aber auch. Weil ich die Spannung schlecht aushalten konnte, habe ich dann einen großen Fehler begangen. Ich habe nämlich Ralle gegen ihn aufgehetzt, das hätte ich nicht tun dürfen, niemals im Leben. Damit habe ich unser aller Leben zerstört.
Bevor ich Ralle, weil er mich sehr lustlos eingecremt hatte, weggeschickt habe, habe ich ihm böserweise noch zugeflüstert: „Bitte, halt mir diesen Jungen vom Leibe, ich kann ihn nicht ertragen, heute morgen, da war er irgendwie so … lüstern!“ Ich weiß nicht, warum ich ihm das damals hastig ins Ohr geflüstert habe. Wenn ich nur geahnt hätte, was danach geschah. Das muss Ralle in dieser Situation sofort in den falschen Hals gekriegt haben. Er sollte Jonas doch nur etwas erschrecken, aber doch keinesfalls ertränken wie eine Katze. Aber dass Jonas ein so schwaches Herz hatte, wie später erzählt wurde … ich wusste das nicht, er hatte doch immer am Sportunterricht teilgenommen. Und dass er manchmal zur Kur an der See war, das war doch wegen seines Asthmas. So waren alle ahnungslos, wie es um ihn stand, ich und auch Ralle, den ich aufgestachelt habe. Verurteilen Sie uns, das ist Ihr gutes Recht und sogar Ihre Pflicht.
Ich erwarte für mich keine Milde, denn bei Licht betrachtet bin ich eine Verräterin. Ralle wird mir vielleicht verzeihen, dass ich mich seiner bedient habe wie bei einem Auftragsmörder, ich schäme mich immer noch!
Ewa Sonnenberger

Puh, Johanningmeier atmet tief durch. Die ganze Situation von damals erscheint jetzt in einem etwas anderen Licht. Trotzdem erscheint es ihm zu früh, jetzt alle Hebel sofort umzulegen, denn die Gesamtlage für den verfolgten Señor Steiniger hat sich durch dies späte „Geständnis" von Ewa doch ein Stück verändert.

Von einer ganz neuen Sachlage zu sprechen war vielleicht verfrüht.

Sechsunddreißig

Wo aber Gefahr ist, da wächst das Rettende auch.
Friedrich Hölderlin

Er lässt den Brief sinken, steht auf und geht erleichtert und innerlich beruhigt vom Kirchplatz aus in Richtung seiner Pension, als plötzlich in der ganzen Stadt ohne Vorwarnung die komplette Beleuchtung ausfällt. Er kennt dieses Phänomen schon aus der kurzen Zeit seines Aufenthaltes in Chile und versucht sich trotz der plötzlichen Finsternis zu orientieren.

Völlig unerwartet wird er von mindestens drei Männern gleichzeitig gepackt, zu einem Auto geschleift, das am Straßenrand mit laufendem Motor wartet, und dann mittels Betäubung in den Schlaf befördert. Ehe er sich wehren kann, spürt er, wie ihm ein Tuch vors Gesicht gedrückt wird. Das Letzte, was er wahrnimmt, ist der atemberaubend scharfe Geruch von Äther, und er denkt noch: „Dies Zeugs hier ist doch bei uns verboten!"

Das Erste, was er hört, als er wieder aufwacht, ist das Wiehern von Pferden. Seine Augen sind verbunden, seine Hände und Füße gefesselt. Das heilige Tier der Mapuche, denkt er, von den tierischen Lauten auf seltsame Weise beruhigt, und schläft wieder ein.

„Wo ich wohl bin?“, fragt er sich, als er wieder zu sich kommt. Er fühlt, dass er nicht allein im stockdunklen Raum ist, denn der ist gefüllt mit Geräuschen von mindestens zwei weiteren Personen, und sofort kombiniert er, die Brüder von Jonas sind auch dabei. Mit seinen gefesselten Händen sucht er nach dem Brief von Ewa.

Das Knistern des Briefs in seiner Hosentasche beruhigt ihn. Johanningmeier richtet sich mühsam auf. Eine Person hustet und eine Stimme fragt in die Runde: „Ist alles okay bei euch, gebt mal Laut, hallo Karl, hallo Peter?“ Hans atmet offensichtlich erleichtert aus, was seine Unterlage knarrend begrüßt. „Hat man euch auch gefesselt?“

„Ja, aber nicht zu fest, ich kann mich schnell losmachen. Wenn es sein muss, bin ich in ein paar Momentchen frei, ich bin gleich so weit, oh, mir ist aber verdammt schwindlig. Was für ein Teufelszeug haben diese Kerle uns unter die Nase gehalten? Ich habe den Verdacht, wir sollten nur für kurze Zeit kaltgestellt werden. Oder wie ist das wohl zu verstehen, dass sie uns verschleppen und dann nicht richtig fesseln? Ob die uns überhaupt ernst nehmen? Dieser deutsche Bulle sieht mir nicht so aus, als ob er einen Plan hätte. Wir kommen nicht drumherum, die Sache selbst in die Hand zu nehmen. Ich schlage vor, wir hauen ab und bringen die Sache auf unsere Art zu Ende.“

Johanningmeier tippt auf den ältesten der Brüder, obwohl die drei Stimmen, für Fremde wie für den Kommissar, schwer zu unterscheiden sind. Er überlegt einen Augenblick, ob er sich zu erkennen geben soll, und sagt dann ins Dunkel hinein: „Ich bin auch hier, der Kommissar aus Bielefeld!“

„Schitte“, das ist wohl die Stimme von Hans, die völlig überrascht klingt, „was wollen Sie denn hier?“

„Sie vor einer Riesendummheit bewahren! Ihre Rachepläne sind völlig fehl am Platz. Sie müssen erst einmal verstehen, ehe Sie draufballern. Es gibt genügend Hinweise dafür, dass Herr Steiniger zumindest nicht allein für den Tod Ihres Bruders verantwortlich ist. Und dass wir uns hier gemeinsam in einer misslichen Lage befinden. Denn wir alle sind Gefangene der Mapuche-Indianer, die ihren Don Steiniger schützen werden. Was auch immer Sie vorhaben, hier im Reservat herrschen eine völlig andere Rechtsauffassung und Realität als bei uns. Also machen Sie jetzt keinen Alleingang!"

„Auf welcher Seite stehen Sie denn?" Der ältere der Brüder, offensichtlich Karl, hat sich inzwischen befreit, denn er steht so nah bei Johanningmeier, dass der dessen Atem spüren kann.

„Auf der Seite des Rechts, auf der Seite der Justiz und auf der dieses Land hier, und auch das lässt keine Selbstjustiz zu", sagt Johanningmeier und erntet dafür ein höhnisches Lachen, zumindest von Karl.

„Auf das, was Recht ist, darauf kann man unter Umständen lange warten, und wir haben es viele Jahre lang getan, Herr Kommissar. Das bekommt man übrigens nicht geschenkt, manchmal muss man sogar dafür Unrecht in Kauf nehmen. Nun denken Sie doch nur einmal an Heinrich von Kleists Michael Kohlhaas! Wir werden uns unser Recht holen müssen!"

Johanningmeier hat das Gefühl, dass er so nicht weiterkommt, die Brüder sind so voller Rachdurst, dass sie sich nicht einfach von ihrem Plan lösen können.

Hans ruft: „He, Jungs, stimmt genau, wir sind nur locker festgebunden, du sagst es, ich bin auch gleich frei. Aber wie kommen wir hier raus? Moment, hier scheint es eine Tür zu geben, komm Karl, hilf mir, die scheint mir nur leicht verschlossen, die werden wir gemeinsam schon aufkriegen."

Johanningmeier hört es knirschen und knarren und plötzlich ist der ganze Raum von einem schwachen Dämmerlicht erfüllt.

„Was siehst du?", fragt Peter, der sich bisher noch nicht gemeldet hat, vielleicht entspricht das der familiären Hackordnung. „Wenig, wir sind auf dem Land, dahinten stehen ein paar Pferde, ganz dahinten sehe ich Berge. Komm, ich mache dich auch los. Den Kommissar brauchen wir jetzt nicht, den lassen wir schmoren, oder?"

„Quatsch! Der klingt doch ganz vernünftig. Aber ob er uns nützt? Was sagst du, Karl?"

„Nix wie weg hier, los Kameraden, unser Werk ist noch nicht getan! Wir können doch nicht so einfach unseren Plan sausen lassen, dafür sind wir nicht hierhergekommen."

Johanningmeier kann im fahlen Licht erkennen, dass die drei Männer nacheinander den Schuppen verlassen. Er kann und will sich nicht damit abfinden, so ausgebootet zu werden, und sagt sich: „Euch krieg ich noch."

Er fragt sich, was für ein Spiel hier wohl gespielt wird. Erst werden sie alle betäubt, dann entführt, und dann aber so stümperhaft gefesselt, dass man davon ausgehen muss, dass die ganze Aktion nicht so ernst gemeint war. Vielleicht wollte man nur Zeit gewinnen? Die Zeremonie sollte nicht gestört werden, so lautet seine Erklärung. Er macht sich auf einen langen Weg nach Castro gefasst, es sei denn ... die Pferde! Ja, da liegt die Lösung. Er wird reiten, statt Schusters Rappen zu nehmen. Das Pferd wird ihn schon dorthin führen, wo sein Herrchen oder Frauchen wohnt und woher es seinen Hafer bezieht.

Was das Reiten selbst angeht, das kann ja heiter werden. Es ist lange Zeit her, dass er geritten ist, zuletzt als Kind auf dem Bauernhof seiner Großeltern. Schon wieder denkt er an die Oma. Diese Reise, so vergeblich sie vielleicht ausgehen wird, bezogen auf den polizeilichen Auftrag, ist für ihn eine große Bereicherung, führt sie ihn doch nicht nur in eine bizarre Natur und eine ganz andere Welt, sondern mehr und mehr auch zu sich selbst. Laut ruft er: „Hü, hü!", und das Pferd trabt schnell mit ihm seiner Wege.

Johanningmeier fühlt, obwohl so weit weg von zu Hause, die Verbundenheit mit seiner eigenen Geschichte. Seine Phantasie füllt sich immer wieder mit alten Bildern, vielleicht ein Gegengewicht zu all den neuen Eindrücken, die stark und fast gewalttätig näher kommen: Felsklüfte, Wasserfälle, Abgründe, wilde Wasser, Ströme von peitschenden Wellen, eiskalt und krachend, schier undurchdringliche Pflanzenvorhänge im überwucherten Urwald, gewaltige, archaische Baumriesen, durch Erdbeben zerrissene, geschundene Landschaften, alles getaucht in grünes, dämmriges Zwielicht des anbrechenden Tages.

Siebenunddreißig

Das Recht des Stärkeren ist das stärkste Unrecht.
Marie von Ebner-Eschenbach

Raffael Steiniger macht, unterwegs zum Flughafen von Santiago de Chile, einen Zwischenstopp für eine Nacht auf seinem Fundo, seinem Großgrundbesitz. Der liegt mitten in den Bergen, nicht weit entfernt von Valdivia. Er muss sich die Zeit nehmen, noch einige Dinge zu regeln, ehe er nach Europa fliegen wird, weiß er doch nicht, ob und wann er wieder zurück sein wird. Schon seit Langem hat er notariell bestimmt, wie sein Nachlass geregelt sein soll, falls diese Situation, der er sich aktuell stellen muss und will, eintreten wird.

Es ist Samstag und er kann bis zum späten Nachmittag noch mit dem Vorarbeiter Juan sprechen, ehe dieser in die nahe Provinzstadt an die pazifische Küste fahren wird. Wegen der Feierlichkeiten für seine verstorbene Frau Maria hatte Steiniger zudem noch viele seiner Pflichten und Aufgaben vernachlässigen müssen. Dazu gehören auch die, die an seinem zweiten Wohnsitz auf dem Fundo anfallen. Es sind vor allem Entscheidungen, die letztlich nur von ihm getroffen werden können. Ein paar Pferde sind krank, der Tierarzt muss informiert und bestellt werden, es fehlen einige Vorräte und verschiedene Zulieferer müssen kontaktiert werden. Alles Routinearbeiten, die erledigt werden müssen, die er aber nicht gut allesamt delegieren kann. Nach dem langen Gespräch mit Juan ist er beruhigter und geht aus dem Büro hinüber ins

Haupthaus. Doña Rosa, seine Haushälterin, hat ihm ein einfaches Abendessen bereitgestellt, und er legt sich völlig erschöpft von den sich lang hinziehenden Beerdigungszeremonien früh schlafen, um für den morgigen Flug ausgeruht zu sein.

Gegen Mitternacht wird er plötzlich wach. Er hat sofort das ungute Gefühl, nicht mehr alleine in seinem Schlafzimmer zu sein. Schnell tastet er zum Nachttisch. Ehe er jedoch die Schublade ganz öffnen kann, um eine kurze Pistole herauszuziehen, wird die Lade so fest zugeschlagen, dass er den Schmerzensschrei gerade noch unterdrücken kann.

Und dann geht alles ganz schnell. Er wird von mehreren Männerarmen hart gepackt, sein Mund wird mit einem breiten Klebeband fest verschlossen, er wird aus dem Schlafzimmer heraus, die Treppe nach unten, mehr gezerrt als getragen und dann mit roher, zorniger Gewalt nach draußen auf den Hof geschleppt. Dort ist es stockfinster, und als er einen kurzen Moment zur Besinnung kommt, kann er sehen, dass es sich bei den Kerlen um drei Männer handelt, die ihn in ihre Gewalt gebracht haben. Schon einen kurzen Augenblick später weiß er auch, wer sich seiner bemächtigt hat, und spürt große Angst. Er ist alarmiert. Jetzt geht es um sein Leben. Er weiß, die drei, die ihn in ihrer Hand haben, sind hier, um sich zu rächen. Für den Tod ihres Bruders. Verzweiflung breitet sich in ihm aus. Hätte er jetzt noch rufen können, hätte auch das ihm nichts genützt, denn heute, an einem Samstagabend, sind all seine Landarbeiter schon längst unterwegs in die Stadt und seine Haushälterin ist zu alt, um ihm helfen zu können.

„Aus!“ Er bebt innerlich, es droht ihm der Tod.

Die Männer schleppen ihn quer über den großen Innenhof bis zu den Pferdeställen. Rafael Steiniger hat es aufgegeben, sich zu wehren, obwohl er noch nicht genau weiß, was die Männer mit ihm vorhaben. Spürt er doch, im gnadenlosen Zugriff steckt ein Plan und am Ende hat dieser nur ein Ziel: seinen Tod! Und nun hat er auch einen schrecklichen Verdacht, denn direkt vor den Ställen im Schatten des weit überstehenden Daches befindet sich die tiefe Pferdetränke.

„So mein Lieber, jetzt wird anständig gebadet, das reinigt die schmutzige Seele." Der Tonfall des Sprechers ist mehr geduckt und gezischt, trieft vor selbstgerechten Rachegelüsten und in der Gewalt der anderen Männer spiegelt sich ihr volles Einverständnis. Er wird bis auf die Unterhose entkleidet und zunächst betont langsam, dann härter und immer ruppiger mit dem Kopf zuerst in das Wasserbecken getaucht. „Waterboarding! Der Mörder kennt sich aus", hört er eine Stimme, die in sein Ohr geifert. Eine andere Stimme flüstert triumphierend: „Kluger Kopf!" Aber warum nur?

Dieselbe Stimme wiederholt, leise und eindringlich: „Der feine Herr wird sich erinnern! Du weißt schon, warum, und wenn es dir nicht einfällt, du musst nur fragen! Frag doch Jonas, erinnerst du dich? Wir können nachhelfen, wenn du vielleicht an Gedächtnisstörungen leiden solltest. Señor Steiniger! Dass ich nicht lache!"

Eine Stimme zischt ihm genüsslich ins Ohr: „Gesteh, du Schwein, gesteh, wir sind das Gericht!"

Und eine dritte Stimme fügt drohend hinzu: „Bete, wenn du kannst, dein Lebensweg findet hier ein Ende, hier im Wasser ... Erinnerst du dich? ... Meinem Bruder, unserem Bruder, deinem Freund Jonas ging es auch so, und er musste auch zu viel schlucken. Nur, er hatte keine Chance. Ja, wahre Freundschaft endet nicht!"

„Kennst du die Bibel? Altes Testament?! So du mir, so ich dir! Auge um Auge, Zahn um Zahn!" Das Klebeband über seinem Mund wird ihm mit einem schnellen, schmerzhaften Ratsch abgezogen und sein hinausdrängender Hilferuf wird mit unter Wasser gezogen und dort erstickt.

Und dann beginnt die grausame Prozedur wieder von Neuem. Unter Wasser, hoch, wieder runter, hoch, wieder runter. Zwischendurch wiederholen die Männer ihre wüsten Kommentare. Das Wasser raubt ihm die Luft, er fühlt Panik, tritt nach hinten, tritt ins Leere. Die Männer wissen, was sie tun, ihre Foltermethode ist genau so angelegt, dass der Gequälte hin und wieder nur ganz wenig Luft schnappen kann, damit er nicht sofort stirbt, aber das Ende ist klar. Erst als er wieder einmal nach oben kommt, fast ohne Besinnung, schon halbtot, halb ertrunken, gelingt es ihm mit letzter Kraft, einen sehr gequält klingenden Ton, mehr ein wässriges Gurgeln auszustoßen, mehr ein Geräusch, das unter der menschlichen Wahrnehmungsschwelle liegt.

Auf der Stelle ertönt ein Hundebellen. Es ist sein Hund Pablo, Steinigers Lieblingshund, ein über zehn Jahre alter Schäferhund.

Kurz darauf gehen im Haupthaus und dann auf dem Hofplatz die Lichter an. Die Angreifer, die jetzt im Hellen stehen, halten einen Moment inne. In diesem Moment kann Steinnger nach mehr Lebensluft schnappen. Der Hund hört nicht mehr auf zu bellen. Irgendwo im Haus sind Stimmen zu hören, die sich dem Hof zu nähern scheinen. Kurz darauf ertönt ein Schuss. Die angreifenden Männer lassen ihr fast bewusstloses Opfer los, das zu Boden sinkt, wenden sich ab und ihre hastigen Schritte verlieren sich in der Nacht. Aus der Ferne noch hört man den Klang eines sich rasch entfernenden Autos.

Kurz darauf wird Rafael Steiniger bewusstlos gefunden. Es war sein Glück, dass einer seiner Arbeiter wegen einer Erkrankung nicht mit seinen Kameraden zum Feiern in die Stadt gefahren war. Als der Hund nicht aufhörte zu bellen, war er mit einem Gewehr in der Hand nach draußen gelaufen und hatte in die Luft geschossen.

Von den Angreifern aber hat er niemanden mehr gesehen. Er bringt den halbtoten Señor Steiniger ins Haus, ohne dass der Arbeiter von seinem Chef eine Erklärung bekommt.

Die nächsten Tage muss Señor Steiniger das Bett hüten und sich erholen, sodass sich sein Heimatflug noch etwas verschiebt.

Achtunddreißig

Es gibt ein Recht des Weiseren, nicht ein Recht des Stärkeren.
Joseph Joubert

Währendessen wird aus dem neugierigen Kommissar Johanningmeier ein äußerst interessierter Tourist. Seinen Leihwagen muss er sowieso nach Santiago zurückbringen und er denkt sich: „Nun, wo ich schon einmal am anderen Ende der Welt angekommen bin, kann mich doch nichts auf der Welt davon abhalten, mich hier noch ein wenig umzusehen und Sehenswertes zu erkunden."

Er startet seine Rundreise von Chiloé nach Temuco, denn dort gibt es ein Mapuche-Museum. Nach all den persönlichen Erfahrungen mit den Indianern reizt es ihn, mehr über die politischen Hintergründe zu erfahren, und so verbringt er dort einen ganzen Tag.

Obwohl nicht ganz sorgenfrei hinsichtlich der Entwicklung seines Falles, reist er in der Folgezeit noch weiter im Land umher, von Temuco zum Villarrica, einem aktiven Vulkan. In einer ganztägigen Bergtour erklimmt er ihn in Begleitung eines Bergführers bis zum Kraterrand, von wo aus er vergeblich nach Teufeln Ausschau gehalten hat, wie er später Annette erzählt.

Auf dem Weg dorthin streift er in die Nähe des Siedlungsareals der „Colonia Dignidad", die besonders zu Zeiten der Diktatur das Motto, am deutschen Wesen soll die Welt genesen, verbreitet hat, indem sie ihre vielfachen Erfahrungen mit Foltermethoden dem Regime zur Verfügung stellte. Was Annette am Telefon zu der Äußerung veranlasst, dass er ja doch ganz nah bei den Teufeln gewesen sei.

Unterwegs hält er immer wieder Kontakt zur Polizei in Chiloé, auch um zu erfahren, ob die Gefahr eines Racheaktes vonseiten der Brüder von Jonas schon gebannt sei. Nein, so hört er, die Brüder seien immer noch im Lande, zurzeit direkt an der Küste, also am Pazifik in Valdivia, und von dort aus sei es ja nicht weit bis Castro.

Johanningmeier muss wohl oder übel die Angelegenheit der hiesigen Polizei überlassen. Die entstehende Wartezeit bis zur Rückreise nutzt er, nach kurzer Rücksprache mit dem Polizeipräsidium in Bielefeld, insofern sinnvoll, als dass er dies seltsam facettenreiche Land von unten nach oben und zurück erkundet, immer seiner neugierigen Nase folgend auf der geraden Route gen Norden und später zurück gen Süden. Zurück bleibt im Herzen eine Sehnsucht fürs Leben.

Selbst als er erfährt, dass Steiniger kurz davor ist, nach Deutschland zurückzukehren, beziehungsweise schon unterwegs ist, wartet er mit seiner Entscheidung, ihm sofort zu folgen, noch ab. Er will seine Suche nach den Brüdern fortsetzen, ist doch die kriminalistische Suche das, was er am liebsten tut. So kommt er in den Genuss, das absolute Schweigen der Atacama-Wüste zu erleben, auch ein Gefühl, das er nicht mehr missen möchte. Im Kontakt mit der zum Teil herben Landschaft, in einer ganz anderen Umgebung kommt er mit sich und seinem bisherigen Leben schwer ins Grübeln. Vor allem beschäftigt ihn, was er in diesem Leben noch erreichen will. Auch fällt ihm sein Sohn ein, zu dem er so wenig Kontakt hat, und er entscheidet sich, nach seiner Rückkehr den Kontakt wieder mehr zu pflegen und mit Annette ihre weitere gemeinsame Zukunft zu diskutieren.

Zum Ende der Reise hin erfüllt sich Johanningmeier einen lang gehegten alten Traum: Er besucht auf der „Isla Negra“ das Grab des Poeten und Schriftstellers Pablo Neruda, von dessen pittoresk an der schwarzen Steilküste gelegenen Grabstelle man weit hinaus auf den wilden Pazifik sehen kann. Neruda sagt übrigens in seinen Memoiren einmal dem Sinn nach, er liebe das Meer, aber nur als Bewohner der Küste, nicht vom Meer aus. Johanningmeier kann die Position des Poeten gut verstehen, macht dieses Meer auf ihn doch einen sehr wilden Eindruck.

Wieder zurück in Santiago erhält Johanningmeier aus Chiloé die Information, dass sowohl Señor Steiniger als auch die drei deutschen Brüder Chile gerade gen Heimat verlassen hätten. Da beschließt er schweren Herzens es ihnen gleichzutun. Als er Annette dies mitteilt, merkt er zu seiner Freude, wie sehr er erwartet wird.

Neununddreißig

Nächst einem richtigen Urteil sind die Diamanten und die Perlen das Seltenste, was es auf der Welt gibt.
Jean de la Bruyère

Der Prozess gegen Ralf soll in einigen Wochen stattfinden. Johanningmeier, Annette Sasse und Dr. Sauer sitzen zusammen in Annettes gemütlicher Küche bei Chili con carne und chilenischem Wein, der dem Kommissar, seit ein paar Tagen zurück, seltsamerweise nicht so mundet wie im Land seiner Entstehung.

Dr. Sauer wird von den beiden über den Stand der Ermittlungen informiert und spielt den Advocatus Diaboli, den Provokateur, indem er sagt: „Mord verjährt nicht – aber es gibt mildernde Umstände! Ich schlage vor, wir bereiten uns seelisch auf die Verhandlung vor, indem wir die Pro- und Kontraseite einmal durchspielen."

Die beiden Kommissare sind einverstanden und setzen sich für das Rollenspiel zusammen auf eine Seite des Tisches, auf die Seite des Angeklagten, das heißt, sie suchen und finden dort Argumente zu seinen Gunsten.

„Also los, das Spiel beginnt", sagt Dr. Sauer. „Ich als Ankläger habe die Justiz in ihren Grundlagen zu verteidigen und sage deshalb klipp und klar: Mord verjährt nicht!"

„Aber er hat sich doch selbst gestellt, das muss berücksichtigt werden", sagt Annette als Verteidigerin und ihr Kollege fügt hinzu: „Und er hat von Anfang an bereitwillig kooperiert."

„Nein, nix da, erstens ist er viele Jahre untergetaucht, hat sich versteckt, das allein ist schon ein klares Schuldeingeständnis, verbunden mit dem Versuch der Strafe zu entgehen. Zweitens ist er von euch gesucht, gefunden und gestellt worden. Und dass er sich nun so kooperativ zeigt, hat doch nur taktische Gründe", hält Dr. Sauer dagegen.

„Gut, aber bei der Tat war er noch fast ein Jugendlicher. Da ist doch seine Angst vor dem Gefängnis mehr als verständlich, das darf man auch nicht vergessen bei der Beurteilung. Er war zum Tatzeitpunkt verdammt jung und unerfahren", sagt Annette.

„Nein, nein, er war schon deutlich über neunzehn und damit voll strafmündig, damit kommt ihr nicht durch, nicht bei mir! Nicht bei Mord!" Dr. Sauer wäre am liebsten, um seiner unnachgiebigen Haltung Ausdruck zu verleihen, aufgestanden, was ihm aber als Rollstuhlfahrer nicht möglich ist, und so muss er sich damit begnügen, seine Stimme zu erheben.

„Aber man muss auch unbedingt sehen, dass Jonas herzkrank und somit gesundheitlich gefährdet war. Das war unbekannt und das konnte Ralle damals nicht gewusst haben!"

Sauer, jetzt ganz der Staatsanwalt, erwidert: „Erstens, Unwissenheit schützt vor Strafe nicht, und so dumm kann der Mann nicht gewesen sein. Er hat billigend in Kauf genommen, dass Jonas diese hinterlistige Attacke nicht überlebt, er hat ihn einfach über die Klinge springen lassen!"

Johanningmeier hält stramm dagegen: „Stimmt vielleicht, aber was wir jetzt wissen, lässt doch die ganze Sache in einem ganz anderen Licht erscheinen: Es muss auch berücksichtigt werden, dass Ewa Ralles Eifersucht verstärkt haben könnte. Damit trifft sie eine Teilschuld und somit wird der Haupttäter in einem nicht geringen Maße entlastet!"

„Pah", schnaubt Dr. Sauer, „die liebte ihn und versucht

auch heute noch alles, um ihn zu schützen. Sie trifft höchstens eine moralische Mitschuld. Worunter sie auch oft genug gelitten hat."

Annette nickt. Sie erinnert sich an ihre Parkgespräche und plädiert für Verständnis. Johanningmeier springt ihr bei und sagt, in dem Ganzen gäbe es so viel Reue und Buße: „Unser Angeklagter hat sich immer schuldig gefühlt und er hat viele Lehren daraus gezogen. Er hat sich von Grund auf geändert, er tat und tut viel Gutes, das heißt, er hat aus seiner Tat die richtigen Konsequenzen gezogen. Er ist eben nicht in eine kriminelle Karriere abgerutscht, er muss also im Kern einen guten Charakter gehabt beziehungsweise ihn entwickelt haben. Für die Mapuche ist er sogar ein wahrer Held!"

„Mord bleibt Mord, er muss bestraft werden, wir sind hier nicht in Südamerika! Hier gelten das Grundgesetz und seine christlichen Wurzeln!"

„Er hatte eine harte Kindheit, das soll keine Entschuldigung sein, aber ein Verständnis unterstützen!" Annette ist hochrot im Gesicht.

„Das alles ist kein Grund zu morden!" Dr. Sauer bleibt bei seiner Linie: „Deshalb plädiere ich hier auf lebenslänglich, wie es das Gesetz will, das ich als Staatsanwalt hochhalten muss und will!"

„Heute ist unser Täter ein alter Mann, er hat sich seiner Verantwortung gestellt. Ich bevorzuge eine eher nicht zu lange Bewährungsstrafe!"

„Das wäre ein Witz und ein Angriff auf unseren Rechtsstaat!"

Annette meint: „Und dann wird er krank und wird eventuell sogar in der Haft sterben. Ich sage nur Klaustrophobie, das ist doch kein Pappenstiel! Er hatte damals schon diese panische Angst vor dem Gefängnis, vor dem Gefangensein!"

„Das kann jeder sagen und Angst kann man verlernen! Die Schwere der Tat ist zu groß, das Rechtsempfinden würde verunsichert, wenn er freikäme!", sagt Dr. Sauer.

Johanningmeier resümiert als Zusammenfassung der Verteidigung, von Annette nickend unterstützt, indem er mit betont ruhiger Stimme sagt: „Unser Plädoyer: Gnade vor Recht, und im Zweifelsfall muss die Persönlichkeit des Angeklagten, seine Jugend zur Tatzeit, seine Unkenntnis der Herzschwäche des Opfers und auch, dass er von Ewa angestachelt wurde, berücksichtigt werden. Außerdem dann noch seine höchst untadelige Lebensführung und Lebensbejahung, seine unstrittigen, sozial engagierten Verdienste in gleich mehreren Ländern, sein karitatives Engagement, also insgesamt eine zwar deutliche Haftstrafe, aber eine auf Bewährung, sodass ihm eine Inhaftierung erspart werden wird."

Das Gericht zieht sich zur Beratung zurück und stimmt nach kurzer Konsultation der Verteidigung grundsätzlich zu, allerdings gegen eine hohe Kaution wegen Fluchtgefahr und Neuverhandlung unter Berücksichtigung fundierter fachpsychologischer Begutachtung.

„Hurra, hurra, hurra!", ruft Dr. Sauer und die beiden Kommissare stimmen lachend in seinen Freudenausruf mit ein, haben sie sich doch in ihrem Engagement richtig gut ergänzt.

„Das war eine gute Zusammenarbeit, Doc", sagt Annette, „und da kann man wirklich merken, wie sehr doch unser Beruf mit heftigen Gefühlen verbunden ist und wie sehr wir uns gute Lösungen wünschen!"

„Und eben keine Rache", stimmt Johanningmeier zu, „eben keine Rache, dazu ist unser Rechtssystem viel zu sehr von sozialen, humanen Ideen mitbestimmt. Prost Genossen, es lebe die Demokratie! Dem alten Kommissar hingegen würde ich gerne seine Pensionszahlungen deutlich kürzen, falls so etwas beamtenrechtlich geht, so eine Maßnahme würde auch seine Frau mit betreffen, oder was denkt ihr?"

Annette meint: „Das wäre wohl auch wieder Rache. Johanningmeier, du hast mich durch deine Erfahrungen in Chile irgendwie damit infiziert, unser Rechtsempfinden infrage zu stellen, beziehungsweise vieles von dem, was ich irgendwie für klar und unumstößlich gehalten habe, neu zu überdenken."

Johanningmeier kommentiert: „Die einzige Sichtweise auf unsere Erde mit unserem christlichen Blick heißt doch wohl: Macht euch die Erde untertan. Aber ist das heute noch angebracht, wo die Bienen bedroht sind, die Meere im Müll ersticken, uns die gute Luft verpestet wird, die Soldaten wieder Giftgas verwenden, wo Atomwaffen unsere Zukunft bedrohen, unter der Erde Atommüll für eine absehbare Ewigkeit lauert, der Raketenschrott im Weltraum umherschwirrt und die Braunen und die Demokratiefeinde schon wieder dicke Backen machen? Und bei der ganzen Diskussion habe ich noch eine kleine, aber feine Zusatzinformation: Mord verjährt in Chile nach 15 Jahren!! Ihr könnt ruhig den Mund wieder schließen", freut sich Johanningmeier und gießt sich nach.

Vierzig

Seid gerecht. Sucht nicht Schuldige, sondern Ursachen.
Werner Mitsch

„Mord verjährt nicht, aber wie ist es mit chronischer Androhung von Gewalt, wie ist das mit dem Tatbestand der Verleumdung und Diffamierung?", fragt Annette, als sich die beiden Kommissare nach getaner Arbeit gerade zum Abendessen hingesetzt haben.

„Wie kommst du denn darauf?", fragt Johanningmeier und vergisst von seinem Käsebrot abzubeißen. Die beiden Kommissare haben es sich übrigens zur Maxime gemacht, Arbeit und Vergnügen nicht dauernd und künstlich zu trennen, weil ihnen beides gleichermaßen Vergnügen bereitet.

So erklärt Annette: „Die drei Brüder, ich meine die von Jonas, die zeitgleich mit dir in eigener Mission in Chile unterwegs waren. Sie saßen vor ein paar Tagen im Zuschauerraum bei der Verhandlung, die ja, wie von uns gewünscht und geprobt, positiv ausgegangen ist. Glimpflich für unseren Täter Ralle oder besser gesagt, Señor Steiniger, glimpflich mit dem milden Strafmaß auf Bewährung. Also geklatscht haben die wirklich nicht, wie Finstermänner haben die böse aus der Wäsche geguckt. Ob die jetzt noch weiter auf Rache sinnen? Und was ist, wenn ihr Mörder nach der Verhandlung in Bielefeld bleibt? Werden die Ruhe geben und ihren Rachefeldzug beenden?"

„Ja, ich habe die drei auch gesehen. Aber ich weiß nicht, ob sie eigentlich tätig geworden sind. Zumindest soweit wir das wissen. Was ist denn wohl aus deren Plan geworden?"

„Ich sage nur Flittchen!", erinnert Annette.

„Wie bitte?" Johanningmeier kommt immer noch nicht dazu weiterzuessen und sagt: „Bitte, mein Schatz, erzähl, ich verhungere sonst!"

„Iss nur mein Lieber. Hauptsache, es mundet dir, aber du erinnerst dich doch bestimmt daran, dass ich, als du allein in Chile warst, ich meine allein, abgesehen von dieser gastfreundlichen und sicher auch schönen Malerin und den wilden Indianern, dass ich einige weitere Gespräche mit Ewa hatte. Damals hat sie mir erzählt, dass sie sich lange Zeit nach dem Tod von Jonas verfolgt gefühlt hat. Es gab immer wieder Anzeichen dafür, dass sie verfolgt und bedroht wurde. Manchmal sei sie im Dunkeln auf der Straße unflätig angesprochen worden, einmal angefasst und bespuckt worden, vor ihrem Haus. Auch wurde einmal ihr Rad beschädigt und sie wurde am Telefon terrorisiert. Bis vor ungefähr zwanzig Jahren, dann war dieser Spuk zu Ende. Der Anfang der Schmutzkampagne war damals, als Mister Unbekannt auf der Beerdigung von Jonas ihr das Wort Flittchen zugeflüstert hat."

Annette ist aufgebracht und fragt Johanningmeier, was und ob es etwas zu unternehmen gilt. Diese Brüder hätten ja bei der Verhandlung gehört, dass Ewa schon eine gewisse Teilschuld trifft. Keiner werfe den ersten Stein, denkt Johanningmeier!

„Aber ehe wir da etwas versäumen, finde ich, wir sollten es auf jeden Fall nicht ausschließen, dass so ein langgehegter Groll sich nicht einfach so auflöst. Allein schon, wenn man bedenkt, dass diese üblen Knaben die halbe Weltreise nach Chile unternommen haben, wenn auch ohne Erfolg. Rache ist süß oder, wie wir auch sagen, Blutwurst!" Annette kann nicht verheimlichen, dass sie in Sorge um Ewa ist.

„So, ich schlage jetzt vor, dass wir die drei Brüder morgen früh gleich einbestellen und in der Sache befragen, dann werden wir mehr Klarheit bekommen, und außerdem schlage ich mir vor, mein leckeres Käsebrot aufzuessen."

„Iss nur, aber ich habe einen Gegenvorschlag: Wir fragen unseren privaten Hauspsychologen. Ich bin mir sicher, dem alten Knaben fällt schon was ein, und wie ich den eitlen Herrn kenne, wird der uns schon aus der Klemme helfen, wenn wir ihn nur bei seinem Ehrgeiz packen! Los auf die Drahtesel, essen können wir auch im Moccaklatsch, die haben dort leckere Rosmarinkartoffeln, serviert mit diversen Dips, und auch andere Köstlichkeiten frisch auf den Tisch auf kurdische Art zubereitet."

So radeln die beiden Kommissare nur kurze Zeit später in Richtung des Bielefelder Westens, beflügelt vom Wunsch, zu essen und zu trinken, unterstützt vom guten Wetter und mit Rückenwind.

Einundvierzig

Nirgendwo fällt Humorlosigkeit mehr auf als beim Lachen.
Oliver Hassencamp

Am nächsten Tag, als ob es geheime Buschtrommeln gäbe, erhält Dr. Sauer einen dringenden Anruf von Ewa. In der nächsten Woche schon kann er ihr einen Termin anbieten. Bevor

Dr. Sauer Ewa empfängt, lüftet er sein Büro und nennt sich selbst einen Feigling, denn er hat wieder einem Patienten ohne gesalzene Widerrede gestattet, sich während der Stunde seine Schuhe und heute sogar seine Socken auszuziehen, was ihm ehrlich gesagt, allein bei der Vorstellung, ein leichtes Brennen auf der Zunge verursacht und im Verlauf der Stunde eine zunehmende Übelkeit.

Als er und seine neue Patientin sich in der gut aufgeräumten Praxis gegenübersitzen, entschuldigt sich Dr. Sauer bei Ewa dafür, dass der Raum etwas ausgekühlt ist, und erklärt ihr auch warum. „Weil ich ein verdammter Feigling bin!"

Sie nickt, fühlt sich jedoch sofort in ihr Thema hineingezogen, und als der Therapeut sagt, dass er das Thema schon erwartet habe, nickt sie und beginnt zu weinen, eine lange Weile, als ob sie die Größe ihrer Trauer nur so mitteilen könne. „Das Schlimmste ist, ich weiß nicht, ob ich es heute anders machen würde. Auch aus einer Feigheit heraus."

Dr. Sauer nickt und sagt dann: „Das, was Sie jetzt sagen, Ewa, das ist sehr mutig. Das heißt nämlich, dass Sie sich meinem oder auch dem Urteil anderer stellen, und das nenne ich Größe. Wir neigen nämlich alle dazu, alte Fehler zu wiederholen, statt daraus zu lernen."

Ewa zögert noch und sie spürt, dass sie sich über die Worte des Psychologen freuen könnte. Irgendetwas jedoch in ihr sträubt sich noch, den Worten zuzustimmen, fühlt sie sich doch weiterhin schuldig, mies und keineswegs groß. Trotzdem kann sie sich ein leichtes Nicken gestatten, denn was der Doc gesagt hat, macht sie etwas leichter, freier, und sie strafft ihre Schultern.

Der Doktor wiederholt seine Worte noch einmal, was diesen mehr Nachdruck verleiht, und sie erlebt plötzlich eine ungeahnte Form der Unterstützung, eine, die mit dem Tod ihrer Mutter damals für immer aus ihrem Leben verschwunden schien. Beichten zu müssen, die ganze Geschichte noch einmal von A bis Z erzählen zu sollen, das hätte sie erwartet, aber so angenommen zu werden mit ihren Taten, das fühlt sich an wie eine Befreiung, die ihr unerwartet geschenkt wird.

Ich fühle mich in der Tat ein wenig befreit, aber irgendwie sitze ich fest, es kommt mir so vor, als ob es mir verboten wäre zu lachen, oder besser, als ob ich es mir selbst verbiete. Wie häufig habe ich doch auch in meiner Ehe gehört: Ewa, du schaust wieder so ernst!"

Dr. Sauer fragt Ewa, ob sie noch einmal zu ihm zu einem zweiten Gespräch kommen möchte, was sie sofort bejaht. Als sie den Behandlungsraum nach nur kurzer Konsultation verlässt, bleibt dem Psychologen noch genügend Zeit, um für seine neue Patientin ein Märchen zu schreiben, was er ihr bei nächster Gelegenheit vorlesen wird.

Das Märchen vom ernsten Mädchen mit dem silberhellen Lachen

Es war einmal ein junges schönes Mädchen, das jeder gerne ansah. Am allerschönsten aber war ihr Lachen, das jedes Herz erreichte und sofort gewann, fürs ganze Leben. Die jungen Männer machten ihr alle den Hof, und es war für sie eine Qual, sich entscheiden zu müssen. Der Erste war sportlich, der Zweite schlau, der Dritte war fürsorglich, der Vierte war elegant und der Fünfte charmant und der Sechste war klein und zwergenhaft verwachsen.

Es war ihr klar, dass sie sich irgendwann entscheiden musste, und sie nahm zuletzt einen Würfel und ließ ihn entscheiden, war doch so die Wahrscheinlichkeit groß, dass sich eine Lösung fand.

Dem Ausgewürfelten gegenüber jedoch ließ sie sich ihre Entscheidung nicht anmerken, denn er war bei Weitem der Unansehnlichste unter den Bewerbern, sodass die anderen dachten, sie seien weiterhin heiße Kandidaten um ihre Gunst.

So war dem Wettstreit untereinander Tür und Tor geöffnet.

Da aber das Mädchen so schön war, offensichtlich für alle zu haben, und ihr Lachen weiterhin in den Herzen der Männer

deren Sehnsucht befeuerte, säte sie unbedacht Zwietracht unter den Männern und es schien sich ein Hauen und Stechen anzubahnen.
Verzweifelt und um den anstehenden Krieg zu verhindern, rief sie den schwarzen Raben zu Hilfe, der die kluge Eule befragte und die wiederum den schlauen Fuchs.
Und die Tiere beratschlagten lange hinter verschlossenen Türen und fanden folgende Lösung: „Schönheit ist ein Geschenk der Natur und wer so schön ist, sollte immer allein bleiben und damit allen Männern und deren Sehnsucht gehören, oder sie muss sich dazu entscheiden, bis an ihr Lebensende nicht mehr zu lachen.
Da wurde die Schöne tieftraurig.
In ihrer Not teilte sie dem Ausgewürfelten ihr niederschmetterndes Ergebnis mit.
Am nächsten Tag zog man den Gnom ersäuft aus einem Brunnen und all die verdächtigen Männer zogen in die weite Welt hinaus, um dem Kerker zu entgehen. Das Mädchen aber fühlte sich schuldig, lebte zurückgezogen und niemand vernahm mehr fortan ihr Lachen.
Bis, ja, bis der Wind sich drehte und die Rettung unerwartet von außen kam, sodass das Silberlachen doch noch einen neuen Frühling erleben durfte. Die Lösung ereignete sich ganz einfach.
Es war auf einer Silvesterfete. Der kleine Hugo, ein kecker Knabe von knapp elf Jahren, der Jüngste der Familie, bei der das ernste Mädchen eingeladen war, wollte die Gäste ärgern, weil er besonders die steifen Damen schrecklich langweilig fand. Er nutzte den Augenblick aus, als das Ernsteste der Fräuleins von der Toilette kam, und legte etwas Weiches auf den Stuhl, wo sie gesessen hatte.
Als sie zurückkam und sich wieder hinsetzte, gab das Kissen einen täuschend echten und sehr lauten Pups von sich, sodass alle mehr oder weniger entrüstet auf die Ernste schauten. Gerade in diesem kühnen Moment schaltete der witzige Hugo

den Lachsack an, dessen erheiternden Lachsalven sich keiner entziehen konnte.

Alle prusteten sofort laut und ungehemmt los, am lautesten aber lachte silberhell die Traurige, sodass alle unverheirateten Männer spitze Ohren bekamen. Und die wieder zum Lachen Verführte keinen Moment mehr zögerte und den zum Mann nahm, der ihr am nettesten zu sein schien und ebenfalls ein fröhliches Lachen besaß.

Und sie schenkten, alsbald glücklich verheiratet, der Welt ein Kind. Als sie das Baby aber zum ersten Mal laut lachen hörten, gerieten die Eltern einen Moment in Sorge, denn das erste Babylachen ihrer Tochter durchströmte silberhell das ganze Haus vom Keller, wo die Mäuse lachten, bis zum Dach, wo die Lachtauben lachten, und sie tauften das Kind Felicitas.

Er liest das Märchen noch einmal durch und spürt eine gewisse Befriedigung. Diese spürt er immer dann, wenn ihm etwas Unklares durch den Wechsel in eine veränderte Perspektive klarer wird. Denn, so weiß er, das geschriebene Wort ist ein Versuch, etwas, was einem verwickelt zu sein scheint, plötzlich in die Freiheit zu bringen. Wie einen Vogel, dem man die Käfigtür öffnet.

So, denkt er: „Nun mach ich für heute Schluss“, und er überlegt nicht lange, wie er sich nun, ganz nach Pawlows Hund, nach getanem Werk belohnen kann.

Zweiundvierzig

Schönen Mädchen ist es erlaubt, auf ihre Gabe stolz zu sein.
Martin Luther

Eine Woche später, zu exakt derselben Zeit, betritt Ewa wieder die Praxis von Dr. Sauer. Wie bei jedem seiner Klienten üblich, bietet er ihr etwas zu trinken an: Tee, Kaffee oder nur Wasser. Ewa möchte gerne ein Glas Wasser. Als sie sich dann gegenübersitzen, fragt Dr. Sauer, ob sie das Märchen, das er im Anschluss an ihre erste Begegnung für sie und, um ganz ehrlich zu sein, auch für sich selbst geschrieben hat, hören möchte. Ewa zögert keinen Moment und sagt, „ja, gerne", und hört dann ganz gespannt zu. Als Dr. Sauer zu Ende gelesen hat, nimmt sie einen Schluck Wasser und sagt dann: „Es stimmt, es ist genau so, wie Sie es in Ihrem Märchen geschrieben haben, meinen herzlichen Dank dafür. Es stimmt, ich habe damals mein Lachen verloren, oder besser gesagt, ich habe es mir verboten! Aber, was soll ich jetzt tun, was raten Sie mir?"

„Ja, da sind Sie natürlich unsicher, aber wenn Sie es sich so einfach verbieten konnten, vielleicht könnten Sie es sich auch so einfach wieder erlauben? Ich glaube übrigens nicht, dass man sein Lachen so ganz und gar verlernen kann."

Ewa nickt.

„Sie könnten als Vorübung Ihrem Lachen zum Beispiel jetzt hier wieder eine kleine, eine klitzekleine Chance geben."

Dr. Sauer wagt sich noch etwas weiter vor, hofft dabei, nicht in vermintes Gelände zu treten, und sagt: „Aber ich bin doch gespannt, ob Sie das Lachen überhaupt noch können, und ich tippe mal auf kaum oder nur ein ganz klein wenig. Obwohl, so sagt der Physiologe, rein medizinisch gesehen benötigt man zum Lachen viel weniger Muskeln als zu einer eindeutig griesgrämigen Miene. Ich will Sie nicht ärgern mit dem, was ich sage, im Gegenteil, aber ich möchte Ihnen eine aufrichtige, zugegeben etwas freche Antwort geben. Vorauszuschicken ist allerdings, dass Sie mir erlauben, so zu antworten, wie ich es gerne in meiner Arbeit tue: in einem Bild oder, psychologisch gesprochen, in einer kleinen möglichst zutreffenden Metapher."

Ewa nickt, runzelt die Stirn und der Therapeut denkt: „Vorsicht, wie kann ich gegenüber dieser sensiblen Klientin meine Idee von einer abschreckenden Erscheinung loswerden, ohne Frau Sonnenberger zu verprellen?"

Er holt tief Luft und sagt: „Bitte stellen Sie sich jetzt mal eine Vogelscheuche vor, solch ein Gestell, mit dem der Bauer seine Getreidefelder schützt. Vogelscheuchen, das sind so abschreckende Strohpuppen mit überlangem Sakko und flatterndem Schlabberrock. Eben so furchtbare Schreckschrauben, die, vom Bauern eingekleidet, vor der Herbsternte auf die Felder gestellt werden, damit die Vögel es nicht wagen, etwas von den reifen Feldfrüchten zu picken, sondern sich angstvoll in die Lüfte erheben, sobald sie sich so einem Flatterkerl, oh Schreck, oh Graus, oh entsetzliches Gesicht, mit Abscheu gegenübersehen, die dann bei aufkommendem Wind sogar fast lebendig aussehen und entsprechend auch wirken."

Der Doc befürchtet ein Donnerwetter, aber das ganze Gegenteil tritt ein, denn bei dieser Vorstellung muss Ewa, vielleicht ganz gegen ihren Willen, loslachen. Und ihr Lachen ist von so silberheller Natur, dass der Doktor sofort alle Männer dieser Welt versteht, die sich angelacht und gemeint fühlen.

„Also, was sind Sie denn für ein Doktor? Sie schaffen das in einem Moment, dass ich meine ganze Misere vergesse, das muss ich Ihnen aber sagen, so etwas ist mir auch noch nicht passiert."

„Also wenn das so ist, dann, gnädige Frau, dann passen Sie aber ab jetzt wirklich viel mehr auf Ihr Lachen auf, es war nämlich sehr leicht, Sie zu erreichen. Sonst könnte es ja passieren, dass es Ihnen zu schnell wieder abhandenkommt, jetzt so ganz gegen Ihren eisernen Willen, es zu vergessen. Da haben Sie eine schöne Aufgabe, Mannomann, das kann ja heiter werden. Auf jeden Fall, mir hat es richtig Spaß gemacht, Sie beraten zu dürfen und Sie dabei vor allem sehr ernst zu nehmen!“

Und Ewa lächelt fein und droht ihm spaßeshalber mit dem rechten Zeigefinger. Das Lachen bleibt ihr erhalten, verschönert ihr Gesicht, vielleicht, um dem Gesicht ab jetzt wieder seine ganz eigene, silberne Aura zu verleihen.

Dreiundvierzig

Wir haben gelernt, die Luft zu durchfliegen wie die Vögel
und das Meer zu durchschwimmen wie die Fische,
aber nicht die einfache Kunst, als Brüder zusammenzuleben.
Martin Luther King (1929–1968)

Einige Tage nach seiner dritten Therapiestunde bei der eigenen Beraterin kommt Dr. Sauer pudelnass nach Hause. Er ist in einen überraschenden Regenschauer geraten und froh, nachdem er trocken gerubbelt worden ist, mit seiner Freundin Sarah bei sich zu Hause in der warmen Küche frisch gerettet zu sitzen.

Solche Situationen erinnern ihn immer an Abende der unbeschwerten Kindheit, in denen sich sein Leben in der Familie in einer weitestgehend beschützten und wenig spektakulären Atmosphäre dahinzog, in seinem Elternhaus, mit den Geschwistern, den Großeltern, den Eltern und ohne Zwiespalt und Hader. Sarah und er haben gerade ein frugales Abendbrot gegessen und Sarah öffnet einen leckeren Rotwein von den Golanhöhen.

Draußen wütet ein untypisches ostwestfälisches Wetter, also nicht Nieselregen und Grau in Grau, sondern ein Regen, der gegen die Fensterscheiben prasselt, wobei er akustische Unterstützung durch den starken Wind erhält. Beide sind froh, nicht mehr vor die Tür zu müssen.

„Wie dumm von mir, dass ich mein Regencape nicht bei mir hatte! Aber egal, der Schauer kam viel zu schnell, als das ich es mir hätte von jemandem geben lassen können. Und dazu waren die Straßen auch so menschenleer! Dafür bin ich so dankbar, dem Schicksal oder wem auch immer, dass du zu Hause bist und mich gerettet hast!"

„Mach ich gerne!" Sarah schmunzelt und fragt: „Wie geht eigentlich deine Therapie voran? Kommst du mit der Therapeutin gut aus?"

Ungefragt gießt der Gefragte sich und seinem Gegenüber ein weiteres Glas Roten ein.

„Hm, lecker, schmeckt, wie Heimat schmeckt", sagt Sarah gut gelaunt.

Dr. Sauer trinkt, nachdenklich geworden, einen Schluck, horcht nach draußen, ehe er antwortet: „Ich fühle mich ganz wohl mit der Therapeutin, ich fühle mich verstanden, sie geht sehr professionell mit meiner Fragestellung um, besonders mit dem Problem meiner Traumaverarbeitung. Ich glaube, sie kann mir gut dabei helfen, mich meinen nicht so klaren Emotionen näher zu bringen. Aber obwohl mich ihre Rückführung, die Rückbesinnung auf mein Unfalltrauma, gut erreicht hat, weiß ich immer noch nicht so recht, wie groß eigentlich der reale Anteil an meiner Angst ist. Sicher ist, dass meine Spastik auf Angst sehr unberechenbar reagieren kann. Aber über das Symptom meiner Brückenangst hinausgehend, meint meine Therapeutin wohl auch, dass in dieser Panik auch viel von der Angst steckt, zu fallen beziehungsweise fallen gelassen zu werden, so eine Lebensangst vor dem Verlassenwerden. Mir selbst ist aber auch bei diesem Thema eingefallen, wie viel Angstmomente ich damals durchlebt habe, als ich – wenn auch sehr mühsam – mithilfe von zwei Krücken gehen konnte. Als ich dann plötzlich anfing, ganz, ganz oft hinzufallen, als ob plötzlich der Strom im ganzen Körper abgeschaltet würde. Das war damals medizinisch nicht zu erklären. Aber es war eine schreckliche Zeit, ewig diese Angst, gleich fällst du wieder, gleich! Die Angstzeit habe ich damals nur so entscheidend beenden können, indem ich mich für den Rollstuhl und gegen das Laufen entschieden habe, was natürlich nicht ohne neue Probleme war. Aber ein Leben ohne die dauernde Angst zu fallen hatte eine hohe positive Qualität."

„So eine Therapie bringt doch so einiges ans Tageslicht, Zusammenhänge, die man vorher nicht so gesehen hat", sagt Sarah angetan.

„Allerdings, ob ich es nach der Therapie wagen werde, wieder selbst Auto zu fahren, das ist mir noch unklar. Aber das Trauma wird mir deutlicher. Ich bin gespannt, wie es für mich damit weitergeht. Ich bin sicher durch den Anfangserfolg schon motiviert, ich will nun die Chance nutzen, mich diesem Therapieprozess weiter auszusetzen, jetzt, nach all den Jahren, in denen ich nichts, aber auch gar nichts diesbezüglich meines Problems unternommen habe."

Er scheint innerlich den Kopf über sich selbst zu schütteln. Es folgt eine längere Gesprächspause, in der beide ihren Gedanken nachhängen, bis Rainer Sauer sie damit beendet, dass er den Mut fasst und mit zittriger Stimme direkt fragt: „Sarah, wirst du von hier oder gar von mir weggehen?"

Da wird Sarah traurig und schweigt, sie trinken jeder etwas. Dann gibt sie sich innerlich einen deutlichen Ruck und sagt: „Ich muss dir etwas sagen, was du noch nicht weißt", sie schluckt, „es ist noch etwas ganz anderes im Spiel!"

Der Psychologe spürt etwas Gefährliches, spürt, wie es sich in ihm allmählich ansammelt, gespeist von seiner Phantasie. Er fühlt, wie sich in ihm eine vertraute Angst aufbaut!

„Also, es geht um Ignatz, das ist ein guter alter Freund von mir. Wir waren fast drei Jahre zusammen. Er hat sich damals von mir getrennt, um nachzudenken, wie er es nannte. Er hat sich jetzt wieder bei mir gemeldet und gesagt, er bereue seine Entscheidung von damals. Und er fragte mich, ob wir uns einmal wiedertreffen könnten. Ich bin unsicher, was ich will, aber ich kann es nicht allein nur durch Nachdenken lösen. Ich habe beschlossen, ihn einmal zu treffen, sobald ich in Israel bin. Ich hatte lange nicht an ihn gedacht, nun aber, ach, es ist so schwierig, ich muss jetzt einfach wissen, wo ich stehe. Eins aber weiß ich sicher, dich habe ich sehr lieb!"

„Bist du noch in ihn verliebt?" Dr. Sauer hört, wie seine ihm fremd erscheinende Stimme infolge der Erschütterung durch die gerade gehörten Worte bebt. Eine lange nicht mehr so stark erlebte Welle der Eifersucht baut sich in ihm auf, überkommt ihn, und er versucht schnell, dies so heftige und zerstörerische Gefühl wegzudrücken, indem er sich gut zuredet und sich sagt: „Noch ist gar nichts verloren!"

Sarah holt tief Luft, zuckt die Schultern und holt noch tiefer Luft, denn das ist eben nicht alles, was sie zu sagen hat. „Rainer, mein lieber Freund, wir haben uns kennengelernt in meinem Land, wir haben uns dort angefreundet und haben dann unsere Freundschaft vertiefen dürfen. Aber seit Kurzem ändert sich hier in deinem Land scheinbar alles. Als Jüdin hier zu leben ist nicht mehr so einfach wie noch vor Kurzem: Ich spüre den schrecklichen Teil der Geschichte unserer Völker, leider, wie einen bösen Atem. Hast du die Bilder von Chemnitz gesehen? Diesen braunen Mob, wie der geifernd auf Asylanten einschlägt? Wie vor 33, mir gruselt es hier. Überall sehe ich, ahne ich den Faschismus aufkommen, er bläht sich auf wie ein Geschwür und er wagt es heute schon wieder, ganz schamlos öffentlich sein furchtbares Maul aufzureißen. Diese Leute wagen es, wie damals, sich Sündenböcke zu suchen und sie vor sich herzutreiben. Das soziale Klima wird härter, da werden Daten von unliebsamen Politikern ohne Rücksicht ins Netz gestellt, werden Behinderte diffamiert, Großmäuligkeit wird wieder salonfähig. Führende rechte Politiker leugnen den Holocaust, Rainer, das raubt mir den Atem. Rainer, du warst in Yad Vashem, du warst in Auschwitz, in Buchenwald, in Bergen-Belsen … du hast es mir erzählt … wir haben zusammen das Tagebuch der Anne Frank gelesen und all die anderen Bücher, haben Filme über die Nazis gesehen. Wenn du mich so fragst, ja, manchmal will ich von hier weg. Manchmal eben auch nicht, und auch das kommt mir verdammt bekannt vor. Meine Großeltern damals, und nicht nur die, viele, viel zu viele auch aus meiner Familie haben gezögert, bis es zu spät war, bis sie wie Viehzeug verfrachtet wurden. Es gibt wohl schon erste Empfehlungen, dieses Land zu verlassen, von höchster Ebene, vonseiten der israelischen Regierung!"

Sarah ist den Tränen nahe, ballt aber beide Fäuste, als ob sie ihrer Entschlossenheit, sich zu wehren, besonders viel Ausdruck geben will.

Ihr Freund Dr. Sauer ist überrascht über die Vehemenz, mit der Sarah ihre Angst, ihre Befürchtungen zum Ausdruck bringt. Er möchte sie beruhigen oder auch sich, denn er sagt: „Sarah, ich kann und will deine Befürchtungen auf keinen Fall herunterspielen, ganz im Gegenteil, ich teile sie. Ich allerdings bin bereit, die Freiheit, unsere Demokratie zu verteidigen, mit allen Mitteln, mögen sie letztlich auch noch so schwach sein!"

„Ich weiß, mein Freund, ich fühle das, und ich fühle mich auch hier, mit dir, bei dir geborgen und sicher. Aber sobald ich vor deine Haustür trete, frage ich mich automatisch, wie jüdisch sehe ich aus? Habe ich auffällig dunkle Haare? Ist meine Nase zu lang, zu krumm, ist mein Teint eventuell verräterisch dunkel? Ich weiß einfach zu gut, wie es sich anfühlt, einen Alltag zu haben, in dem ich keine Angst haben muss."

Dr. Sauer erinnert sich an seine Reise nach Israel vor vielen Jahren und dass er sich dort, vielleicht trotz, vielleicht aber auch wegen der hohen Präsenz der israelischen Armee sicher gefühlt hat. An fast jeder Straßenecke standen damals schwer bewaffnete Soldaten und Soldatinnen, in großer Gelassenheit. Und das alles, trotz des Raketenbeschusses in Zefir ganz in der Nähe der Golanhöhen …

„Wovon hängt das eigentlich ab, ob wir uns sicher fühlen, Sarah? Und in welchem Land könnten wir beide zusammenleben, ohne uns bedroht zu fühlen?"

„Vielleicht fast in jedem, mein Lieber. Aber ich habe mir geschworen aus der Geschichte zu lernen, das habe ich meinen Eltern geschworen, denen ich es auch zu verdanken habe, dass ich in einem freien Land geboren bin. Und die es wirklich nicht leicht gehabt haben, nach Palästina zu gelangen und dort Fuß zu fassen“, sagt Sarah und streichelt ihrem Freund über den Kopf.

„Wann fährst du?“

Die Frage kommt aus vollem Herzen und Sarah sagt innerlich erleichtert: „In ein paar Tagen!“

Dann geht sie in den Keller und holt von dort eine zweite Flasche Rotwein. Dr. Sauer kann schon wieder scherzen und sagt mit einem vergnügten Lächeln: „Lieber Rotwein als tot sein, meine Liebe!“

Vierundvierzig

Der Verstand kann uns sagen, was wir unterlassen sollen.
Aber das Herz kann uns sagen, was wir tun müssen.
Joseph Joubert

Eine knappe, ereignisarme und in bedrückender Stimmung verlaufende Woche später, es regnet wieder in Strömen, bringt Dr. Sauer Sarah am frühen Morgen zum Schnellzug. Der ICE aus Köln nimmt seine Liebe vom Hauptbahnhof Bielefeld mit nach Hannover. Vom dortigen Flughafen aus startet am Nachmittag ihr Flug nach Tel Aviv, wo sie vier Stunden später landen wird.

Es ist für beide ein stiller Abschied, weil nach der Eröffnung von Sarah, sie wolle nach Israel zurückfahren, um eine Beziehung zu prüfen, keine klare Entscheidung möglich war. So sind beide zunächst erleichtert, als Sarah im Zug sitzt und dieser sich ohne langen Aufenthalt schnell in Bewegung setzt. Seine besondere Note für Sarah bekommt dieser Abschied noch zusätzlich dadurch, dass am selben Tag vom Hauptbahnhof ausgehend eine Neonaziveranstaltung stattfindet, mit deren Realisierung sie auch schon im Vorfeld sehr große Probleme hatte.

Auf dem Vorplatz des Bahnhofs steht nämlich ein sehr ausdruckstarkes Mahnmal, das an die Judenverfolgung in OWL erinnern soll. Es besteht aus mehreren gegenübergestellten Gedenktafeln, die mit den Namen der Juden beschriftet sind, die von den Nationalsozialisten von 1941 bis 1945 zunächst nach Riga und später nach Auschwitz und Theresienstadt gebracht wurden und von denen nur ein sehr kleiner Teil überlebt hat. Die genaue Anzahl der Deportierten und Ermordeten, die von diesem Bahnhof aus die Stadt und sein Umland verlassen mussten, lag weitaus höher, zwischen 500 bis 1600.

An Sarahs Abreisetag ist genau an diesem Ort ein möglicherweise nicht ganz friedlicher Aufmarsch von Neonazis für den Nachmittag geplant. Angemeldet sind 400 Braune aus ganz Deutschland, und für die Gegendemonstration von Bürgern aus OWL wird mit 6000 Menschen gerechnet. Die gesamte Polizei ist vor Ort, um die Fronten auseinanderzuhalten.

Nach der Abreise von Sarah nimmt Dr. Sauer zwar noch an der Demonstration teil, kann aber leider wegen seiner niedrigen Sitzposition wie immer wenig sehen. Aber hören kann er, und er ist froh, dass Sarah sich nicht noch die dummdreisten Parolen der Faschos anhören muss, weil ihr Flieger schon längst in der Luft ist.

Die Demonstration der Braunen gilt im Übrigen der Verurteilung einer Altnazifrau namens Haverbeck. Die war früher Leiterin des Kollegium Humanum, einer rechten Kaderschmiede und Volkshochschule in Vlohto, in deren Rahmen sie den Holocaust öffentlich geleugnet hat, mehrfach wegen Volksverhetzung verurteilt wurde und deshalb auch seit 2018 im Gefängnis in Bielefeld für längere Zeit einsitzen muss.

Etwas verkühlt und vom Gefühl her innerlich ein wenig verloren, fährt Dr. Sauer nach Ende der gut besuchten Gegendemonstration so schnell wie möglich durch die einsetzende Dunkelheit nach Hause. Er habe allerdings keine der Glatzen zu Gesicht bekommen, weil die sehr engagierte Polizei die Kontrahenten zu gut getrennt habe, erzählt er später seinen Freunden.

Dr. Sauer ist auch froh darüber, nicht alles zu sehen. Er möchte gar nicht Augenzeuge davon sein, wenn von den ewig Gestrigen der sogenannte Deutsche Gruß provokativ nach oben gereckt wird. Ihm fällt ein Scherz seines Vaters ein, der ihn gerne so erzählte: „Treffen sich zwei Psychiater, sagt der eine zum anderen: Heil Hitler, sagt der andere: Heil du ihn doch!"

Was er allerdings beim Davonrollen in seinem Rollstuhl leider doch noch hören musste, ist, dass die Polizei vor allem die Braunen auf sehr brachiale Weise gegen die Demonstranten geschützt haben soll, sehr zum Leidwesen und auch zum Ärger der vielen Gegendemonstranten, die nur friedlich ihre Gegenposition hatten zeigen wollen. Die leere Wohnung zu Hause spendet Dr. Sauer zunächst wenig Trost, er will schon in Trauer versinken, einen Ouzo trinken oder seine Kneipe aufsuchen und ist dann sehr gerührt, wer um kurz nach sieben Uhr an seiner Haustür klingelt: Vor der Tür stehen seine polizeilichen Freunde mit einer Flasche Wein und guten Nachrichten über den reibungslosen Verlauf der Demonstration. Da schon deutet sich an, dass es noch ein netter Abend werden könnte, wenngleich stark gewürzt durch eine verbale Auseinandersetzung über das, was unter reibungslos zu verstehen ist.

Mitten in die hitzige Diskussion hinein und sehr ungewöhnlich für den Gastgeber, der abends eher selten Besuch bekommt, ist, dass es bei ihm weit nach zweiundzwanzig Uhr nochmals klingelt.

Als Dr. Sauer öffnet, wird er von einer breit und schön lächelnden Sarah in zärtlichem Tonfall gefragt: „Würdest du mich noch reinlassen?" und zwar so gefragt, dass er von der Überraschung gepackt, nur noch schwach seufzend, „Ja!", antworten kann.

So wird dieser Abend unter Freunden ganz und gar anders als erwartet beziehungsweise wie befürchtet, der Abend wird nicht traurig, sondern ganz besonders fröhlich und lang. Dr. Sauer muss am Ende gar nicht fragen, ob es etwa zu einem plötzlichen Streik bei der israelischen Fluggesellschaft gekommen ist, weshalb Sarah auf seinem Sofa sitzt, oder ob es eine Bombendrohung gegeben hat ... nein, denn Sarah sagt ganz einfach: „Rainer, mein Lieber, ich kann dich doch jetzt nicht mit den ganzen Nazis und der sogenannten Schutzpolizei alleine lassen. Da müssen wir doch aufstehen oder? Ich konnte einfach noch nicht nach Israel fliegen, ich merkte, dazu brauche ich noch etwas Zeit."

Und Dr. Sauer fühlt sich von Sarahs Worten vorerst beruhigt.

Fünfundvierzig

Es gibt keine guten Väter, das ist die Regel;
die Schuld daran soll man nicht den Menschen geben,
sondern dem Band der Vaterschaft, das faul ist.
Jean Paul Sartre

Am nächsten Montag kommt Dr. Sauer um zehn Uhr in seine Praxis. Er hat heute einen Ersttermin. Wie immer bei einem ersten Kontakt ist er sehr gespannt auf seinen spontanen Eindruck von dem Neuen. Es ist ein jüngerer Mann, vielleicht fünfundzwanzig Jahre alt. Auf der Krankenkassenkarte wird seine Schätzung fast bestätigt, achtundzwanzig Jahre, nicht schlecht geschätzt.

„Woher kenne ich den Mann?", denkt er sofort. Er ist sich fast sicher, dass er ihn schon einmal gesehen hat, weiß aber nicht, wo er ihn einordnen soll. Er bittet den Patienten, wie bei

Therapiebeginn üblich, einen Anmeldebogen auszufüllen und sich dazu in den Vorraum der Praxis zu begeben.

Kaum dass sich die beiden wenig später in Dr. Sauers Behandlungsraum gegenübersitzen, legt der junge Mann seine Hände vors Gesicht und stöhnt auf. Beide schweigen eine Zeit lang.

„Wollen Sie anfangen?"

Der junge Mann nickt, sagt dann aber nur: „Er ist wieder da!" Er stöhnt erneut wie gepeinigt und schweigt, bis er sich einen Ruck gibt und hinzufügt: „Seit gestern oder seit heute Nacht oder was weiß ich!" Er macht eine hilflose Geste mit den Schultern und lässt dann die weiteren Worte als stumme Lippenbewegungen in der Luft hängen.

Dr. Sauer spürt an der zunehmenden Spannung im Raum, wie es in dem Patienten heftig arbeitet, etwas scheint auf eine Zerreißprobe zuzulaufen.

Der junge Klient ballt langsam seine Fäuste. Knirscht dann sogar mit den Zähnen, malt langsam seinen Kiefer und stößt dann zwischen den zusammengepressten Lippen mühsam heraus: „Es geht um meinen Vater! Und das schon seit Jahren. Es geht darum, dass er mich endlich in Ruhe lassen soll. Jahrelang hat er mich telefonisch verfolgt, dann, nachdem er verstorben ist, taucht er jetzt unerwartet wieder in meinen Träumen auf. Er lässt mich einfach nicht in Ruhe, er ist wie, wie soll ich sagen, vielleicht wie ... Bratenfett, das hartnäckig an der Pfanne klebt."

Dr. Sauer muss bei diesem Vergleich innerlich schmunzeln, schaut zur Seite, und als er erneut seinen Klienten ansieht, weiß er plötzlich, woher ihm sein neuer Patient bekannt vorkommt. Er selbst sieht sich vorgestern noch hinter einer aufgerichteten Polizeisperre, um ihn herum sind viele Demonstranten, dicht an dicht stehend, er hat es gerade geschafft, bis vor das letzte Begrenzungselement durchzukommen. Das ist gar nicht so einfach. Hinter der Sperre stehen in einer Reihe mit fast gleichen Abständen Polizisten und halten Wache. Sie bilden eine zweite Absperrung, diesmal eine mit menschlichen Leibern. Und dort, direkt vor ihm, steht derselbe junge Mann, der jetzt hier vor ihm sitzt. Auf der Straße allerdings mit einem ganz anderen Ausdruck, Fäuste in die Hüften gestemmt, die Augen starr nach vorne gerichtet. Wohin soll er blicken? Ist er instruiert worden? Wo soll der Feind stehen, von wo kommt die Gefahr?

Die Gegendemonstranten sind zwar friedlich, aber sie sind auch eine gewaltige Masse Mensch, sind kompakt, undurchlässig. Dann und wann werden Gruppen von eher sehr jungen Demonstranten von einer Eskorte ebenfalls sehr junger Polizisten über die Straße geführt. Die Braunen, die Gegner sind irgendwo dahinter, nicht in Sichtweite.

Von irgendwoher ertönt Musik, es treten überall in der Stadt verteilt auf verschiedenen Musikbühnen Bands mit Protestliedern auf, die auch auf diese Weise den propagierten, durchaus friedlichen Charakter der Demonstration unterstreichen wollen. Nun aber zweifelt Dr. Sauer daran, dass dieses Gefühl, es möge friedlich bleiben, auch in den Köpfen aller Beteiligten angekommen ist und bleibt. „Massen“, so denkt er, „die können manchmal unberechenbar sein!“

„Ich träume wieder von ihm“, hört der Therapeut den jungen Mann sagen. „Viele Jahre hat er mich nicht mehr verfolgt, nicht mehr wirklich, dass kann er nicht mehr. Er ist vor einem Jahr gestorben ... aber in meiner Phantasie, dort ja, es ist so furchtbar, ich kann ihm nicht entkommen, so weit ich auch laufe, renne, haste, er kommt jede Nacht seit, ja, seit ...“

„Seit der Demonstration?“, fragt Dr. Sauer volles Risiko und der junge Mann nickt. „Ich habe Sie da gesehen, in der Menge vor dem Rathaus. Ich stand auf der anderen Seite und Sie standen so da!“ Und Dr. Sauer versucht den Patienten nachzumachen, soweit im Sitzen möglich. Mit dem Blick starr nach vorne, unbeweglich, steif und fest, mit den Fäusten in die Hüften gestemmt.

„Und, was schließen Sie daraus, Herr Psychologe?“ Sein

Ton klingt entrüstet, man merkt, er wird zornig, funkelt den Therapeuten an.

„Dass Sie voller Angst waren!“

Der Patient schluckt, schließt die Augen, knickt ein, schluchzt, wird dann lauter, brüllt fast und weint dann ruhiger. Er sagt leise und mit sanfter Stimme: „Danke, darüber sprechen wir nicht, warum auch, aber es tut gut. Wir sind doch keine Maschinen, obwohl wir vielleicht so aussehen, so ausgerüstet!“

Es ist längere Zeit ruhig im Raum.

„Haben Sie eine Idee für mich? Ich möchte mich irgendwie aktiver und sinnvoll weiterhin mit meiner Situation beschäftigen, und vielleicht haben Sie da etwas, was ich tun könnte. Ich habe mich vor unserem ersten Treffen ein wenig auf Ihrer Homepage umgesehen und entdeckt, dass Sie einige Bücher über Ihre therapeutische Arbeit geschrieben haben, und deutlich wird, dass Sie Ihren Patienten manchmal Anregungen für Eigenarbeit mitgeben.“

„Das ist zwar am Anfang einer Therapie eher unüblich. Aber wenn Sie möchten, sage ich nicht Nein. Dann schreiben Sie doch bis zur nächsten Woche Ihrem Vater einen Brief und erzählen Sie ihm, was Sie auf der Demo erlebt haben. Ich werde Ihnen zuhören, was immer Sie aufschreiben.“

Als sie sich verabschieden, obwohl die Stunde noch nicht zu Ende ist, sagt der Patient: „Ich habe heute Frühdienst, man wartet schon auf mich!“

„Sie sollten nicht zu spät kommen, denn Dienst ist Dienst!“, sagt Dr. Sauer.

„Und Schnaps ist Schnaps, ich weiß schon!“, ruft der junge Mann, geht und lacht.

Als Dr. Sauer nach Hause kommt, ist Sarah da, sie begrüßt ihn liebevoll, und als er ihr im Laufe des Abends erzählt, was er heute bei der Arbeit erlebt hat, berichtet sie ihm, dass die Lokalnachrichten sich schon kritisch mit dem Auftreten der Polizei gegenüber den Gegendemonstranten auseinandersetzen. „Auch das macht Hoffnung“, sagen beide zur selben Zeit und lachen und Dr. Sauer sagt: „Zwei Dumme, ein Gedanke“, und zwinkert ihr zu.

Dr. Sauer überlegt noch einen Moment, ob er Sarah erzählen soll, dass er heute einen ängstlichen Polizisten bei sich in der Praxis hatte, entscheidet sich aber dagegen. So eine therapeutische Brille ist manchmal schwer zu vermitteln, da kann einem auch mal die scharfe Trennung zwischen Gut und Böse ins Schwanken geraten, das Leben ist bunter.

Sechsundvierzig

Abschiednehmen bedeutet immer ein wenig sterben.
Französisches Sprichwort

Dr. Sauer ist einige Wochen später allein in seiner Wohnung. Um nicht in tiefe Trauer und in Trennungsschmerz zu versinken, hat er sich in die Arbeit gestürzt. Von Sarah hört er wenig, seitdem sie nach Israel geflogen ist. Wie seinen Patienten empfiehlt er auch sich selbst, sich der kreativen Seite seiner Seele zuzuwenden, die bei ihm selbst das Schreiben ist. Schreiben als Therapie, Schreibtherapie, kreatives Schreiben, Poesietherapie und Bibliotherapie sind allesamt therapeutische Ansätze, die sich mit der Verwendung von Sprachmaterial in der Psychotherapie beschäftigen.

Der Patient, den er ermutigt hat, seinem Vater einen Brief zu schreiben, hat seine Hausaufgabe tatsächlich gemacht. Stolz liest er den Brief während der Therapiestunde vor:

Vater, du warst für mich nicht der Vater, den ich mir gewünscht habe, dazu warst du zu kalt. Du hast mich immer nur dann gesehen, wenn ich hervorragende Leistungen erbracht habe, in der Familie, in der Schule, im Beruf. Also im gesamten Leben.

Du hast mich geschlagen, beschimpft, bloßgestellt, beleidigt, bestohlen. Als ich ausziehen wollte, hast du mir keine Bettdecke mitgegeben, keinen Pfennig Unterhalt, den musste ich mir übers Gericht erstreiten. Obwohl du genau wusstest, dass du zur Zahlung verpflichtet warst.
Du hast versucht, mich emotional zu erpressen, du würdest sterben, verarmen, als ich Musiker werden wollte. Du hast mir gedroht, mich zu enterben, und als Mutter starb, hast du überall herumerzählt, die Sorge um mich hätte sie ins Grab gebracht.
Dann bin ich Polizist geworden, das hast du akzeptiert, nicht aber, dass ich heute Streifenpolizist bin, das hast du lächerlich gemacht.
Als ich vor einer Woche zum ersten Mal bei meinem Therapeuten war, hat er mir gespiegelt, wie ich in meiner Rolle als Polizist auf einer Demonstration dagestanden bin, ganz genau wie du, mit demselben starren Blick, derselben Haltung. Da habe ich gedacht, alles, was du warst, war nur ein kleiner Schisser. Voller Angst und Vorurteilen, und der wollte mir vorschreiben, wie ich zu leben habe?!
Nie warst du mit mir zufrieden, dann bist du gestorben und ich war froh. Geweint um dich habe ich nie und werde es auch nicht tun, nur manchmal bin ich so hart wie du, dann bist du wieder da und in der Nacht kommst du immer noch als Albtraum.
Ich hasse dich von Herzen, und mein Therapeut, über den du lachen würdest, hat gesagt, Hass sei nur der Anfang der Arbeit mit dir. Ob das stimmt, weiß ich noch nicht, dieser Brief allerdings, der hilft mir.
Dein Sohn

P. S. Ich habe mir endlich einen Herzenswunsch erfüllt und mir gestern ein Saxophon gekauft und schon einen Lehrer gefunden.
So! Das tut mir gut!

Der Patient liest dem Therapeuten seinen Vaterbrief vor. Als Dr. Sauer ihn bittet, jetzt aufzustehen und sich wie sein Wunschpolizist hinzustellen, steht er ganz anders da als bei der Demonstration. Sein Blick nimmt Kontakt zum Therapeuten auf, was der lobend erwähnt, weil er sich, wie er sagt, gemeint fühlt.

Als Dr. Sauer zu Hause nach der Post sieht, findet er einen Brief in seinem Postkasten. Der Brief ist aus Israel und sofort schlägt ihm das Herz bis zum Hals. Hastig öffnet er das Schreiben und muss leider lesen, dass Sarah noch einige Zeit brauchen wird, um sich zu entscheiden, mindestens noch ein halbes Jahr. Dr. Sauer kleidet sich gar nicht erst aus, sondern ruft mit belegter Stimme seinen Freund Johanningmeier an. „Kannst du mich in meine Kneipe begleiten, um dort mit mir ein Gläschen zu kippen?"

Wie froh er ist, ein klares Ja zu hören.

Siebenundvierzig

Alter schützt vor Liebe nicht, aber Liebe vor dem Altern.
Coco Chanel

Ewa ist auf ihrer Bank im Park eingenickt. So registriert sie nicht, dass sich jemand neben sie setzt. Der Gast räuspert sich. Ewa wacht langsam auf und er sagt: „Das letzte Mal, als ich dich sah, Ewa, habe ich dich leider nicht besonders gut eingecremt. Eingeschlafen bist du erst später. Seit damals wollte ich immer lernen, behutsamer mit anderen Menschen zu sein und nicht so wenig einfühlsam wie damals."

Ewa schaut zur Seite, sie erkennt den Mann, der braungebrannt im weißen Maßanzug neben ihr sitzt, nicht sofort, noch nicht oder nicht mehr … oder doch, doch, doch, eincremen, in der Sonne liegen, ein Sandstrand … und plötzlich weiß sie, wer er ist. Ihre Gedanken jagen sich in ihr im Kreis herum, bis sie sagen kann: „Oh, mein Gott, was machst du denn hier? Ralle! Bist du es wirklich? Das kann doch nicht sein, ich muss mich kneifen, träume ich? Ach, Ralle, bist du es wirklich? Ich habe dich nicht sofort erkannt, weil ich selbst im Traum nicht damit gerechnet habe, dich jemals wiederzusehen."

Er hat sich äußerlich sehr verändert, das Leben hat ihn gezeichnet, er ist ein älterer Herr geworden. Aber er ist immer noch recht attraktiv, elegant gekleidet, seine Stimme hat sich nicht sehr verändert, obwohl sie einen fremd anmutenden Akzent angenommen hat. Über Ewas Frage: „Was machst du denn hier?", müssen beide lachen, ist sie doch so unsinnig wie abwegig. Und gleichzeitig verständlich zwischen zwei Menschen, die vor langer Zeit miteinander sehr vertraut waren und sich sehr lange nicht gesehen haben.

Ralle lächelt sie an, er lächelt weiter und Ewa sieht ihn noch genauer an. „Hallo, Ralle", sie nennt ihn jetzt nicht mehr fragend beim Namen, sondern feststellend, sicher, freudig, sie erkennt ihn jetzt ohne Zweifel und lächelt zurück.

Beide schweigen.

„Man hat mir gesagt, du seist im Park in der Sonne!"

„Ja, das hier ist mein Lieblingsplatz, hier scheint die Sonne am längsten!" Ralle lächelt wieder.

Sie schweigen.

„Ich habe dir etwas mitgebracht, aus dem Süden von Chile, einen Sonnenhut ... vielleicht gefällt er dir, er ist garantiert handgemacht. Er ist leider etwas zerdrückt, er hat unter der Reise gelitten und seine Krempe ist leicht lädiert. Ich habe ihn an einem Stand auf dem Wochenmarkt in Castro auf Chiloé für zwei Pesos gekauft. Dort saß eine alte Indianerfrau mit einer gewaltigen Zahnlücke, die hat ihn dir vor meinen Augen geflochten. Der Hut wird dich vor der Sonne schützen, was ich damals nicht konnte. Er hat eine lange Reise hinter sich, erst mit dem Auto, dann mit der Fähre, dann wieder mit dem Auto, dann mit dem Flugzeug bis Madrid und den Rest mit der Bahn.

Ich wusste nicht, ob man mich am Flughafen in Düsseldorf kontrolliert, aber die schärfste Kontrolle gab es eben, in deinem Heim. Die Pförtnerin wollte mir zunächst keine Auskunft geben, wo ich dich finde. Ob ich Verwandtschaft sei, hat der Zerberus wissen wollen. Ich habe ihr gesagt, ich sei ein entfernter Cousin. Geglaubt hat sie mir aber nicht, bis ich bitte, bitte gemacht habe. Aber sag Ewa, was machst du in einem Heim? So alt bist du doch noch gar nicht ... Oder bist du etwa krank, musst du hier wohnen?"

„Na, sagen wir mal so, das Warten auf das Ende macht einen nicht jünger. Ich habe bisher im vierten Stock gewohnt, aber ich fand es mehr und mehr beschwerlich, den oft schweren Einkauf nach oben zu bringen. Die müden Knochen, verstehst du? Und die Alternative, anderen zur Last zu fallen, hat mich zu sehr bedrückt. Aber, Ralle, so schlecht ist es gar nicht, hier zu wohnen, wenn man noch beweglich ist. Das Heim ist stadtnah, ist gut verkehrsangebunden, unliebsame Besucher werden einem vom Hals gehalten, wie du gemerkt hast. Man hat also seine Ruhe, man hat, wenn man will, auch Kontakt zu anderen Bewohnern. Die Schwestern sind hier sehr nett und hilfsbereit und man hat seine Freiheit. Die liebst du doch auch so, sonst wärst du ja nicht so viel rumgekommen in der Welt, wenn auch nicht immer freiwillig, oder?"

Jetzt schauen sich beide wieder prüfend an und müssen lachen, was sich gut anfühlt.

Ewa fährt sich durch das immer noch blonde Haar und sagt: „Aber wenn ich mich so über das Heim reden höre, dann komme ich mir schon vor, als wäre ich Teil einer Werbebroschüre. In Wahrheit jedoch ist das Heimleben zwar wohlgeordnet und sicher, aber todlangweilig. Mir fehlt doch manchmal, nein, sehr oft das Chaos, das zum Leben gehört!"

Ralle nickt, berührt Ewa leicht am Arm und fragt: „Sag mal, bist du ... Also ich habe vor einer Woche meine Frau beerdigt, drüben in Chile, genauer gesagt, auf Chiloé, das ist eine Insel im Süden."

„Das tut mir sehr leid, Ralle. Ich bin seit drei Jahren ohne Partner, mein Mann ist leider zu früh gestorben, Krebs. Am Anfang ist es schwer, allein zu sein. Aber man gewöhnt sich allmählich daran. Was bleibt, sind die Erinnerungen. Er war ein guter Mann ... aber einen eincremen konnte der auch nicht."

Sie lächelt und sie schweigen einen Augenblick.

Bis Ralle vorsichtig sagt: „Vermutlich nicht so gut, wie unser Jonas ... auf keinen Fall so gut."

Ewas Augen füllen sich langsam mit Tränen und dann weinen beide, was sie schon längst einmal gemeinsam hätten tun sollen, können, müssen, wenn ihr Leben ihnen die Möglichkeit dazu geboten hätte.

Es baut sich im Gespräch immer wieder eine Spannung auf, die sich aus dem Verlust der nicht gelebten Erinnerung speist, einer Mischung von Fremdheit und Vertrautheit, Bitterkeit und Wiedersehensfreude. Beide spüren immer wieder dieses unerwartete Gefühlsdurcheinander.

„Komm, wir gehen ein Stück, es wird kühl, die Nachmittagssonne wärmt mich nicht mehr genug und Bewegung tut mir immer gut", sagt Ewa.

Ralle nickt und sagt: „Gerne Ewa, ich komme mit, ich habe nichts anderes vor, als bei dir zu sein."

„Könnte ich vorher einfach mal meinen Kopf auf deine breite Schulter legen?", fragt Ewa und lässt ihrer vorsichtigen Anfrage auch gleich die Umsetzung folgen. „Was ich dir noch auf jeden Fall sagen möchte, ist, dass all deine Briefe in den vielen Jahren für mich ein großer Halt gewesen sind. So wusste ich immer, wo du warst, was dich beschäftigt, es war eine Orientierung auch für mein Leben! Gut, also, jetzt können wir los tapern, ich bin immer noch ganz schön flott auf den Beinen, nicht mehr so, wie zu der Zeit, als wir uns das letzte Mal gesehen haben. Ist ja kein Wunder, das ist ja auch schon eine Reihe von Jahren her, oder?"

„Stimmt meine Liebe, so, jetzt zeig mal, was du noch für eine Kondition hast, und wenn ich nicht mithalten kann, kein

Wunder, ich bin schließlich zwei Jahre älter und ich glaube auch nicht mehr so topfit wie damals!"

So berühren sich immer wieder schmerzlich Vergangenheit und Gegenwart, sie schrecken davor zurück, um sie dann doch wieder zu berühren, diese empfindlichen Stellen. Beide lachen miteinander und ziehen los um die Häuser wie junge Leute.

Sie durchqueren den kleinen Ostpark, für einen nicht informierten Beobachter in der Innigkeit eines vertrauten Paars. Sie gehen die schmalen Straßen des Viertels entlang, bis sie nach knapp zwanzig Minuten zur Kunsthalle kommen.

„Komm, ich zeige dir einige unserer zwischenzeitlichen städtischen Errungenschaften, wobei, wenn ich richtig überlege, die Kunsthalle gab es doch schon, oder? Sie hat jetzt knapp fünfzig Jahre auf dem Buckel ... aber mit einem ganz anderen Café, einem jetzt ganz anderen, wie ich finde deutlich kühleren Ambiente. Dies entspricht viel mehr dem nüchternen Stil der Kunsthalle. Aber die Straßenpflasterung der Innenstadt, die ist garantiert neu!"

„Schauen wir uns auch noch an, aber Café, das hört sich schon mal lecker an, so nach bequemer, netter Atmosphäre. Mit anderen Worten, es wird langsam Zeit, dass wir eine kleine Rast machen, mir geht allmählich schon die Puste aus. Ein alter Mann ist doch kein D-Zug!"

Ewas Stoß mit dem Ellenbogen trifft ihn oberhalb der Taille, sodass er sofort aufhört mit dem Thema Altwerden oder Altersabstand zu kokettieren, sondern zurecht „Aua" ruft und sich dann begründet beschweren darf mit: „Also, nun hör mal!"

Als sie im Café zusammen an einem kleinen Tisch Platz gefunden haben, als Kaffee und Kuchen auf dem Tisch stehen, erzählt Ralle von seiner Zeit in Chile, von den Erfahrungen mit den Mapuche, von seiner Frau, ihrer Leidenszeit, von der langen Zeit der Diktatur, von Unterdrückung und politischen Auseinandersetzungen im Land, vom Weinanbau auf seinem Grundbesitz und von diesem fremden Land Chile, diesem schmalen, langen, merkwürdig aussehenden Gebilde zwischen Meer und Vulkanen.

Ewa wird immer stiller, sodass er sagt: „Ich rede und rede, jetzt erzähl du mal von dir. Wie geht es dir und wie war dein bisheriges Leben?“

„Ohne dich und mit dir: Nachdem ich von dir die erste Post bekam, habe ich mich entschlossen, dir und deiner Post einen guten Ort zu geben und sonst ein neues Leben zu führen, mit allem, was gut für mich war. Ich habe studiert, wurde Grundschullehrerin und habe diesen Beruf bis zu meiner Pensionierung sehr gerne ausgeübt. Mein Mann ist vor drei Jahren ganz plötzlich an Krebs gestorben. Er war beruflich ein Kollege von mir, eigene Kinder haben wir leider nicht bekommen, obwohl ich nichts dagegen gehabt hätte. Schade, aber ich hatte viele Kinder in meiner wunderbaren Zeit als Lehrerin, die mich heute noch ansprechen, wenn ich sie zufällig treffe, auf der Straße, im Konzert oder auf einer Demo!“

Ralle schaut zur Seite und dann Ewa an, die neben ihm sitzt. Er entdeckt eine völlig neue Ewa neben sich, eine Ewa mit deutlichem Stolz über das, was sie aus ihrem Leben gemacht hat, eine zufriedene, in sich ruhende, selbstbewusste Frau. „Es gibt so viele neue Lebensgesichter, in meinem und in Ewas Geschichte“, denkt er. „Was aber“, denkt er traurig, „wenn man das Leben nicht leben kann, wie Jonas? Der hatte nicht die Chance, das zu leben, was in ihm an Möglichkeiten schlummerte.“

Da es allmählich dunkel wird und das Café in der Kunsthalle bald schließt, möchte Ewa auf keinen Fall schon so früh ins Heim zurück, und so schlendern sie noch Arm in Arm weiter durch die Stadt, bis sie sich entschließen, zusammen ein Zimmer im Bielefelder Hof zu nehmen.

Das ist das erste Hotel am Platz, direkt am Hauptbahnhof gelegen, genau an der Stelle, von der aus vor langer Zeit Ralles Flucht in Richtung Amsterdam und weiter in die Welt hinaus ihren Anfang genommen hatte.

Am nächsten Morgen sitzen sie zusammen beim Frühstück im Hotel und Ralle sagt plötzlich: „Was hältst du davon, wenn mein Bewährungshelfer es gestattet, dass ich dir mein Chile, meine Insel Chiloé und meine Weinberge zeige?"

„Klar, aber nur, wenn du mir auch in die Hand versprichst, dass es wild, schön und chaotisch bei dir wird, sonst bleibe ich lieber in meinem netten warmen Altenheim sitzen und ruhe mich aus!"

„Wir können noch viel zusammen machen, meinetwegen auch ausruhen, wenn es nicht zu lange ist. Allzu viel konnten wir ja auch noch nicht ausprobieren und es wird so langsam mal Zeit, dass wir in die Pötte kommen."

Achtundvierzig

Der Erfolg hat viele Väter,
der Misserfolg ist ein Waisenkind.
Sprichwort

Es ist schon wieder so ein ganz gewöhnlicher Montagmorgen, auch für Kommissar Johanningmeier. Sobald er das Fahrrad im Hof seiner Arbeitsstelle abgestellt hat, eilt er in das Gebäude. Im Treppenhaus vor den Fahrstühlen angekommen, erinnert er sich daran, dass er sich, um an Lebendgewicht abzunehmen, etwas fest vorgenommen hat. Ein Mann – ein Wort, und schon wendet er sich dem Treppenaufgang zu, wo er, immer zwei Stufen auf einmal nehmend, bis in das oberste Stockwerk des Präsidiums sprintet.

Ganz oben angekommen, gönnt er sich eine kurze Verschnaufpause und schaut dabei aus dem Treppenhausfenster weit nach Westen. Vor ihm liegt das Ravensberger Land in der Morgensonne, ein sanft hügeliges, oft liebliches Bauernland, mit im Frühling leuchtend gelben Rapsfeldern, kleinen, verstreut liegenden Höfen, die im Allgemeinen von hohen Bäumen umgeben sind, eine Landschaft, die ihm ans Herz gewachsen ist und die er mit dem Wort Heimat verbindet. Es überkommt ihn ein warmes, fast zärtliches Gefühl, beflügelt durch einen leicht erhöhten Puls nach seinem schnellen Aufstieg.

Er schaut, er guckt, er sieht, und dann stutzt er.

Irgendetwas dort unten sticht ihm direkt ins Auge, und es wird bestätigt, was die Neuropsychologie schon lange behauptet: Wir sehen vornehmlich mit dem Gehirn.

Das helle Gebäude der Universität, das manchem wegen der hohen Türme wie eine Festung erscheinen mag, liegt ihm zu Füßen. Direkt vor ihm liegt der Bauteil R. Etwas klingelt in ihm. R5 ... R5 ... Vor drei Wochen ist dort eine junge Studentin zu Tode gekommen. Sie wurde unten vor dem Turm mit der Bezeichnung R5 von Bauarbeitern tot aufgefunden. Bald erhärtete sich der Verdacht von Fremdverschulden. Und die Spurensicherung konnte eindeutig belegen, dass sie von oben – aus dem fünften Stockwerk – offensichtlich mit voller Absicht nach unten in die Tiefe gestoßen worden war.

Die junge Frau, eine Studentin der Sozialwissenschaft, wurde vom fünften Stock des Universitätsgebäudes hinuntergestoßen, und zwar genau dort, wohin Johanningmeier jetzt sein Augenmerk richtet, nämlich vom Bauteil R nach unten, tief nach unten.

Die polizeilichen Mutmaßungen über diesen Sturz in die Tiefe nähren den Verdacht, es handele sich eindeutig um eine Beziehungstat, aber es gibt, weil die Studentin ein reges Partner-wechsel-dich-Leben geführt hatte, keinen Hauptverdächtigen, sondern etwa zehn mögliche Täter unter Studenten und den Herren Professoren.

Und nun kommt Johanningmeier, gerade frisch von der Südhalbkugel der Welt zurück, ins alte Spiel seines Berufes: Ein Durcheinander von Ermittlungen, Verdächtigungen, Aktenbüffeln, Zeugenbefragungen, Spurensicherungen, Zweifeln, Verdacht, Indizien, Beweissuche und Überführung der Täter, das Sein schafft das Bewusstsein und somit auch den Charakter eines Kommissars. Und er hat an diesem Morgen so ein Supergefühl, weil er sich schon gut bewegt hat, weil er dazu noch einen so prachtvollen Blick vom obersten Fenster des Präsidiums aus genossen hat und weil ein so beeindruckender „Urlaub“ hinter ihm liegt.

Und nun ist er wieder der Alte. Er sieht von dort aus schon seit ein paar Tagen viele, viele emsige Bauarbeiter auf dem Riesengebäude der Universität herumkrackseln. Seinem Gehirn, der Teil, der den Polizisten in ihm ausmacht, folgend, eilt er nach unten ins Büro, dort direkt ans Telefon und erfährt nun durch einen einzigen Anruf bei der Universitätsverwaltung Abteilung Bauangelegenheiten, dass man dort den ganzen Gebäudezahn R5 restauriert, und zwar wegen des gefährlichen Baustoffs Asbest.

Nun aber kombiniert der fast wieder zum Bullen genesene Johanningmeier messerscharf: Wenn das Opfer sich dort aufgehalten hat, wird man Spuren von Asbest an ihr finden und, wenn dem so ist, dann auch beim Täter oder den Tätern.

Nur drei Tage später kann ein chronisch eifersüchtiger Kommilitone der Ermordeten verhaftet werden, weil sich an seinen Sportschuhen und restlichen Klamotten, die er am fraglichen Tage getragen hatte, reichlich Spuren von Asbest nachweisen lassen und er, weil damit hauptverdächtig, schon beim ersten scharfen Verhör seine Tat gesteht.

Johanningmeier allerdings, von allen Seiten belobigt, ist und bleibt von der Belobigung zwar unberührt, ist aber von der Tat selbst erschüttert.

So habe sich, wie Annette es ihrem gemeinsamen Freund Dr. Sauer mitteilt, der Aufenthalt in Chile bei Johanningmeier positiv auf dessen Berührtsein durch die Welt, auf sein Wahrnehmungsvermögen ausgewirkt. Er schaue viel mehr, lasse sich von viel mehr fesseln und spiele fast jeden Abend Flöte, und auch sonst wirke er verträumter, irgendwie süchtig nach Ferne, sozusagen fernsüchtig bereichert.

Ihr gefalle ihr Freund so sehr gut!

Neunundvierzig

Unschuldig kann auch ein Totschläger sein.
Schuldlos ist niemand.
Wolfdietrich Schnurre, Der Schattenfotograf

Obwohl Dr. Sauer mit dem Ergebnis von Ralles Prozess zufrieden ist, befällt ihn am Morgen einer seiner nächsten Arbeitswochen eine grummelige Unruhe. Weiß er doch, dass das eigentliche Ergebnis seiner Arbeit, den Versuch zu unternehmen, den Fall Jonas zu einem runden Abschluss zu bringen, noch vor ihnen liegt. Eine Woche lang hat er mit allen Beteiligten getrennt gesprochen, verhandelt und alle haben dem vorgeschlagenen Termin am Ende zugestimmt. So konnte der Psychologe erreichen, dass sich die Beteiligten freiwillig zusammensetzen, um, wie Dr. Sauer es formuliert, einen sozialen Frieden anzustreben.

Als dann endlich die drei Brüder, Karl, Peter und Hans, Ralle und Ewa gegenübersitzen, herrscht zunächst eine große Spannung im Gruppenraum der psychologischen Praxis von Dr. Sauer. Der Gastgeber eröffnet das Gespräch mit einer Überraschung, indem er Herrn Steiniger bittet, einen zusätzlichen Stuhl zwischen sich und Ewa Sonnenberger zu stellen.

Dr. Sauer, dem die Anspannung anzumerken ist, räuspert sich und sagt: „Ich bin froh, dass Sie alle gekommen sind, und möchte Ihnen ausdrücklich meine Anerkennung dafür aussprechen, dass Sie sich nach reiflicher Überlegung überwinden konnten, hier teilzunehmen! Meine Aufgabe wird darin bestehen, Ihnen, falls überhaupt nötig, zu helfen. Zum Beispiel versuche ich Sie zu ermutigen, Ihre Gefühle gegenüber dem, was geschehen ist, zuzulassen, und sie, wenn möglich, offen zu machen, diese an- und auszusprechen, sowohl hinsichtlich der Tat, die vor vielen Jahren stattgefunden hat, als auch dem, was sich zwischenzeitlich, bis heute, ereignet hat. Ziel wäre es, einen befriedigenden Umgang mit der Zukunft zu finden. Der freie Stuhl ist der Stuhl von Jonas, der Opferstuhl, der jedem von uns zur Verfügung steht, falls jemand Jonas eine Stimme geben möchte oder muss."

Die herrschende Stimmung wird durch die entstehende Pause verstärkt, bis Ewa aufsteht und sich auf den Stuhl von Jonas setzt und sich die Hände vors Gesicht legt. Sie sitzt dort lange, starr und steif, bis ihr zwischen den Fingern vor dem Gesicht Tränen hervorquellen und sie zunächst leise, dann etwas stärker weint, bis ihre Trauergefühle den ganzen Raum füllen. Dann, nach einer scheinbar endlosen Zeit des Leidens, steht sie auf, geht zum Ältesten der Brüder und gibt ihm die Hand.

Auch Ralle setzt sich auf den leeren Stuhl und nimmt sich die Zeit, um Nähe zu seinem Opfer zu entwickeln, bis er sagt: „Ich hätte am liebsten gelebt ... und gelebt, mit dir, mit euch allen." Und zu Ewa gewandt sagt er: „Dich liebte ich gerne, du hast mir etwas davon gezeigt, wie diese Welt ist, wie sie sein wird, wenn ich lebe."

Pause!

„Hätte sein können!", fügt er noch hinzu.

Dr. Sauer hält, wie die anderen auch, die Luft an.

Karl zögert, rutscht auf dem Stuhl hin und her, bis er anklagend sagt: „Warum, Herr Steiniger, warum, gab es keinen anderen Weg? Warum mussten Sie meinen kleinen Bruder töten, warum taten Sie das, warum? Ich fordere eine Erklärung! Wissen Sie überhaupt, wie schwer es ist, mit so einem Hass zu leben?" Karl atmet schwer, er ist auf dem Stuhl ganz nach vorne gerutscht, so als ob er gleich aufspringen könnte, um dem Mörder an die Gurgel zu gehen. Dann etwas milder sagt er: „Es war zwar für mich anfangs so einfach, den Hass zu haben, aber auf die Dauer auch so verdammt schwer, immer mit diesem Hass zu leben, dem Hass auf Sie und auch auf Ihre Begleiterin. Und ehrlich gesagt, es erscheint mir heute viel leichter, den Hass zu behalten, als ihn endlich zu begraben und ihn damit loszulassen!"

Karl atmet jetzt tief durch, sodass man spüren kann, welch ein Brocken ihm vom Herzen fällt.

Ralf Steiniger versucht sein Empfinden in Worte zu fassen und sagt zögernd: „Ich war so … ich war so hilflos, so ohne Halt … so allein, ohnmächtig, die ganze Situation damals war so, als ob ich es bin, der es nicht verdient zu leben, es war … wie ein Spiegel, der mir gezeigt hat … du bist nichts wert.“ Steiniger sucht nach Worten: „Es ist meine Schuld und es war und es ist ein riesengroßes Unglück!“

„Und da muss man töten, wenn man nicht mit seinem eigenen Leben klarkommt? Er war doch Ihr Freund oder nicht?!“ Karl fühlt den ohnmächtigen Hass noch einmal in sich hochkommen.

„Ja, er war mein bester Freund!“, sagt Ralle leise.

„Und meiner auch, er war für mich ein Freund für mein ganzes Leben!“, sagt Ewa und weint.

„Und? Und musste er deshalb sterben?“ Hans hält sich vor Entsetzen die Hand vor den Mund. Es folgt eine längere Pause, es scheint, die Wahrheit, die ganze Wahrheit braucht ihre Zeit.

Auch Dr. Sauer zögert noch und fragt dann ganz vorsichtig: „Es erschreckt uns, zu denken, es war ein Mord aus Liebe …“

Die Brüder sitzen still. Bis dann Peter aufsteht und sich auf den freien Stuhl setzt.

Dort wartet er so lange, bis er sich gesammelt hat, um das zu sagen, was ihm auf der Seele brennt: „Es war furchtbar für mich, so ersäuft zu werden, es war die Hölle und ich bin heute froh, dass ihr, meine Brüder, eure Rache nicht vollenden konntet. Ich bitte euch, das Böse nicht weiterzugeben! Ich verstehe, dass ihr mich rächen wolltet und damals zunächst Ewa terrorisiert habt, dann habt ihr den alten Kommissar erpresst, und zu guter Letzt seid ihr noch nach Chile gefahren, in der guten Absicht, mich zu rächen.

Ja, ich verstehe euch … und, das habe ich heute hier gelernt: aus Bösem kann immer nur weiter Böses erwachsen, und es wird dann so weitergehen und dann immer so weiter! Um ein Haar säßet ihr heute hier als Mörder, und ich frage euch, wie wolltet ihr wohl diese weitere Schuld tilgen? Deshalb bitte ich euch, bitte ich uns alle, lasst uns einen Weg zum Frieden suchen und, wenn möglich, finden!“

Peter steht jetzt langsam vom Stuhl auf, man spürt, dass er eine Last trägt, dann dreht er sich einmal in die Runde, schaut jeden länger an und sagt: „Ich als euer mittlerer Bruder bitte euch und sage es auch mir: Lassen wir ab von dem, was uns getrieben hat, diesen Weg bis hier zu gehen, ich bitte euch.“ Er sieht weiter seine Brüder an, lange, dann umarmt er Karl, dann Hans, dann dreht er sich zu Ralle, schaut auch ihn lange an und reicht ihm die Hand. Danach geht er den Schritt zur Seite zu Ewa und gibt auch ihr die Hand. Zu Ralle und Ewa gewandt, sagt er mit fester Stimme: „Danke und Verzeihung!“

Auch Karl und Hans bedanken sich bei den beiden und bitten ebenfalls um Verzeihung.

Dr. Sauer fährt aus dem Raum und lässt die fünf Menschen dort allein zurück. Er fühlt in sich eine bekannte innere Leere, von der er nicht sofort weiß, woher sie stammt. Er hat dieses Gefühl häufig dann, wenn ihm eine Aufgabe, die schwer zu bewältigen war, gelöst erscheint.

Am Abend dann fällt ihm Sarah ein, und er kann die traurige Leere mit seinen Gedanken an sie etwas füllen. Was bleibt, wenn er an sie und auch an das Gespräch vom Nachmittag denkt, ist eine liebevolle Ängstlichkeit.

Fünfzig

Nur der verdient sich Freiheit, wie das Leben,
der täglich sie erobern muss.
Johann Wolfgang von Goethe, Faust II

Dr. Sauer versucht am nächsten Tag etwas zu unternehmen, was vielleicht bei der Überwindung seiner inneren Leere helfen könnte. Dabei kommt ihm ein Traum zu Hilfe, den er in der vorangegangenen Nacht ziemlich lebensnah und intensiv geträumt hat und aus dem er mit Sarahs Namen auf den Lippen erwacht.

Er beobachtet im Traum eine Frau allein, von Weitem, inmitten der Wüste Sin.

Er selbst steht am Rand des Felskraters mit guter Sicht auf das ganze unter ihm liegende Gelände. Der Kraterboden ist eben, mit Felsblöcken und niedrigem Gebüsch durchsetzt. Die Frau bewegt sich zu Fuß, um eine unter ihm liegende flache Bergsenke zu durchqueren.

Die Sonne steht bereits tief und wirft lange Schatten. Immer wenn sich die Frau in diesen Schatten aufhält, verliert er für kürzere oder längere Augenblicke den Sichtkontakt zu ihr.

Hoch oben über dem Felsgebirge sieht er große Vögel kreisen, offenbar auf der Suche nach Beute. Manchmal stößt eines der Tiere einen schrillen Schrei aus, dessen Echo sich an den steinernen Wänden bricht. Dann folgt er mit seinen Augen dem Sturzflug eines Greifvogels und sieht zu seinem Entsetzen, dass der Vogel einen noch zappelnden Hasen in den Klauen hält.

Als er dann wieder versucht die Frau zu entdecken, ist sie verschwunden. Er erschrickt nun wieder, nun heftiger, und genau in diesem Augenblick wacht er auf.

Es dauert eine Zeit, bis er sich von dem Schrecken, den der Traum in ihm ausgelöst hat, ganz lösen kann.

Dann, als er wieder tief durchatmen kann, setzt er sich, nachdem er eilig gefrühstückt hat, an den Schreibtisch und versucht einen Brief zu schreiben. Nach dem vierten Entwurf, den er in den Papierkorb gepfeffert hat, versucht er einen anderen Weg.

Er horcht in sich hinein und lässt seinen Gedanken, seine Gefühle zu berühren, freien Lauf. Er findet am Ende eine Ausdrucksform, die ihm am meisten zusagt, ein Gedicht.

Am Abend dann kann er es zusammen mit einem Begleitbrief an Sarah schicken:

Zärtlichkeiten zu vergeben

Je nachdem
wie man aus dem Fenster sieht,
mit klopfendem Herzen oder mit einem kühlen Kopf,
schickt uns die Traurigkeit eine Welle.
Je nachdem
ist mir danach,
im Niemandsland eine Heimat zu suchen
oder zu bleiben und zu träumen.

Nach ein paar hellen Worten und einer Tasse heißer Schokolade
bekam der Abend unerwartet einen warmen Bauch.
Das geschah,
als die Liebe
auf einen kühnen Sprung vorbeischaute.

„Zärtlichkeiten zu vergeben,
auf Paletten,
am Stück oder geschnitten,
frei Haus,
per Nachnahme",
erklärte der Abend.
Sprach so und suchte sein Lager am Berg,
dort wo die Wolken sich treffen,
um die dunklen und weichen Gedanken zu ordnen.

„Wer an dem Lebenshunger leidet,
der friert schnell“,
sagen die Wolken untereinander.
– zum Beispiel nur –.
und wandern dann weiter hinauf zur Sternenweide.

Was noch gäbe es vom Abend zu sagen?
Dass er ging,
ohne sich zu wenden und ohne zu winken.
Und
als es finster wurde,
traf er die Nacht.
Zweifelsfrei braucht die Gefahr die Gefährten.

Epilog

Weich ist stärker als hart, Wasser stärker als Fels,
Liebe stärker als Gewalt.
Hermann Hesse

Langsam füllt sich der größte Veranstaltungsraum des regionalen privaten Fernsehsenders von Süd- und Mittelchile bis zum letzten Platz mit Zuschauern. Es ist kurz vor Sendebeginn. Die Veranstaltung, die vorab in der örtlichen und überörtlichen Presse gut beworben worden ist, wird zeitgleich über die zentrale Sendeanstalt auch in der Hauptstadt Santiago live zu sehen sein.

Die bekannte Erkennungsmelodie der kommenden Sendung ertönt und begleitet den Interviewer, als der den Veranstaltungsraum betritt. Er ist bei den Zuschauern sehr beliebt und darf sich über den herzlichen Willkommensapplaus freuen.

„Guten Abend, liebe Gäste, zur heutigen Sendung mit dem Thema: Die Mapuche in Chile, ein Volk zwischen staatlicher Repression und Widerstand oder: Was hätte der Häuptling Lautaro heute getan?"

Ich darf dazu begrüßen unseren Referenten Professor Pedro Fernandez von der hiesigen soziologischen Fakultät Temuko. Nur kurz zu seiner Vita: Professor Fernandez ist im Alter von zwanzig Jahren als Student beim Putsch gegen die Allende-Regierung aus Chile geflüchtet und nach einem Zwangsaufenthalt in der deutschen Botschaft nach Westdeutschland ausgeflogen worden. Während der Diktatur hat er dort an der Universität in Bielefeld Soziologie studiert und bei dem weltberühmten Soziologen Niklas Luhmann gearbeitet. Seit 1998 lehrt und forscht Professor Fernandez in Chile und gilt als einer der führenden Experten weltweit zu unserem heutigen, sehr aktuellen Thema."

Applaus!

Unterdessen hat der angesagte Gastredner Platz genommen. Prof. Pedro Fernandez ist ein Mann Anfang sechzig, gutaussehend, mit dichtem schwarzen Haar, bronzefarbener Haut und einem sehr markanten Gesicht, indianisch und europäisch zugleich. Mit einer äußerst sympathischen Stimme ausgestattet, bedankt er sich in seiner offenen Art und auf selbstbewusste Weise für die Einladung.

„Darf ich Ihnen, Herr Professor, zu Beginn unserer Veranstaltung eine ganz persönliche Frage stellen? Im Titel sprechen Sie so, als ob Sie Lautaro, dessen Name jeder in Chile kennt, heute hier auferstehen lassen wollen!“

„Ja, diese Frage wird sich im Laufe des Vortrags erschließen, will sagen, etwas zusätzliche Spannung darf sein. Und noch etwas: Entschuldigen Sie bitte, wenn ich vor Beginn des Vortrags die Ausstattung und die Bekleidung wähle, die ich für mich und einen Teil meiner heute ebenfalls hier anwesenden Freunde für angemessen halte.“

Der Interviewer ist von der souverän vorgetragenen Bitte etwas überfordert, überlegt kurz und gibt dann sein Einverständnis.

Im Publikum entsteht eine erwartungsvolle Stille, in die hinein sich der Professor betont langsam erhebt, sich dann von der Seite des Raumes einen freien Stuhl holt und beginnt, sich seiner Oberkleidung zu entledigen, wobei er die ausgezogenen Kleidungsstücke sehr sorgfältig zusammenfaltet und auf dem Stuhl platziert, bis er mit nacktem Oberkörper dasteht. Nun beginnt er sich, ebenfalls betont langsam, sein Gesicht und seinen nackten Oberkörper, entsprechend der indianischen Kriegsfarben Blau, Grün und Rot, sorgfältig zu bemalen. Einige der anwesenden Mapuche, die sich verstreut im Vortragssaal aufhalten, stehen ebenfalls langsam auf und tun es dem Redner gleich, in dem sie sich ebenfalls als Krieger bemalen und sich mit roten Stirnbändern und Kopffedern schmücken.

Nach ganz kurzer Zeit entsteht durch die Umkleidung ein völlig verändertes Gesamtbild der Veranstaltung. Sie trägt einen Ausdruck großer Ernsthaftigkeit und Würde, die jeden der Anwesenden und sicher auch das Publikum draußen vor den Bildschirmen in seinen Bann zieht. Nach einer angemessenen Pause versucht Professor Fernandez zu erklären, was mit der Aktion intendiert ist: „Es handelt sich bei unserer Aktion um eine reine Vorsichtsmaßnahme: Wenn man nämlich in Chile heute, wie man in Deutschland so treffend sagt, Ross und Reiter nennt, kann man schnell in höchste Gefahr geraten, besonders, wenn wir heute für die Erneuerung und längst überfällige Realisierung unserer angestammten Rechte eintreten und sie gegen jene Nationalisten verteidigen, die darin kriminelle Handlungen entdecken. Unsere Kriegsbemalung muss man in dem Sinne verstehen, dass unsere Geduld ein Ende hat.

Und deshalb unsere Vorsicht, denn die chilenische Polizei kann sehr brutal in ihrem Vorgehen gegen sogenannte Kriminelle sein. Und zu dieser Kategorie zu gehören, ist für uns Mapuche überhaupt nicht schwer. Das kann jedem von uns hier passieren, der sich kritisch äußert oder gar, wie in meinem Fall, die Veranwortlichen auch namentlich benennt. Die Foltermethoden der chilenischen Polizei hat diese sich übrigens zum Teil von den Deutschen abgeschaut, die diese hier in Chile – mit ausdrücklicher Duldung und sogar massiver Förderung der Pinochet-Regierung – ausgeübt haben.

Falls also ich oder einer meiner Mitstreiter heute oder die nächsten Tage gefoltert werden, was ich nicht hoffe, könnten das Sie alle hier und an den Bildschirmen aus meinem dann sichtbaren Körperzustand im Vergleich zu seinem heutigen Zustand mühelos erkennen. Also bitte ich die anwesende Presse zum Beweis uns in Kriegsbemalung zu photographieren!“ Dieser Bitte wird von den anwesenden Fotografen postwendend entsprochen.

„Ross und Reiter!“, wiederholt der Professor, den Faden wieder aufnehmend. „Ich werde Ihnen heute ganz konkret belegen, welche Personen im Namen welcher Interessen und mit welchen Zielen für die systematische Misshandlung unseres geliebten Landes verantwortlich sind. Ich bin sicher, es wird den Personen nicht gefallen, dass die Öffentlichkeit heute konkret erfährt, welche Personen mit welchen Konzernen, Baufirmen, Industriebereichen zusammenarbeiten und sich dabei schmieren und protegieren lassen.

Dieses korrupte Verhalten wird von mir und meinen Mitstreitern durch die Vorlage kopierter Gesprächsprotokolle, belegter Überweisungen großer Geldsummen, durch den Nachweis großzügiger Geschenke und Bestechungen klar bewiesen.

Ehe ich heute mit der Offenlegung der Verbrechen beginne und dann das Material an die Presse geht, noch eine Bemerkung: Jeder im Raum weiß von Kindesbeinen an, dass Lautaro der Name unseres großen Indianerhäuptlings ist, der erfolgreich gegen die Spanier zu Felde gezogen ist. In seine Fußstapfen müssen wir heutigen Widerstandskämpfer treten, denn es geht darum, ob wir angesichts der langen Tradition der Freiheitskämpfe der Mapuche uns heute fragen können, ob die Seele unseres Volkes verloren gehen kann oder sie bereits verloren gegangen ist, angesichts der fortwährenden Verletzungen unserer Erde, des Landes, des Meeres und der Luft, durch Zerstörung der Ressourcen beim Fischfang von Lachs, beim Abholzen der Wälder und beim Ausbeuten unseres Bodens.

Seit dem damaligen Häuptling Lautaro hat es viele Versuche gegeben, den Willen der Mapuche zu brechen, ihre Eigenständigkeit zu zerstören, sie zu kriminalisieren, wenn sie sich wehren, ihres Landes beraubt zu werden und wenn Abmachungen politischer Art gebrochen werden, wieder und wieder. Die Geschichte der Mapuche nach der Invasion der Conquistadores nach Kolumbus ist eine Leidenszeit, eine Zeit vieler kriegerischer Auseinandersetzungen gewesen.

Mapuche bedeutet Menschen der Erde, und die Erde ist ihnen heilig. So gab es früher in ihren Hütten keine Böden außer dem Lehm der Erde.

Heute sind wir so weit gekommen, dass diese uns heilige Erde ausgeraubt wird, dass, wo sich frühere Krieger den unheimlichen Schlachtrössern und riesigen Kampfhunden gegenübersahen, man sich heute den Schaufelbaggern, Planierraupen und anderen Riesengeräten gegenübersieht, die unsere Seele, das heißt unsere Erde, unser Allerheiligstes verletzen, schänden, verunstalten, durchbohren, durchlöchern, wie es früher mit Schwertern, Lanzen, Kanonen und Reiterheeren geschah.

Heute durchwühlen Konzerne die Erde, und es bleiben unfruchtbare Erdwüsten und vollständig zerstörte Landschaften zurück und abgeholzte Urwälder. Unser Gemeinschaftseigentum wird uns weggenommen, unsere Tierwelt ausgerottet, unsere Sprache verkümmert, und am Ende wird auch unsere Volksseele sterben müssen. Allein, wenn ich die gewaltigen Staudämme am Rio Bio Bio sehe, denke ich an große Betonnarben in der Seele unseres Volkes.

Und keiner schämt sich, wenn ich frage: Wo bleiben Respekt und Achtung vor Mutter Erde? Wie würden die hier Anwesenden jemanden nennen, der sich sein eigenes Hab und Gut wieder holt? Ist er ein Dieb und wer müsste bestraft werden? Der eigentliche Dieb oder der, der sich sein Hab und Gut zurückholt? Darf man Land besetzen und bestellen, was einem gestohlen wurde, Land, was einem Jahrhunderte lang gehörte, was die Besitzer ernährt hat, heiliger Boden? Die Frage ist, reichen unsere demokratisch entwickelten Rechte und Gesetze aus, um uns Mapuche vor Verfolgung und Entrechtung zu schützen, oder entsteht nicht gerade durch die Bürokratie die Kriminalisierung der verzweifelten Protestbewegung?

Um der Vielzahl der Opfer und Täter konkrete, individuelle Gesichter zu geben, verlese ich jetzt stellvertretend für die anderen weit über hundert unschuldig verurteilten Brüder und Schwestern die Namen von einigen Inhaftierten. Ich werde ihre Gefängnisse und die Namen ihrer Richter und Schöffen, die sie verurteilt haben ebenfalls nennen … damit aber nicht genug, denn anschließend an die Opfer werde ich auch einige Ross und Reiter namentlich nennen, die als Teil der korrupten Bürokratie es den Konzernen der Holzindustrie ermöglichen, unser Land zu verwüsten."

Während Professor Fernandez spricht, geht er zu dem Stuhl, auf dem seine Sachen liegen, greift in die Seitentasche seines Sackos, holt eine Endlospapierrolle mit Namen hervor und bindet sich, wie die anderen Mapuche auch, fast zärtlich ein rotes Stirnband um die Stirn, ganz nach alter Indianerart. Dann entnimmt er, Lautaro geworden, aus seinen Sachen einen Computerstick und steckt ihn in einen Laptop, dessen Bildschirm auf die Overheadleinwand hinter ihm ausgerichtet ist, drückt auf die Starttaste ... und ... in diesem Moment beginnt das ganze Fernsehbild zu flackern und schräge Streifen zu zeigen ... und die Liveübertragung wird ohne Erklärung abrupt beendet ... Der Zuschauerraum wird dunkel, die Kamera schwenkt auf Null, nichts wird mehr gesendet, auch nicht ein möglicher Protest. Stattdessen liest der überrumpelte Fernsehzuschauer Störung, Störung, Störung, nur dies eine eingeblendete Wort, das in einer Endloskette über den flackernden Bildschirm gezogen wird, bis auch dieser Schriftzug verschwindet und der Bildschirm schwarz wird.

Dann ertönt aus den Fernsehgeräten im Land leichte, völlig unaufgeregte Hintergrundmusik, Musik aus der Retorte, ähnlich der, die in Hotelfluren, Aufzügen, Einkaufszentren und sonstigen öffentlichen Räumen, ohne Gnade, ohne Pause, penetrant auf uns herunterrieselt, vielleicht in der dummen Hoffnung, unsere Herzen zu besänftigen.

Danksagung

Folgende Personen haben uns bei der Textüberarbeitung an den unterschiedlichsten Stellen mit ihrem Fachwissen und persönlichen Rückmeldungen Mut gemacht, die Veröffentlichung zu wagen: Miquel Chaves und Annette Stefanie Wetzel, Temuco, Chile; Martin Bopp, Bielefeld; Udo Baumann, Bielefeld, Alex Seuthe, Uni Dortmund; Lena Rieker, Uni Bielefeld.

Ohne ihre Hilfe wäre das Buch nicht so geworden, wie es uns jetzt in den Händen liegt.

Verwendete Quellen:

Duden. Zitate und Aussprüche: Band 12 (1998). Mannheim: Duden-Verlag.

Karl Kauter (1987). *Lautaro* (2. Auflage). Berlin: Kinderbuchverlag.

© Stefan Sandrock, Hamburg

Wolfgang Neumann, Dr. Phil., ist Diplom-Psychologe und Psychotherapeut in psychologischer Praxis. Er ist Autor von Fachbüchern, Lyrik, Prosa und Kinderbüchern. Er lebt und arbeitet in Bielefeld.

E-Mail: wn@neumann-meyer.de
Internet: www.wolfgangneumann.net

Annette Sandrock arbeitete als Lehrerin, ist passionierte Leserin und hat eine Vorliebe für den trockenen westfälischen Humor. Sie ist in Rietberg aufgewachsen und lebt ebenfalls in Bielefeld.

Wolfgang Neumann &
Annette Sandrock

Tödliche Heilung

Ein Psychokrimi aus Ostwestfalen-Lippe

2014
136 Seiten
EUR 12,–
ISBN 978-3-87159-889-0

In dem beschaulichen Kurort Bad Oeynhausen geschehen seltsame Dinge und schließlich sogar ein Mord.

Hat der aalglatte Frauenversteher seine Hand im Spiel, der von seinem Fenster in der Nähe des Kurparks aus die Damenwelt beobachtet?

Oder gar der erfolgreiche Modeunternehmer aus Rietberg? Und was ist mit dem renommierten Psychotherapeuten, der vielleicht die falschen Ratschläge gibt?

Die Bielefelder Kriminalkommissare Annette Sasse und Otto Johanningmeier versuchen, den Geschehnissen auf die Spur zu kommen und geraten dabei selbst in Gefahr.

Ostwestfalen ist die Kulisse für allerlei Irrungen und Wirrungen.

---

dgvt Verlag

dgvt-Verlag • Hechinger Straße 203 • 72072 Tübingen
Tel.: 0 70 71 / 79 28 50 • Fax: 0 70 71 / 79 28 51
E-Mail: dgvt-Verlag@dgvt.de • Internet: www.dgvt-Verlag.de